영미드라마와 인생

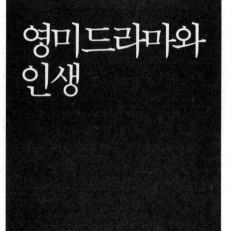

영미드라마와
인생

홍기영 지음

도서출판 동인

대학의 사명은 학문연구를 통하여 인류문화 발전에 이바지하는 것으로 알려져 왔다. 그리고 학생들은 대학생활을 통해서 전문적 지식을 터득하고 고도의 기술을 습득하여 원만한 시민 생활을 하기 위한 철저한 준비를 하도록 교육되어 왔다. 그렇기 때문에 대학생들에게 중요한 것은 스스로 행하는 탐구정신, 스스로 앞길을 개척하는 적극적 자세, 무한한 자유정신과 창조정신이라 하겠다. 무한한 정신적 고뇌를 통해 고상한 정신세계의 구축과 많은 활동을 통한 원만한 대인관계 및 세계사적인 넓고 깊은 안목 등이 대학생들의 주요한 목적이 되어 왔다.

이러한 대학의 원대한 목표와는 다르게 오늘날의 대학생들은 경제 불안과 사회적 여건들 때문에 취업에 목 매이는 편협하고 왜소한 인간으로 전락하게 되었다. 풍부한 독서를 통한 정신적 수양과 폭넓은 활동을 통한 자기 계발과 진취적 미래에 대한 원대한 생활습관의 훈련보다는 눈앞의 현실에 더 민감해지게 되었다. 이것은 한 개인뿐 아니라 국가 및 인류 전체에 심각한 문제를 제기한다고 볼 수 있다. 그 결과 대학마다 교육과정을 개편하고 취업과 같은 실질적 문제에 접근하도록 변화하고 있다. 이에 따라 학문의 전통적 가치와 현실적 문제를 어떻게 조화시키느냐에 대학마다 고민을 하고 있다. 우리 대학의 경우도 전통적 교육과정에는 '영국 연극'과 '미국 연극' 등의 과목이 있었으나 이는 학생들의 취업에도 도움이 안 되고 별로 인기 없는 과목이 되어서 몇 년 전 교육과정 개편 시 두 과목을 합하여 학문적 정통성과 학생들의 실질적 요구에 부응하도록 과목명을 '영미드라마와 인생'이라 바꾸고 그 교육 내용도 과거의 전통적 드라마 과목에서 상당히 많은 부분을 수정하였다.

'영미드라마와 인생'이라고 과목명을 바꾼 후 교육내용도 전통적 학문 연구보다는 학생들의 참여, 학생들의 변화, 학생들의 자가 습득적 태도에 중점을 두도록 변화를 시도하였다. 그래서 '영미드라마와 인생' 과목에서는 학생들의 태도와 생각의 변화를 통해서 학생들의 미래 인생을 어떻게 하면 좀 더 잘 살 수 있게 하는가에 목표를 두었다. 이 책에서는 이런 목표를 이루기 위해 드라마 활동에 많은 부분을 할애하였다. 학생들을 그룹으로 나누어 그룹 구성원간의 의사소통과 친밀성을 갖게 하였고 발성 연습과 연기를 통해 자신의 결점을 보강하고 장점을 살리도록 시도하였다. 특별히 교수와 학생간의 사이를 좁히기 위해 '연구실 방문'이나 '학교 역사 알기'등의 활동을 통해 학생들이 새로운 경험을 하게 하고 교수나 학교에 대해 좀 더 실질적이고 인간적인 관계를 갖도록 하였다.

『영미드라마와 인생』은 또한 영국이나 미국의 주요한 작품의 어느 부분을 좀 더 깊이 있게 읽고 어느 부분은 드라마 활동을 통해 공연하기도 하도록 구성하였다. 이러한 활동을 통하여 그룹별 특성이 나타나도록 하였고 그 그룹별 학생들이 의상, 음악, 대사 바꾸기, 조명, 특수 효과 등에서 새로운 아이디어를 마음껏 표출하여 실천에 옮기도록 하였다.

'영미드라마와 인생' 과목이 교육적 효과를 나타내기 위해서는 소극장이나 적어도 교실 앞면에 넓은 공간이 확보되어 학생들 활동이 원만히 이루어지도록 하는 것이 아주 필요하다. 그리고 교수는 되도록 안내 정도만 하고 학생들 스스로 활동을 하도록 지도하는 것이 중요하다. 또한 그룹을 나눌 때 남녀 학생 비율을 고려하고 학생들의 경향이 다양할수록 좋다. 수줍은 학생들만의 그룹이거나 너무 활동적인 학생들만의 그룹은 소기의 목적을 달성하기에 부족한 면이 있다.

학생들에게 드라마활동을 시킬 때 중요한 것은 잘하는 연기, 완벽한 연기보다는 개성 있는 연기, 웃기는 연기 등이 더 교육적임을 인식해야 한다. 또한 수업의 시작이나 중간에 적절한 비디오, 영화, 그림 같은 것을 보여주는 것은 수업의 흥미를 높여주고 학생들의 문화에 내한 인식도 넓혀주는 등의 효과가 있다. 수업 시간 내내 학생들이 흥미를 가지고 적극적으로 참여하게 할 때 교육이 잘 진행됨을 알 수 있다.

이 책『영미드라마와 인생』은 위와 같은 생각을 가지고 저술된 것이며 이미 발간한『영어 연극 만들기와 공연의 실제』의 일부를 수정 · 보완한 부분도 있다. 영어로 연극 만들기를 하는 것이 여러 가지로 도움도 되고 필요하지만 이 책에서는 생략하였으나, 7장과 8장의 작품을 다루는 곳에서 작품에 대한 간단한 소개만하고 직접 드라마를 만드는 경험을 하게 하는 것도 도움이 될 것이다. 또한 이 책에서는 학생들의 영어 경험을 위해 각 장에 어울리는 영어 문장들을 첨부하였다. 이 부분들을 통해서는 드라마에 대해 영어로 공부할 수 있도록 하였다. 『영미드라마와 인생』을 통해 학생들이 드라마에 기초를 두어 인생을 다양하고 멋지게 연출해 나가기를 기원한다.

이 책을 출판해 준 이성모 사장과 편집자들에게 감사하고 컴퓨터 작업을 도와 준 제자들에게 고마움을 전하며 독자들의 성원을 기대한다.

2014. 3.
사집제(砂集齊)에서
홍 기 영

차　례

영미드라마와 인생

1 | 드라마란 무엇인가

'드라마가 무엇인가?'라는 질문은 '예술은 무엇인가?' 혹은 '인생이란 무엇인가?'라는 질문만큼 대답하기 어려운 추상적이며 폭넓은 질문이다. 그러나 드라마는 시나 소설보다는 훨씬 역동적이며 행위가 있어 관객에게 더 밀도 있게 다가온다. 드라마는 배우나 관객 그리고 무대라는 중요한 요소를 가지고 있다는 점에서 다른 문학 장르와는 차이가 있다. 드라마란 연기자들이 어떤 무대에서 그들의 공연을 지켜보는 관객을 가지고 있다는 점에서 집단예술이다. 드라마는 대사, 조명, 음악, 의상, 소품, 연기자의 연기 기술 등이 종합하여 예술적 효과를 목표로 한다는 점에서 종합예술이라 할 수 있다. 드라마의 여러 특징 가운데 몇 가지를 설명하여 그 이해에 도움을 주면 다음과 같다.

드라마의 어원이 'dran'(즉 일하다, 행동하다)이라는 점을 볼 때 드라마는 '행동하는 것'이며 이 행동에는 말이 따르기 마련이다. 그래서 드라마의 말은 대화(dialogue)라고 한다. 드라마의 효과를 위해 극작가가 쓴 말의 기술적인 대사와 배우의 연기가 연결되어야 하므로 공연가능성(performability)이 부각되는 것이다.

드라마는 모방의 요소를 가진다. 아리스토텔레스는 문학은 모방에서 출발하였다고 했는데 드라마는 인간의 행동에 대한 모방이다. 그런데 행동이란 바로 연기하는 것을 의미한다. 드라마는 인간생활에서 있음직한 일을 연기로 모방하는 행동이다. 그리고 드라마는 정해진 시간 안에서 보는 사람에게 어떤 갈등이나 느낌 또는 판단에 영향을 끼치는 사건이나 이야기를 보여주는 것이다. 그런데 여기서 모방은 인간행동을 제한하거나, 일어난 일에 대한 것일 뿐만 아니라 일어날 수 있는 일이어서 인간의 시야와 인식의 범위를 넓혀준다는 면에서 문학의 창조성과 상상력에 크게 작용한다.

드라마의 발생은 놀이와 제의라는 점이다. 드라마의 발생을 놀이라고 생각하는 사람들은 유희본능(play instinct)이나 모방본능(mimetic instinct)이 모두 인간의 타고난 본성이라고 본다. 고대시대에 어느 부족의 족장들은 인간의 보다 안정적이고 평화로운 삶을 위해 하늘에 제사를 드리는 제의를 행하고, 제의하는 과정에서 춤과 노래가 당연히 따르게 된다. 춤과 노래 및 말과 행동이 어울려 종합적으로 이루어지는 제의행사가 곧 드라마의 기원이 된 것이다.

고대시대의 원시사회에서 사람들은 자연의 모든 현상에 대해 공포심을 갖고 있었다. 좋은 날씨와 궂은 날씨, 비와 폭풍, 번개와 벼락 등 자연현상은 모두 신의 조화라고 생각했다. 그리고 동물과 생물들도 공포와 신비의 대상이 되었다. 이 원시사회의 사람들은 이런 자연현상에 대해, 그리고 신에 대해 집단적 의식행위를 통해 자신들을 보호하면서 안정된 삶을 영위하기를 기원했다. 풍년이 되는 것도 흉년이 되는 것도 신의 뜻이라 생각하고 어떻게 신을 즐겁게 하고 은혜를 얻을 것인가라는 생각에서 제사 드리는 것이 당연하였고 이 제사를 보다 정성스럽게 드리려했다. 최고의 제사를 위해 이들은 최고의 배우를 등장시켰다. 그들의 완벽한 무용과 음악으로 이루어진 제사의 축제는 황홀경(ecstasy)의 상태에까지 이른다. 이것은 배우와 관객과 극작가가 전체적으로 통일되는 하나의 도취현상이었다. 이런 도취현상은 인간과 자연까지도 하나가 되는 근본적 체험이었다. 이러한 원시인들의 집단적 제사의식이 연극의 기원이 되는데 이는 또한 완벽한 연극적 조건이 되며 이러한 집단제사의 집행자가 주로 족장이었지만 때로는 어느 곳에서는 최고의 연장자가 되기도 하였다. 승려일 경우도 있고 마술사의 경우도 있는데 이러한 집행자는 신의 대리인 같은 역할을 했다. 이러한 집단적 제사의식은 술의 신(神)인 디오니소스(Dionysus)이게 제사를 드려 만물의 성장과 번식을 기원함으로 그리스 시대에는 풍요를 기원하는 감사의 제사였고 이것은 그리스 비극의 기원이 되었으며 세월이 지나 연극 경연대회로 발전하기도 한다.

드라마는 우리의 실제 삶과 직접적인 관계를 가진다. 그래서 드라마에 표현되는 것을 '재현된 인생'(life presented)이라 한다. 드라마는 우리의 삶을 효과적으로 압축하여 보여주는 기호라고도 한다. 그런데 이 드라마라는 기호는 현실을 아주 잘 반영하여 삶의 길을 보여주거나 상징하기도 하지만 때로는 새로운 현실을 창조하기도 한다. 조이스(James Joyce)가 『젊은 예술가의 초상』이라는 소설 마지막에 한 다음의 말은 극작가에게도 의미심장한 시사점을 던져준다.

오 인생이여! 나의 경험의 실현에 백만 번이고 부딪히기 위해 떠나며 나의 영혼의 대장간 속에서 민족의 아직 창조되지 않은 양심을 버리기 위해 떠나가노라.

O life! I go to encounter for the million time the reality of experience and to forge in the smithy of my soul the uncreated conscience of my race. (252)

잡다한 현실, 무의미한 현실에서 의미를 찾을 뿐만 아니라 인간에게 희망과 꿈을 주는 새로운 인생의 창조가 극작가가 지향하는 목표점이 되기도 한다. 특히 현대의 페미니스트 학자들은 남녀배우의 차이가 없고 남성과 여성이 동등한 권리를 가지고 평화롭게 공존하는 사회를 창조하려 하며 인종과 국경의 벽을 뛰어 넘고 인간과 자연의 조화로운 삶까지를 추구하려는 경향을 갖는다.

드라마는 소리와 행동의 훈련과 표현이다. 사람이 의사소통하는 데는 두 가지가 선행된다. 소리의 일종인 말이 있고, 말로 할 수 없는 것은 동작인 행동으로 한다. 드라마는 소리와 행동으로 표현되는 예술이다. 행동만 있다면 무언극이 될 것이고 소리만 있다면 음악이라 할 수 있는데 소리와 행동이 어우러져 더 많은 것을 효과적으로 표현할 수 있는 것이 드라마이다. 이뿐만 아니라 연극의 교육적 측면을 고려한다면 소리와 행동의 표현은 그 사람의 사람됨을 완성시키는 효과적인 방법이다.

학생들에게 자신을 소개해 보라면 천차만별의 경우가 발생한다. 작은 목소리로 빨리 말하는 학생에서부터 느리고 힘없이 말하는 학생까지 그 부류가 다양하며, 말을 할 때의 몸짓이나 얼굴표정 등이 말의 내용과 전혀 조화를 이루지 못하는 경우가 많다. 이는 기본적 의사소통의 방법을 모르는 것이며 특히 소통이 중요시 되는 요즈음의 시대정신에 비추어 볼 때 반드시 시정되어야 할 문제로써 이는 드라마 활동을 통한 치료가 필요함을 나타내준다.

연기부분에서 구체적으로 다루겠지만 드라마의 이해에는 소리를 어떻게 낼 것인가, 눈이나 얼굴표정 또는 손짓, 발짓, 몸의 움직임을 어떻게 할 것인가가 아주 기본적인 요소이며 이에 따라 감정표현을 어떻게 적절히 할 것인가가 대단히 중요하다.

소리나 행동으로 자신을 표현한다고 볼 때 드라마는 자기완성이며 동시에 원만한 인간관계를 위한 필수적 활동이다. 인간은 모두 정신적, 육체적,

정서적, 사회적, 및 종교적 문제들을 해결하는 삶의 과정에 있다. 이러한 삶의 과정이 정교하고 복합적이고 포괄적이며 효과적일 때 좀 더 차원 높은 질적 삶을 가능케 한다. 육체적 문제는 병원을 통해 또는 음식이나 적당한 운동을 통해 치료가 가능하다. 그러나 정서적, 정신적, 사회적 및 종교적 문제들은 정확한 진단에 의한 가장 적합하고 다양한 치료법이 요구된다.

드라마 활동은 특히 발전 단계에 있는 아동이나 청소년들에게는 가장 자연스럽고 적합한 삶의 치료기능을 갖는다. 남의 앞에서 말도 잘 못하고 쑥스러워하는 어린이들은 약 3개월간의 드라마 활동에 참여하면 말을 잘하고 당당하게 다른 사람 앞에 나서는 경우를 경험할 수 있다. 다른 아이들과 잘 어울리지 못하는 어린이는 한 편의 드라마에서 어느 역을 감당함으로써 훌륭하게 다른 어린이와 적응하는 사회성 및 협동성을 보여준다. 드라마 활동은 개인적으로도 가능하며 집단적으로 행할 때 더욱 효과가 있을 수 있다. 드라마가 소리와 행동으로 이루어진 예술이라고 할 때 인간의 삶을 완성하는 방법이며 이런 경우 드라마 치료는 필수적으로 따르는 문제 해결의 방법이다.

드라마는 삶의 과정의 표시이며 동시에 인생에 대한 비유이다. 인생을 무엇이라고 규정하는 것은 난해한 문제이기도 하고 깊은 철학적 문제이기도 하다 그러나 드라마로 정의하면 인생은 비유라 할 수 있다. 셰익스피어는 사람의 일생을 드라마적 비유로 표현하는데 『당신 좋으실 대로』에서 제익퀴즈를 통해 세상을 하나의 무대로 보고 7단계 인생론을 이렇게 외친다.

세계 전체가 하나의 무대이다. 그리고 남녀는 죄다 배우에 불과하다. 모두 다 퇴장했다 등장했다 하는데 한 남자의 일생은 여러 역을 맡아 하며 그 일생은 칠 막으로 되어 있다. … 처음은 아기로서 유모 팔 안에 안겨 앙앙 울고 침을 질질 흘린다. 다음은 투덜거리는 학교 아동인데, 가방을 메고 아침에는 빛나는 얼굴을 하고 달팽이 가듯 마지못해 학교에 간다. 그 다음은 연인역으로 용광로같이 한숨을 쉬고, 애인의 이마에 두고 슬픈 노래를 짓는다. 다음은 병정인데, 기묘한 맹세들을 늘어놓구, 수염은 표범같구, 체면을 몹시 차리구, 싸움은 번개같이 재빠르고, 거품 같은 공명을 위해서는 대포 아가리에라도 뛰어든다. 다음은 법관으로, 살찐 식용 닭이랑 뇌물 덕분에 배는 제법 뚱뚱해지구, 눈초리는 매섭구, 수염은 격식대로 길러져 있구, 현명한 격언과 진부한 문구도 많이 알고 있구, 이래가지구 자기 역을 맡는다. … 그런데 제 6기에 들어서면 슬리퍼를 신은 말라빠진 어릿 광대 역으로 변하는데, 코 위에는 안경을 걸치고, 허리에는 돈주머닐 차고, 젊은 시절 입었던 홀태바지는 말라빠진 가랑이에 너무 헐렁하고, 사내다운 굵직한 음성은 아이 같은 새된 음성으로 되돌아가서 피리같이 삑삑 소리만 낸다. … 그리고 파란 많은 이 일대기의 끝장인 마지막 장면은 제 2의 어린 아이 시절이랄까, 오직 망각이 있을 뿐, 이도 없구, 눈도 없구, 미각도 없구 일체 아무것도 아니다.

And all the men and women merely players.
They have their exits and their entrances,
And one man in his time plays many parts,
His acts being seven ages. At first the infant,
Mewling, and puking in the nurse's arms.
Then the whining schoolboy with his satchel
And shining morning face, creeping like snail
Unwillingly to school. And then the lover,
Sighing like furnace, with a woeful ballad
Made to his mistress' eyebrow. Then, a soldier,
Full of strange oaths, and bearded like the pard,
Jealous in honour, sudden and quick in quarrel,
Seeking the bubble reputation
Even in the cannon's mouth. And then, the justice,
In fair round belly, with good capon lined,
With eyes severe, and beard of formal cut,

Full of wise saws, and modern instances,

And so he plays his part. The sixth age shifts

Into the lean and slippered pantaloon,

With spectacles on nose, and pouch on side,

His youthful hose well saved, a world too wide

For his shrunk shank, and his big manly voice,

Turning again toward childish treble pipes

And whistles in his sound. Last scene of all,

That ends this strange eventful history,

Is second childishness and mere oblivion,

Sans teeth, sans eyes, sans taste, sans every thing. (2.7.139-67)

1-A. What is drama?

by Ronald Allan Chionglo
http://litera1no4.tripod.com/drama.html

Drama comes from Greek words meaning "to do" or "to act." A play is a story acted out. It shows people going through some eventful period in their lives, seriously or humorously. The speech and action of a play recreate the flow of human life. A play comes fully to life only on the stage. On the stage it combines many arts those of the author, director, actor, designer, and others. Dramatic performance involves an intricate process of rehearsal based upon imagery inherent in the dramatic text. A playwright first invents a drama out of mental imagery. The dramatic text presents the drama as a range of verbal imagery. The language of drama can range between great extremes: on the one hand, an intensely theatrical and ritualistic manner; and on the other, an almost exact reproduction of real life. A dramatic monologue is a type of lyrical poem or narrative piece that has a person speaking to a select listener and revealing his character in a dramatic situation.

Classification of Dramatic Plays

In a strict sense, plays are classified as being either tragedies or comedies. The broad difference between the two is in the ending. Comedies end happily. Tragedies end on an unhappy note. The tragedy acts as a purge. It arouses our pity for the stricken one and our terror that we ourselves may be struck down. As the play closes we are washed clean of these emotions and we feel better for the experience. A classical tragedy tells of a high and noble person who falls because of a "tragic flaw," a weakness in his own character. A domestic tragedy concerns the lives of ordinary people brought low by circumstances beyond their control. Domestic tragedy may be realistic seemingly true to life or naturalistic realistic and on the seamy side of life. A romantic comedy is a love story. The main characters are lovers; the secondary characters are comic. In the end the lovers are always united. Farce is comedy at its broadest. Much fun and horseplay enliven the action. The comedy of manners, or artificial comedy, is subtle, witty, and often mocking. Sentimental comedy mixes sentimental emotion with its humor. Melodrama has a plot filled with pathos and menacing threats by a villain, but it does include comic relief and has a happy ending. It depends upon physical action rather than upon character probing. Tragic or comic, the action of the play comes from conflict of characters how the stage people react to each other. These reactions make the play.

Characters and Story

In a dramatic story or play, the dynamic characters draw in an audience because they promise to take a story's audience on a journey to experience a story's fulfillment. The key issue to understand is that it is because characters in stories act out to resolution issues of human need that they engage the attention of an audience. When introducing a story's characters, then, writers need to suggest in some way that their characters are "ripe." This means that a character has issues that arise from a story's dramatic purpose and the story's events compel them to resolve it. For example, if courage is the main issue in a story, the storyteller can set a character into an environment designed to compel them to act. That's how a story's dramatic purpose is made visible. It establishes both why characters act and why a story's audience should care. Viewers want to care, to believe in the possibility of what a story's characters can accomplish. In that way they experience that belief in themselves. That's why a storyteller often arranges a story's elements to deliberately beat down and place characters in great danger, so the story's readers can more powerfully experience their rising up unconquered. Just as we secretly imagine ourselves, standing in their shoes, doing as well. Once the storyteller understands the role their characters serve for an audience, they can better perceive why such characters should be introduced in a particular manner: In a way an audience can understand and identify with a particular character and their goals. In a way that the audience is led to care about the outcome of a character's goals and issues while also perceiving how they advance the story toward its resolution and fulfillment. That's why it's important a storyteller introduce characters in a way that allows an audience the time to take in who the characters are and what issues they have to resolve. Often limiting the number of characters introduced in a scene can do this simply. Many popular movies, for example, have only one or two main characters in a scene. Large group scenes are the exception, not the rule. The purpose of this is so the audience can clearly identify with an understand a character's issues. Second, the actions of a story's characters should advance a story toward its resolution and fulfillment along its story and plot lines in a discernible way. If characters serve no dramatic purpose in a scene—if their actions don't serve to advance the story—save their introduction for a later time. Characters in a story should be designed by the storyteller to have emotions that suggest how they will react to a story's events. As an example, a story about courage, characters might confront their feelings about lacking courage. That's the internal side of the equation.

The storyteller then puts them into an environment that compels them to react. By how they react, they set out the story's dramatic purpose and give voice to their feelings and concerns as the action of the story exerts pressure on them. By resolving questions based on the inner conflicts of characters, a story has meaning to those in the audience with similar feelings and issues. Story events that have no real effect on a character's inner feelings—a character's sense of mattering—serve no purpose in a story. Worse, they can confuse an audience. They see characters with certain issues reacting to events that don't clearly elicit those responses. Or that elicit responses that seem out of sync with what they know about a character. Or a character's issues have been kept hidden in a way the audience has no way to feel engaged over how or why characters are responding to a story's events. The deeper issue here is that the storyteller have a sense of how the types of characters that populate a story arise from a story's dramatic purpose. That their emotions arise from setting out that purpose. That the events of the story clearly compel those characters to respond based on a sense of who they are. That all of these are blended together to recreate a story's journey along its story line from its introduction to its fulfillment. Well-told stories populated with dynamic, dramatic characters with larger than life passions and needs act out issues those in the audience might struggle with. Such characters battling with other determined characters to shape a story's course and outcome bring a story's dramatic purpose to life in a fulfilling way. Creating such characters is another art in the craft of storytelling.

How to make a story more dramatic?
To understand writing "in the dramatic moment," one should start

with an understanding of the dramatic purpose of a story. A story, through its use of words, images and sounds creates for its audience the effect of a quality of movement toward resolution/fulfillment of a story's issues and events. To make a story's world feel/ring "true," every element in a story—words, images, characters, events, ideas, environment—must have a purpose that connects it with a story's overall dramatic purpose.

What makes a Drama a Drama?

- A dramatist should start with characters. The characters must be full, rich, interesting, and different enough from each other so that in one way or another they conflict. From this conflict comes the story

- Put the characters into dramatic situations with strongly plotted conclusions

- The plot should be able to tell what happens and why

- The beginning, should tell the audience or reader what took place before the story leads into the present action. The middle carries the action forward, amid trouble and complications. In the end, the conflict is resolved, and the story comes to a satisfactory, but not necessarily a happy conclusion.

- It should be filled with characters whom real people admire and envy. The plots must be filled with action. It should penetrate both the heart and mind and shows man as he is, in all his misery and glory.

2 | 드라마의 종류

드라마의 종류는 전통적 분류에 따르면 비극, 희극, 문제극, 소극, 격정극, 부조리극, 서사극, 가나한 영극, 상황연극, 잔혹연극, 환경연극, 퍼포먼스, 뮤지컬등 아주 다양하다. 그러나 여기서는 주로 아동극과 관련된 것들만 설명하고 다른 것은 과제로 남기기로 한다. 드라마는 형태, 목적, 방법에 따라 그 종류가 다양하다. 몸으로만 연기하느냐, 어떤 도구를 사용하느냐에 따라 분류하기도 한다. 여러 가지 유형으로 접근하게 되는데 이렇게 다양한 연극적인 접근은 변화무쌍한 것을 좋아하는 관객들의 성향에도 부합된다. 또한 공연을 하는 데 있어 실험적인 여러 형태의 접근은 연출가의 아이디어 개발에도 도전을 준다. 아동극과 관련된 드라마의 종류는 다음과 같다.

(1) 무언극(Pantomime)

연극에서 배우가 대사 없이 몸짓과 표정만으로 극의 내용을 표현하는 것을 무언극이라 한다. 이를 마임(mime) 또는 판토마임(pantomime)이라고도 한다. 고대 시대에 가수의 노래에 맞추어 무용수가 몸짓만으로 어떤 내용을 전달하는 데서 무언극은 시작되었다. 특히 배우훈련의 한 수단으로 이용되었는데 대사가 없는 동작을 무언극이라 한다. '말이 없는' 관계로 마임(mime)이라고 하기도 하는데 상상력을 자극하는데 큰 도움이 되어 관객의 호기심을 자극하며 동기유발에 작용하여 의사소통의 좋은 방법이 되기도 한다.

마임은 학습자가 언어에 대한 불안감 없이 동료 앞에서 편안하게 연기하도록 도와주는 기능을 하므로 언어 학습에 효과가 크다. 무대에 서서 두려움이나 걱정 없이 스스로 할 수 있다는 자신감을 가지고 몸짓으로 연기하기 때문에 의사표현을 자유스럽게 할 수 있도록 도와준다. 마임은 말을 하지 않고 행동으로 보여 주기 때문에 구술 능력의 개발과 상관이 없는 것처럼 생각하기 쉽지만, 행동을 나타내는 활동 자체가 이야기라고 할 수 있다. 마임의 목적은 훌륭한 연기 능력을 개발하는 것이 아니라 상황과 목적에 따른 적절한 표정, 몸짓, 자세와 태도 등을 표현해야 하므로 의사소통 전략의 개발에 중요하다. 마임을 잘하기 위해서는 "움직임의 정확성과 움직임에 대한 최고의 인식"(precision in movement, and a heightened awareness of movement)(Tourelle 44)이 필요하다고 하는 것은 말을 사용하지 않기 때문에 그렇다고 할 수 있다. 또한 마임을 잘 하려면 상상력을 최대한 발휘해야 하기 때문에 언어 학습에서 동기 유발로 작용하여 학생의 호기심을 자극하고 의사소통을 제공하며 언어의 실제적 상황에서 감정과 의견을 갖고 활동하도록 기능한다.

마임은 말을 사용하지는 않지만 신체의 일부로 감정과 상황을 표현하는 것이므로 말을 하는 것과 같은 언어적 효과가 있다. 성공적인 마임을 하기 위해서는 일상사의 경험을 반영함으로써 누구나 공감할 수 있는 것이어야 한다. 일상생활에서 일어나는 일들은 학생이 경험할 수 있는 것들인데 이것을 마임의 소재로 활용한다면 학생이 영어 학습을 하는데 있어서 호기심과 더불어 흥미를 느끼게 되어 더욱 적극적인 학습태도를 갖게 된다. 판토마임을 할 수 있는 상황은 다음과 같은 예가 있다.

- 무거운 짐 들어올리기
- 잠긴 문 열고 들어가 문 닫기
- 물 컵에 물 따르기 그리고 마시기
- 젖은 장작에 불붙이기
- 아침에 일어나 거울을 보니 눈이 충혈되어 있다.
- 친구를 기다리는데 약속시간은 지났는데도 친구가 오지 않는다. (무엇을 할까)
- 비가 오는 밤거리를 혼자 걷고 있다.
- 밧줄 잡아당기기
- 무대 위에서 걸어가기(제자리에서)
- 벽을 미는 동작
- 벽돌 쌓기 (노영철 81)

마임을 하는 학습자는 먼저 마음속으로 보여줄 것을 생각하고, 어떤 상황에서 어떤 느낌을 가지고 어떻게 행동으로 보여 줄 것인지를 결정한다. 다른 학생들은 마임을 하는 학생이 어떤 행동을 하는지 상상하게 된다. 마임을 끝내고 나면 실연을 한 학습자는 자기가 꾸민 마임이 무엇을 표현하였는지를 말하게 함으로써 말하기를 유도할 수 있고 마임을 본 다른 학생들의 주의 깊은 관찰력도 길러줄 수 있다.

이와 같이 마임은 말을 사용하지 않고 몸이나 신체의 일부로 감정과 상황을 표현하지만 말을 하는 것 못지않게 많은 언어적 효과를 발휘할 수 있다.

(2) 즉흥극(Improvisation)

즉흥극은 사전 준비 없이 주어진 상황 속에서 대화나 이야기를 구성하여 발표하는 것으로 대본 없이 즉석에서 연기하는 것을 말한다. 즉흥극은 어떤 상황이 주어지면 그 상황을 학습자가 자기의 상상력과 연기의 능력을 최대한 이용하여 연기하는 것이다. 언어로 즉석에서 극화하여 보여주는 것이기 때문에 수업시간에 배운 구문이나 단어를 사용하고 그 상황을 표현하기 위하여 더 많은 말이 필요할 경우 알고 있는 단어나 그동안 배운 모든 언어적인 것을 동원하여 연기하므로 그 순간에 적당하게 대처하는 순발력이 필요하다. 즉흥극은 주어진 역할을 연기하는 것이 아니기 때문에 특별한 연습이 필요하지는 않지만 상황에 따라 적당한 연출을 해야 하므로 영어 학습의 초기 단계에 있는 학생에게는 다소 어려움이 있을 수 있으나 배운 문장을 마음껏 활용할 수 있는 머리의 회전에 도움이 되는 자율적 학습 모델이라고 할 수 있는데 다음과 같은 기능이 있다.

> 즉흥극은 바로 할 수 있는 놀이, 약간의 시간이 필요한 놀이, 극 만들기로 할 수 있는 놀이 순으로 해나가거나, 한 사람에서 여러 사람으로, 짝꿍끼리 시작해서 모둠활동으로, 상황이 쉽고 간단한 것에서 복잡한 것으로, 또는 짧은 것에서 좀 더 긴 것으로, 먼저 자신을 표현하다가 타인을 표현해가는 쪽으로 하는 것이 좋겠다. 이때도 가능하면 브레인스토밍의 방법으로 해나간다. (곽종태, 2003. p. 128)

즉흥극은 드라마의 줄거리나 진행을 전개시키기도 하며 종종 문제해결의 매개체로 사용되기도 한다. 즉석에서 연기할 수 있는 상황을 제시하자면 다음과 같은 것이 있다.

- 기차역에서
- 버스를 기다리면서
- 담배피우다 발각된 학생
- 소방차가 달리는 상황
- 도둑질하다 들킨 학생
- 운동회의 기억
- 소풍의 추억
- 마을의 유래
- 어린 시절 소풍의 기억
- 나의 첫 번째 무용발표
- 세계 속의 한국
- 공해로부터의 자유

(3) 역할 놀이(Role-play)

역할 놀이는 학생들에게 어떤 가상적 역할을 주고 그것을 연기하도록 하는 것이다. 언어 표현과 기본요소를 제공하고 언어 사용과 관련된 가상의 역할을 맡게 하여 주어진 상황에 맞도록 역할을 연기하도록 하기 때문에 언어학습에 크게 도움이 된다. 역할 놀이는 학습자의 즉흥성과 가상적 역할(fictitious role)을 강조함으로써 의사전달 능력을 신장시킬 수 있으며 교실에서 학생들이 자연스럽게 언어를 사용함으로써 영어 구사력을 향상시키는데 효과 있는 활동 방법이다. 역할놀이와 학습의 관계는 다음과 같다.

이러한 가상적 역할의 수행을 통하여 학생들을 수업과정에 적극적으로 참여시킬 수 있으며, 실제 언어사용 상황에 매우 근접한 사회 언어학적 언어의 기능, 의미의 미묘한 차이, 어법 등을 익힐 수 있는 좋은 기회를 제공해 줄 수 있다. 이때 역할 놀이에 참여하는 모든 학생들을 익힐 수 있는 좋은 기회를 제공해 줄 수 있다. 이때 역할놀이에 참여하는 모든 학생과 그 밖의 학생들도 전체적인 맥락과 상황을 잘 알 수 있도록 하기 위해서 학생들로 하여금 상황에 따른 등장인물들의 관계에 대한 정확한 이해와 자신의 역할과, 상대의 역할에 대한 정확한 인식을 시킬 필요가 있다. (최억주 271)

영어 학습의 초기 단계에 있는 학생은 교사의 지도아래 제시된 대사를 반복적으로 암기하여 그 상황을 연기하므로 가장 자연스런 언어 습득의 방법이 된다. 점진적인 연습과정을 거쳐 교사는 단지 상황제시만 하고 학생들의 상상력을 발휘하여 창의적으로 대처할 수 있는 단계로 발전해 나가도록 지도하는 것이 중요하다. 그렇기 때문에 역할 놀이를 통해 언어 기능에 대해 보다 구체적으로 이해할 수 있고 학습 내용을 우리의 실생활과 밀접하게 연결하여 반복적으로 사용할 수 있다. 이런 경우 교사는 상황만을 제시하고 역할의 내용과 표현을 학습자가 창의적으로 만들어 내게 하여야 한다.

상호 작용을 통한 학습의 기회를 만들기 위한 역할 놀이의 상황과 내용은 다양해야 하며 이런 학습 조건을 제공해 주기 위해 고려되어야 할 점은 무엇보다 학습자의 언어 능력에 미치지 못하는 상황과 역할은 학습자의 활동을 위축시키므로 그에 맞는 상황과 역할이 주어져야 하며, 교사는 역할 연습에서 최대한의 효율성과 경제성을 고려한다. 한번 연습한 역할 연습의 내용이 여러 상황에서의 의사소통에 응용되고 도움을 줄 수 있어야 한다. 그리고 실생활에서 직접적으로 경험하는 역할에 대한 연습이 학습자를 자극하고 학습에의 동기를 유발시키는데 학습자가 연습하는 역할과 상황이 개연성이 있고 친숙한 것일수록 좋다. 역할 놀이는 학습자에 의한 단순한 언어 의사전달 수단이 아닌, 역할을 맡은 각자가 자기의 개성을 충분히 연기해 낼 때 최대의 효과를 볼 수 있다고 하겠다.

⑷ 동화극

학생극에서 가장 흔히 있는 것이 동화극이다. 동화극은 글자 그대로 창작동화나 전래동화를 바탕으로 극을 꾸민 것이다. 학생들에게는 이솝 이야기를 극으로 꾸민 것이 가장 쉽고 널리 알려진 것이다. 어떻게 보면 모든 이야기는 동화극으로 꾸밀 때 가장 잘 전달되고 효과도 크다고 하겠다. 동화극은 10분 내외의 단막극이 좋다. 학생들이 좋아하는 어떤 이야기도 동화극으로 각색되어 공연될 수 있다. 동화극으로 만들어지는 과정에서 학생들이 직접 참여하면 더 재미있고 교육적 효과를 얻을 수 있다. 극의 길이가 너무 길면 흥미가 없고 산만해지기 때문이다. 동화극은 어떤 형태의 이야기든 이것을 어느 정도 교육적 의도를 가지고 재미있게 꾸민 학생극을 의미한다.

⑸ 성극(聖劇)

성경의 이야기나 성자들의 생활을 연극으로 꾸민 것을 성극이라 한다. 성극은 교회의 주일 학교 학생들이 부활절, 추수 감사절, 성탄절 등에 주로 공연하는 연극이다. 성극에는 반드시 찬송가의 독창이나 중창, 합창을 곁들이는 것이 효과적이다. 성극은 기독교의 내용을 재미있고 감동적으로 극화해서 공연하는 것이기 때문에 무대효과나 조명 및 음악이 더욱 강조된다.

엄격한 기독교 교리를 재미없이 설교하거나 강요하다시피 주입시키려는 것이 일반적인 경향이었다. 어른들에게도 지겨웠을 것이니까 어린이들에게는 더할 나위 없는 일이었다. 그래서 교회에서 교인들에게 좀 더 재미있고 효과적으로 성경을 가르치고 전도를 효과적으로 할 목적으로 성극은 시작되었다. 성극은 처음에 정해진 의식의 일부를 성직자들이 연기한데서 비롯되었다. 그러다가 주일학교 학생들이나 청년부 학생들이 연기하였고 후에는 전문 극단에서도 성극을 연기하게 되었다. 가장 오래되고 자주 공연된 것은 그리스도의 부활에 관한 것이다. 예수 탄생과 동방박사 및 마구간의 모습은 여러 나라에서 여러 모습으로 자주 공연되는 성극이다. 주일학교 학생들에 의해 간단하게 공연되는 성극도 좋지만 어른들과 주일학교 및 청년부들이 합동으로 성극을 하면 좀 더 웅장하고 의미가 깊다. 기독교가 더욱 확장되고 교회의 건물이 연극 공연하기에 적합하게 되면서 성극은 더욱 웅장하게 발전 되었다.

다음의 대본은 성극의 일부이다

SAM: The name is Spade. Sam Spade. I'm a private investigator. In fact, I'm the world's greatest... (offers hand)

MAHALATH: Save it. You've got the job.

SAM: What job? I came here to work for Esau.

MAHALATH: Esau wouldn't be seen in public with a low-life like you! (freezes)

SAM: (to audience) Look, I can explain. Back in Jerusalem, business was a little slow. I had to supplement my income with a few sleazy divorce cases. Is that such a crime? (to Mahalath)

So, I'll be working with you, aye?

MAHALATH: Regrettably.

SAM: So, you must be Esau's wife.

MAHALATH: Yes. Esau you wants to hunt down a dirty no-good thief named Jacob.

SAM: Listen, your family is famous here in the land of Canaan. I just happen to know that Jacob is Esau's brother.

MAHALATH: Yes. And he's a thief!

SAM: What was it he was supposed to have stolen?

MAHALATH: He stole Esau's birthright.

SAM: You're upset because Jacob stole Esau's title?

MAHALATH: It's more than a title. The title of firstborn son carries with it a double portion of inheritance when his father dies. Do you know how much money Jacob stole when he stole Esau's birthright?

SAM: Everybody knows that Isaac is the richest man in Canaan. And everybody also knows that Jacob has been gone a long time. Why do you want him dead now?

MAHALATH: Because Isaac is on his deathbed. I want you to track down Jacob and when you find him, I want you to kill him! No, wait. When you find him I want you to torture him and then kill him!

SAM: Hey, listen, lady. I'm a private investigator. Investigators investigate. I'll find Jacob for you, but you'll have to do your own... (shivers) other stuff.

(http://www.thewestcoast.net/bobsnook/stg/ot/jacob.htm)

(6) 생활극

생활극이란 학생들의 일상생활을 바탕으로 이루어진 극을 말한다. 생활극이 생겨난 까닭은 교육 현장에서 학생들의 마음이나 생활을 순화 시키는 교육적 목적에서 이다. 그리고 일상생활과 연극을 좀 더 가까이 하려는 것은 여러모로 의미가 있다. 그 이전까지는 대부분의 학생극은 왕자나 공주 등이 주인공이 된 동화극이거나, 이솝 이야기를 바탕으로 한 동물들에 대한 것이 많이 있었다. 그러나 생활극이 도입되어 길동이나 순희 같은 보통의 우리 주변 인물이 무대 위에 나타나 그들의 생활과 주변의 실제 모습들을 보여주게 된 것이다. 그만큼 연극은 우리들의 실생활과 밀접한 관계를 갖게 되었으며 일상생활과 연극이 서로 상응하게 된 것이다.

(7) 낭독극(Reader's Theatre)

낭독극은 실제로 공연에 쓰여 지는 무대장치, 조명, 의상, 분장, 음향 등을 무대에 직접 올리고 실천에 옮기는 대신 말로써 설명하고 이끌어가는 연극의 일종이다. 학생들은 대본을 손에 들고 읽는 것에 주로 의존하기 때문에 목소리의 크고 작음, 목소리의 고저장단, 억양을 이용해 청취자들에게 상상력으로 전달하는 것이다. 라디오 연속극 중 대사 중심의 극이 낭독극에 해당한다고 볼 수 있다. 낭독극은 대사를 외우거나 연기할 필요가 없이 극놀이를 하는 것이므로 영어교육에는 적은 노력으로 효과를 최대한 얻을 수 있는 것이다. 불필요한 동작이 생략되고 대사의 음성학적 적용에만 의존하기 때문에 발음교육에 가장 적합하다고 볼 수 있다. "낭독극의 주요한 목적은 문학에 대한 학생들의 이해와 관심, 그리고 구두 읽기 능력을 향상시키는데 있기 때문에, 맡은 역할의 대사를 기억하는 것 보다는 소리 내어 읽기를 요구한다"(최익주 279)라고 보기 때문에 적은 노력으로 커다란 연극적 효과를 얻을 수 있다.

(8) 인형극(Puppet)

인형극이란 어떤 형태이든 인형이라는 도구를 사용해 연극을 하는 것이다. 초창기의 인형은 종교적인 의식에 사용하기 위해 만들어졌다고 한다. 본격적인 인형극의 시작은 종교적인 의식이 아닌 놀이와 이야기를 하기 위해 인형을 이용하면서부터다. 옛날부터 세계 곳곳에서는 하층 계급 사람들이 상류층을 비꼬거나 간접적으로 공격하기 위해서 우스꽝스런 인형을 사용해 연극을 만들어냈다.

인형극은 사용하는 인형의 종류에 따라 막대인형극, 손인형극, 줄인형극, 그림자인형극 등으로 분류할 수 있다. 인형극을 위해 만들어진 최초의 인형 형태는 막대인형이다. 허수아비처럼 생긴 막대인형은 인형의 몸통 중앙에 막대를 꽂아 손에 들고 움직일 수 있도록 만든 인형이다. 우리나라에서 시작된 '꼭두각시놀음'이나 약 1200년 전 중국에서 유행한 '목우희' 등은 막대인형을 이용한 인형극이다.

단순한 형태의 막대인형극에서 보다 구체적이고 다양한 동작을 표현하기 위해 인형극은 점점 발전을 거듭했다. 우선 밑에서 인형을 치켜들고 조종해야 하는 막대인형의 한계를 극복하기 위해 줄인형(String Puppet)과 손인형(Hand Puppet)이 만들어졌다. 인형은 다른 어떤 매체보다 학생들을 매혹시키고 사로잡는 힘을 가지고 있다. 학생들의 흥미를 지속시켜 주어 주의 집중 시간을 길게 하고 손쉽게 환상의 세계로 이끌어 주는 인형은 교육 현장에서 많이 사용되고 있다. 특히 인형은 학생들에게 동화적인 세계를 다양하게 경험시키고 상상력을 자극하여 좋은 정서를 함양하게 하는 등 그 교육적 가치가 있다. 인형의 제작과 조작방법 및 인형극의 연출 과정에 학생들을 직접 참여시킴으로써 동기유발은 물론 적극적인 학습 자세를 기를 수 있다.

인형에 직접 손을 끼고 움직이게 하여 독특한 재미를 주는 손인형극은 주로 중국에서 발달했다. 손 인형극은 인형의 머리와 두 손을 조종자의 세 손가락에 끼우고 조종하는 것으로 막대인형보다는 움직임이 자유롭기 때문에 학생들에게 친숙하여 많이 사용되고 있다. 손인형에는 다음과 같은 것들이 있다.

A. **양말인형**: 양말을 이용한 손인형으로 신축성이 있고 쉽게 보관할 수 있다. 양말의 앞부분을 자르고 마분지 조각을 입 안의 위·아래에 붙여서 네 손가락을 윗부분에 넣고 엄지손가락을 아래 부분에 넣어 조작하므로 손과 머리를 동시에 써야하는 드라마 활동이다.

B. **종이인형**: 종이인형은 서류봉투 등을 이용하거나 종이를 접어서 입을 움직이게 한다. 종이봉투의 경우에는 입의 위치가 종이봉투의 접은 선에 오게 하여 봉투가 열리고 닫힘에 따라 말하는 모습을 나타나게

한다. 이때 접힌 부분에 눈을 그려서 눈을 떴다 감았다 할 수 있다.

다음 사진은 장갑을 이용한 손인형의 모습이다

　　현대의 인형극은 여러 가지 종류의 재료를 이용해서 다양한 방법으로 내용면에서도 새로운 것을 보여주는 변화를 거듭하고 있다. 미국에서는 벙어리장갑 형태의 새로운 손인형극인 머펫(Muppet)이란 인형극이 많이 발달하였다. 일본에서는 기존의 막대인형보다 막대를 짧게 해서 인형 몸통 안에 손을 넣을 수 있는 사이바다 인형극을 만들었다. 인형극은 좀 더 많은 효과를 위해 특수 음악과 조명을 사용하기도하고 특수한 재질을 사용하여 무한한 변화를 시도하기도 한다.

⑼ 가면극

　　가면극은 사람이나 동물의 얼굴 모양의 가면을 쓰고 행해지는 연극을 말한다. 그 가면을 잘 분장하여 다른 인물이나 동물, 혹은 초자연적인 존재나

신(神) 등을 나타내거나 상징할 수 있다. 그러므로 자연물이나 동물에게도 영혼이나 신성이 깃든다고 믿었던 원시인들은 가면이 인격을 변화시키는 매개물이라고 믿었다.

가면은 자신의 신분과 모습을 상대방이 알아차리지 못하도록 철저히 감추어 자신이 원하는 바를 얻어낼 수 가 있는 것이 특징이다. 가면극을 하기 위한 준비단계로 가면의 제작이 필수적이다. 가면을 제작하는 데서부터 학생들은 연극적 체험을 하게 된다. 재료는 일상생활에서 쉽게 구하는 소재를 사용할 수 있기 때문에 간편하게 실용적으로 할 수 있다. 종이나 헝겊, 또는 나무판, 석고, 양철 등 손쉽게 주위에서 구할 수 있는 것으로 가면을 만들 수 있다. 가면을 만들고 색칠을 하는 과정은 상당히 많은 아이디어와 상상력이 필요하다. 학생들 스스로 하게 할 수도 있고 선생님과 함께 공동 작업을 할 수도 있다. 이런 준비과정은 복잡하지 않으면서도 흥미를 줄 수 있도록 해야 한다.

2-A. Types of drama

by Jenney Cheever
http://www.life123.com/parenting/education/drama/types-of-drama.shtml

You'll discover many types of drama when studying drama and theater. The symbol of drama, the laughing and weeping masks, represent the two main types of drama, comedy and tragedy. Within those categories lie the many forms of drama that entertain people today.

Comedy

When we talk about comedy, we usually refer to plays that are light in tone, and that typically have happy endings. The intent of a comedic play is to make the audience laugh. In modern theater, there are many different styles of comedy, ranging from realistic stories, where the humor is derived from real-life situations, to outrageous slapstick humor.

Tragedy

Tragedy is one of the oldest forms of drama; however, its meaning has changed since the earliest days of staged plays. In ancient times, a tragedy was often an historical dramas featuring the downfall of a great man. In modern theater, the definition is a bit looser. Tragedy usually involves serious subject matter and the death of one or more main characters. These plays rarely have a happy ending.

Farce

Farce is a sub-category of comedy, characterized by greatly exaggerated characters and situations. Characters tend to be one-dimensional and often follow stereotypical behavior. Farces typically involve mistaken identities, lots of physical comedy and outrageous plot twists.

Melodrama

Melodrama is another type of exaggerated drama. As in farce, the characters tend to be simplified and one-dimensional. The formulaic storyline of the classic melodrama typically involves a villain a heroine, and a hero who must rescue the heroine from the villain.

Musical

In musical theater, the story is told not only through dialogue and acting but through music and dance. Musicals are often comedic, although many do involve serious subject matter. Most involve a large cast and lavish sets and costumes.

As a student of drama it is important to be able recognize these different types of drama. Be aware that in modern theater, the lines between these types of drama are often quite blurred, with elements of comedy, drama and tragedy residing in the same play.

2-B. Types of drama

by Saptakee Sengupta
http://www.buzzle.com/articles/types-of-drama.html

How well life and its intricacies are portrayed on a stage through actions and performances of theater actors! This creative art form is renowned throughout the world as drama. It's a means of self expression, where actors showcase their inherent talents on the stage, which is interwoven with other elements like, music, dance, instruments, mikes and lights, to make it more appealing to the audience. Theater and drama are collective terms, and the basic component of the play is a story based on fictional events and characters.

Evolution of drama bears a rich history and it had influences mainly from the Western countries. The theatrical culture emerged from Greece and Athens, thereby creating an impact throughout the world. Classical Athenian drama was succeeded by Roman drama, Medieval, Elizabethan and Jacobean (English renaissance theater), modern and postmodern drama. Different genres of dramas were produced, which gained immense popularity amongst all sections of the society. Worth to note, Asian countries like India, China and Japan also composed dramas that explicitly symbolized their tradition, culture and ethnicity.

Drama was broadly categorized into three different forms, viz. opera, pantomime and creative drama. We explain them in the following points. Opera was accepted warmly during the Renaissance period due to its versatility. Theater and music were in perfect harmony and actors displayed exceptional acting and singing skills.

Pantomimes were composed keeping the theme of folk tales as the primary element and symbolism occupied a prominent position. It was organized in the form of masques, where characters wore elaborate costumes and makeup.

Creative drama is the modern version of drama, which was popularized mostly by youngsters, possessing innate acting skills. Stage shows and theaters were organized in schools and colleges, which gave a platform to students for exhibiting their talents.

No matter what the form was, every drama contained some basic elements. The components of drama are; theme, plot, audio-visual effects and music. All these elements must be synchronized perfectly for creating a masterpiece.

Different Types of Drama

Based on the elements of drama and common perception of people.

COMEDY

A comedy makes us laugh when the play is well composed with the humorous elements. The story is usually based on real life characters, funny experiences in life or any type of fun provoking situation. A comical drama can also be sarcastic and raunchy. Composing a comical drama requires high level of intellect and perceptive faculties because provoking laughter is not something easy.

FARCE

According to the definition given by Britannica, it is a comic dramatic piece, that uses highly improbable situations, stereotyped characters, extravagant exaggeration, and violent horseplay. Farce, although a sub category of comedy, is intellectually inferior to comedy because the plots and the characters are substantially crude, ambiguous and unimaginative.

TRAGEDY

The drama exposes the plight and suffering of humans to its audience. The perfect example of a tragic drama is Shakespeare's Hamlet. The theme of a tragedy usually rotates around ruination of dynasty, downfall of man, emotional betrayals, moral setback, personal loss, death and denials. A tragedy when composed and enacted well can touch your sentiments deeply.

MELODRAMA

Melodrama is exaggeration of emotions. It's marked by surge of emotions, which is a technique to make the character and the plot more appealing to the audience. A melodrama often fails to derive applause because excessive display of emotions becomes sheer monotonous. On the contrary a superbly executed melodramatic plot can absorb you completely within it.

FANTASY

It's a complete fictional work where characters virtually display supernatural skills. It's more appealing to children as fairies, angels, superheroes, etc are embedded in the plot. Use of magic, pseudo science, horror and spooky themes through various kinds of technical devices create a perfect world of fantasy. The modern version of drama incorporates a great deal of special effects.

MUSICAL

Music, melody and dance play a significant role in a musical drama. The music should be in sync with the actions and the performer often uses dance as a means of self expression. The stage is equipped with a band of orchestra, well rehearsed with the plot and use of music. Musical drama became popular as opera, which is still considered to be intensely sensuous.

Although drama has been divided into the aforementioned types, yet people love to experiment their skills to produce many new genres. You can also sustain a single plot combined with all these major forms. The drama gets etched in the mind of audience when execution of the script, the stage performance and the coordination between group members are absolutely perfect.

2-C. Terms for understanding drama

http://drb.lifestreamcenter.net/Lessons/Drama.htm

1. Allusion

An indirect reference by casually mentioning something that is generally familiar (In literature we find many allusions to mythology, the Bible, history, etc.)

2. An antagonist

An antagonist is a character, group of characters, or institution that represents the opposition against which the protagonist must contend. In other words, an antagonist is a person or a group of people who oppose the main character(s).

3. Aside

Lines whispered to the audience or to another character on stage (not meant to be heard by all the characters on stage)

4. Catastrophe

the final event in a drama (a death in a tragedy or a marriage in a comedy)

5. Comedy

Comedy in the contemporary meaning of the term, is any discourse or work generally intended to be humorous or to amuse by inducing laughter, especially in theatre, television, film and stand-up comedy.

6. Comic Relief

A bit of humor injected into a serious play to relieve the heavy tension of tragic events

7. Conflict

In literature, the literary element conflict is an inherent incompatibility between the objectives of two or more characters or forces. Conflict creates tension and interest in a story by adding doubt as to the outcome. A narrative is not limited to a single conflict. While conflicts may not always resolve in narrative, the resolution of a conflict creates closure, which may or may not occur at a story's end.

8. Crisis or Climax

the turning point in the plot (This occurs when events develop either for or against the main character and a crucial decision must be made.)

9. Dramatic Irony

occurs when the audience knows something that the character on stage is not aware.

10. Foreshadow

Lines that give a hint or clue to future events (It doesn't tell the future but hints at it.)

11. Irony

- A method of expression in which the ordinary meaning of the word is opposite to the thought in the speaker's mind
- Events contrary to what would be naturally expected

12. Metaphor

an implied comparison between two different things; identifying a person or object as the thing to which it is being compared.
Example: 'It is the East and Juliet is the sun.'—'tossed on the sea of life'

13. Metonymy

a figure of speech whereby the name of a thing is substituted for the attribute which it suggests. Example: The pen (power of literature or the written word) is mightier than the sword (force).

14. Nemesis

In Greek mythology, Nemesis (Greek, Νέμεσις), also called Rhamnousia/Rhamnusia ("the goddess of Rhamnous") at her sanctuary at Rhamnous, north of Marathon, was the spirit of divine retribution against those who succumb to hubris (arrogance before the gods). Another name was Adrasteia, meaning "the inescapable."[1] The Greeks personified vengeful fate as a remorseless goddess: the goddess of revenge. The name Nemesis is related to the Greek word ν έμειν [némein], meaning "to give what is due".

15. Personification

In writing, personification means giving an inanimate (non-living) object human traits and qualities, such as emotions, desires, sensations, physical gestures and speech. Examples are 'the leaves swayed in the wind', 'the ocean heaved a sigh' or 'the frowning cliff smiled at last'. In easy language personification is just giving an example of a living being for a non living thing.

16. Poetic Justice

The operation of justice in a play with fair distribution of rewards for good deeds and punishment for wrong doing

17. Protagonist

A protagonist is the main character (the central or primary personal figure) of a literary, theatrical, cinematic, or musical narrative, who ends up in conflict because of the antagonist. The audience is intended to most identify with the protagonist.

18. Simile

an expressed comparison between two different things using 'like' or 'as'—Example: 'eyes twinkle like stars'—'as loud as the roaring sea'

19. Soliloquy

A soliloquy (from Latin: "talking by oneself") is a device often used in drama when a character speaks to himself or herself, relating thoughts and feelings, thereby also sharing them with the audience. Other characters, however, are not aware of what is being said. A soliloquy is distinct from a monologue or an aside: a monologue is a speech where one character addresses other characters; an aside is a (usually short) comment by one character towards the audience.

Soliloquies were frequently used in dramas but went out of fashion when drama shifted towards realism in the late 18th century.

> To-morrow, and to-morrow, and to-morrow,
> Creeps in this petty pace from day to day,
> To the last syllable of recorded time;
> And all our yesterdays have lighted fools
> The way to dusty death. Out, out, brief candle!
> Life's but a walking shadow; a poor player,
> That struts and frets his hour upon the stage,
> And then is heard no more; it is a tale

Told by an idiot, full of sound and fury,

Signifying nothing. (*Macbeth* 5.5. 19-28)

20. Tragedy

Tragedy (Ancient Greek: "he-goat-song"[a]) is a form of drama based on human suffering that invokes in its audience an accompanying catharsis or pleasure in the viewing. While many cultures have developed forms that provoke this paradoxical response, the term tragedy often refers to a specific tradition of drama that has played a unique and important role historically in the self-definition of Western civilization That tradition has been multiple and discontinuous, yet the term has often been used to invoke a powerful effect of cultural identity and historical continuity—"the Greeks and the Elizabethans, in one cultural form; Hellenes and Christians, in a common activity," as Raymond Williams puts it.

21. Tragic Flaw

A tragic flaw is a literary term that refers to a personality trait of a main character that leads to his or her downfall. In other words, a character with a tragic flaw is in need of some kind of attitude adjustment. The term usually comes up when you're studying a tragedy—that is, a piece of literature in which the main character ends up dead or otherwise defeated. In this kind of story, the main character is sometimes also called the tragic hero. Some examples of classic tragic heroes are Hamlet and Captain Ahab. Both of these guys had to deal with tough decisions and strange twists of fate, and they end up dead by the end of the story. They're such complex characters that people are still debating their tragic flaws even to this day. But before you tackle one of the big guys, let's start with something simple.

3 | 드라마 활동

드라마 활동이란 여러 가지 종류의 활동으로 드라마를 구성하는 것을 말한다. 드라마 활동 또는 드라마 게임이란 경쟁심과 협동심을 기르면서 질서의식을 높이고 동료들과 유대감과 일치감을 기르게 하는 것으로 학생들의 지적, 인지적, 신체적 성장 활동에 있어서는 필수적인 활동이다. 드라마 활동 게임의 효과는 이렇게 정의된다.

> 이러한 연극게임의 놀이는 연출가와 연기자 사이의 불편한 관계를 풀고 대사 암기나 인물 구축, 해석 등 공포와 긴장의 연속인 제작 과정의 함정에서 이들을 해방시켜 줄 것이다. 또한 이러한 놀이는 아주 중요하지만 거의 잊혀진, 거의 이해되지 못하고 이용되지 못한, 엄청난 생명의 힘인 열정을 이끌어낼 것이다. (스폴린 8)

특히 학생들은 게임을 통해 학습과 연계된 적절한 상황 안에서 생각하고 말을 함으로써 자연스러운 의사소통을 할 수 있다. 또한 학생들은 게임의 형태를 빌려서 실제적인 언어활동을 행함으로써 새로운 언어에 대한 자신감과 의욕을 키울 수 있다. 그래서 영어 수업에서 게임을 도입하면 "영어 공부를 하면서도 공부를 하고 있다는 느낌을 전혀 주지 않고 능동적으로 수업에 참여케 할 수 있다"(정동빈 397)는 장점이 있는 것이다.

영어 습득은 학습자 중심의 교수학습활동 일 때 효과가 있다. 이러한 점을 감안해 볼 때, 게임은 학생들이 능동적으로 수업에 참여할 수 있는 활동이며 특히 소극적이거나 수줍음을 타는 학생들에게는 학습에 참여할 수 있는 기회를 제공해 준다. 드라마 활동의 종류에는 다음과 같은 것이 있다.

3-1. 정거장 놀이(Bus Stop game)

즉흥극을 위해 학급을 두 그룹으로 나누고, 한 그룹은 연기를 하고 다른 한 그룹은 관객이 된다. 학생들은 버스를 기다리며 정거장에 있다고 즉흥연기를 한다. 새로운 승객이 버스를 탈 때마다, 버스에 탄 승객들은 새로운 승객의 태도, 개성, 악센트나 동작을 받아들인다. 그리고 나서 아주 재미있는 사람이 타기 전에 버스를 탄 승객의 독특한 특징을 기억하는 승객을 버스에서 내리게 한다.

3-2. 검은 마술(Black magic)

이 놀이 활동을 위해서는 두 명의 주인공인 질문자와 해석자가 필요하다. 나머지 학생들은 구경꾼처럼 행동한다. 질문자가 방의 물건을 고르기를 요청하는 동안에 해석자는 방밖으로 나간다. 해석자가 다시 교실 안으로 들어온다. 해석자는 질문가가 말하는 내용에 따라 물건을 추측해본다. 이 게임의 목적은 구경꾼들이 질문자와 해석자가 어떻게 서로 의사소통하는지를 이해하는데 있다. 구경꾼들은 질문자가 표현할지도 모르는 신체적 특징이나 수 또는 소리 등과 같은 단서를 찾아보아야 한다. 그러나 실제 대화의 과정은 단순하다. 질문자가 고른 물건을 말한 후에 학생들이 고른 물건을 보고 게임의 성공 여부를 살펴본다.

[예] 해석자가 교실을 떠나고 학생들은 누구가의 책상에 있는 책을 가리킨다. 해석자가 다시 교실로 들어온다.

질문자 - Is it the window?   해석자 - No.
질문자 - Is it that purse?   해석자 - No.
질문자 - Is it that folder?(which is black)   해석자 - No.
질문자 - Is it that book?   해석자 - Yes!
질문자 - (구경꾼들에게) 답을 안다면 크게 말하지 마세요.

우리가 새로운 물건을 고를 동안에 소리가 밖으로 나가 해석자가 눈치 채지 못하도록 해야 한다.

3-3. 물건 알아맞히기

큰 통이나 박스 또는 자루 같은 것에 10-15개의 물건들을 넣어 놓고 학생들에게 내가 선택한 물건이 무엇인지를 알아맞히는 게임이다. 예를 들어 감추어진 물건이 연필이라면 학생들은 다음과 같이 질문하고 답할 수 있다.

Is it round?
No.

Is it long?

Yes.

What color is it?

Any color is O.K.

When can we use it?

Um. ··· writing

Then it is pencil.

That's right

3-4. 스스로 느껴보기(Feel your feelings)

학생들에게 그들이 원하는 어느 곳에나 편안하게 앉으라고 지시한다. 교사가 다음 말들을 읽을 때 학생들은 정신을 집중하고 눈을 감고 마음속으로 이 장면들을 연상하고 깊이 느끼도록 하는 것이다. 교사가 읽어줄 내용들은 다음과 같다.

- Feel your feet in your stockings
- Feel your stocking on your feet
- Feel your feet in your shoes
- Feel your stockings on your legs
- Feel your legs in your stockings
- Feel your slacks or skirt over your legs
- Feel your legs in your slacks
- Feel your underclothing next your body
- Feel your body in your underclothing

- Feel your blouse or shirt against your chest and your chest inside your blouse or shirt!
- Feel your ring on your finger
- Feel your finger in your ring
- Feel the hair on your head and your eyebrows on your forehead
- Feel your tongue in your mouth
- Feel your ears
- Go inside and try to feel the inside of your head with your head
- Feel all the space around you
- Now let the space feel you

3-5. 여행가는 짐 꾸리기

| 학습 목표 |　　　　다양한 보통명사를 이용해서 학생들의 어휘력을 향상시키고 부정관사 a, an의 용법을 익힌다.

| 게임 방법 |　　　　칠판에 'I packed my bag for Alaska and in my bag I put an apple'을 쓴다. 첫 번째 학생이 예문에 밑줄 친 낱말 뒤에 b로 시작하는 단어를 넣어 영어로 말한다. 계속해서 알파벳순으로 예문에 단어를 더해 가면서 차례대로 반복한다.

[예] 'I packed my bag for Alaska and in my bag I put an apple, a banana and a car.' (자동차는 가방에 넣을 수 없으므로 웃음을 자아낸다.)

　　학생 수가 많을 경우 다시 a부터 시작한다. 알파벳 중 q, x, z 등은 놀이에서 제외하거나 교사는 q, x, z로 시작하는 단어를 칠판에 써 준다. 학생들이 처음으로 이 놀이를 할 때는 놀이 방법에 익숙하지 못하므로 단어를 영어로 말하고 나서 칠판에 쓰게 한다. 나중에 놀이에 익숙해지면 말로 하도록 한다. 차례가 온 학생은 앞 학생이 말한 단어를 듣고 처음부터 끝까지 반복할 수 있어야 한다.

학생의 수가 많을 때는 모둠 놀이를 할 수 있다. 5-10명으로 모둠을 만들고 모둠대항으로 놀이를 진행한다. 놀이 중에 단어를 알파벳순으로 말하지 못하거나 앞에서 한말을 중간에 빼먹거나 단어를 5-10초 사이에 말하지 못하고, 또 보통명사 앞의 부정관사 용법이 틀리면 벌점 1점을 준다. 벌점이 가장 적은 모둠이 이긴다. 1, 2학년의 경우는 사전에 쉬운 단어를 학습한 후 놀이를 하는 것이 더 좋다. 학생들의 수준에 따라 예문에 선택해서 놀이를 하는 것이 좀 더 바람직하다.

3-6. 듣고 그림 그리기(Listen and draw)

학생 한 명을 칠판 앞으로 나오게 하고 눈을 가린다. 이 학생은 다른 학생이 말하는 대로 움직여 칠판에 들은 대로 그림을 그린다.

A학생; B 학생에게 영어로 다음과 같이 말한다.

Five step forward
Three step forward

Draw a circle

Draw a right eye
Draw a left eye

Draw a mouse

Draw a nose

Draw a right ear
Drew a left ear

Pull off the eyeblinder

See what you draw

B 학생은 자신이 그린 얼굴 그림을 보고 놀라게 된다. 이 경우 그룹을 나누어 어느 그룹이 더 잘 얼굴을 그렸는지 비교시키면 재미도 있고 영어로 말하고 듣는 능력을 테스트할 수도 있다.

3-A. Theater activities

http://library.thinkquest.org/5291/

These are participation games! We also have other fun activities for you at the bottom of our Terms page! Your job as an actor is to entertain the audience. To do this it takes practice. There are many different ways to practice. Such as repeating your lines over and over again, writing your lines down, and theater games, which in our opinion is much more fun. Theater games help an actor get into to character and just get their creative juices flowing. Let's try some!

Now you are the actor and here are just some of the theater games for you to try.

Pantomime or mime is acting without using your voice. This is a very good way to learn to exaggerate your body movements. Here are some tips to how you can make your pantomiming the best it can be.

1. Keep it simple
In Pantomime the storyline must be simple for the audience to understand it. A complicated plot is also hard to act.

2. Tell a story
In making up a storyline, actors must think in terms of an initial situation (beginning), difficulties arise from that situation (middle), and a solution to those problems are found (ending).

3. Be Great!
In pantomime, difficulties and solutions can be less realistic, more creative, and more fantastic than those in a realistic improvisation with dialogue(spoken words). It is easy and entertaining to present through mime.

Here are some examples for you to practice your new miming skills (remember it takes patience to get pantomiming just right).
- Playing a baseball position
- Cooking something
- Searching for water in the desert
- Changing a flat tire

- Skiing
- Learning to swim
- Walking through water, snow, mud, glue, or any other element
- Being trapped in a box
- Putting groceries away
- Folding laundry
- taking a shower

A great pantomiming game is charades. To play this game you must have two teams with two or more people on each team. Each team needs to write the names of a book, famous person, song, and/or movie on slips of paper. You then take one of the other teams' paper and act out what is written on it without speaking or making sound. You have three minutes to try and get your team to say what is written on the piece of paper. You write down the time that your team guessed correctly. In the end add all your teams times together. The team with the lowest time wins.

Mirroring is a great way to "try on" different actions. First stand directly across from another person. Next, decide whether you or your partner will be the mirror. If you are, then your partner will do the actions and you will copy them and vise- versa. Now comes the tricky part, you have to do exactly what your partner does at the same time he or she does it. To do this you must be able to sense your partner's next move.

Here are some mirroring actions to try (large movements are easy to mirror):
- move your hands in large circles
- move from side to side and up and down
- knocking on a door- combing your hair
- climbing a ladder
- dancing
- walking a tightrope
- brushing your teeth

It is also fun to try expressions! Using only your face show:
- happiness
- sadness

- worry

- fear

- anger

- surprise

- hurt

- anxiousness

- mischievousness

- weariness

Here is a fun improvisational game:

This is a great game to play in a large group. Be as creative as you can! First of all, have everyone write down a person, either a famous person or the occupation of a person (Examples: super model or John Elway). Make sure everyone will know who the person is. Second, write down a place, either a famous place or a general place. (Examples: Golden Gate Bridge or a football game) Third, write an action (Example: selling life insurance). Then separate the slips of paper into three separate containers or piles. Next, have a group of about three people draw a slip of paper from each containers or pile. Whatever slips of paper you draw, you must act out what is on the slips of paper for the other group of people to guess what you are doing . Most likely you will get three words that have nothing to do with each other, but this will stretch your creativity, and the ones who are guessing. Younger children could use simpler words that they are sure to understand.

4 | 드라마의 기능

4-1. 드라마와 영어 교육

학생들의 영어실력 향상에 영어 드라마 활동이 매우 효과적이라는 것은 널리 알려진 사실이다. 그래서 최근의 영어공부 열기와 더불어 초등학교와 중학교에서는 영어 드라마 활동이 매우 활발히 그리고 효율적으로 이루어지고 있다. 영어 드라마는 단순히 영어대사를 기계적으로 암송하는 것이 아니고 상황에 따라 온몸의 연기와 대사를 매치시키는 고도의 기교적 활동이다. 그리고 이 드라마 활동은 혼자 하는 것이 아니고 상대나 팀원들과 함께 하는 개인적이면서도 집단적인 것이다. 개인은 자신의 연기와 대사를 충실히 익혀야하며 연극이 되기 위해서는 다른 팀원들과의 호흡 맞추기, 행동의 변화를 가져오기, 대사의 적절성과 전체적 조화 등 여러 가지 문제를 잘 소화해야 한다.

상대방과의 대사를 적절히 진행하여 연극적 효과를 가져 오기 위해서는 일차적으로 파닉스 치료가 선행되어야 한다. 부드러운 우정의 상태를 연기하는데 한 남학생은 거칠고 숨 가쁜 어조로 말을 하고, 상대방은 부드럽고 맥 빠진 상태로 대사를 말한다면 연극은 이루어질 수 없다. 상대방과 호흡을 맞추기 위해서는 기본적인 파닉스 연습이 필요하며 이 과정에서 저절로 파닉스 치료 혹은 발음치료가 이루어지는데 이때 영어대본은 영어실력을 향상시키는 중요한 영어 학습서가 된다.

　　영어 드라마 활동에 참여한다는 것은 1차적으로는 드라마 활동을 하는 것이고 2차적으로는 영어활동을 한다는 것이다. 그리고 그와 동시에 영어연극을 하면서 드라마 치료가 가능하다는 것이다. 이러한 영어 드라마 활동에서의 드라마 치료는 영어치료와 기타의 문제를 치료하는 두 가지 장점을 갖게 된다. 실제로 초등학교 5학년 학생들이 『햄릿』이라는 어린이용 드라마 활동에 참여한 경우를 보면 문 모 남학생은 영어발음이 매우 여성적이고 정확하지 않았으며 수줍기 때문에 처음에는 배우로서는 형편없었다. 그래서 보초병으로 총이나 들고 서 있는 역할이나 할까하고 망설였다. 그러나 연극지도 교사와 어머니의 설득으로 그 학생은 호레이쇼 역을 맡도록 하였다. 1주간의 발성연습, 1주간의 기본이 되는 문장 읽는 법, 그리고 기본적인 연기연습을 한 후 이 학생은 놀라운 진전을 보였다.

　　수줍어서 얼굴이 빨개지고 어울리지도 못하더니 3주째 연습할 때는 오히려 다른 친구들에게 '호흡을 깊게 하고 소리를 좀 더 높여야 한다'라든지 'θ 발음은 혀를 아랫니와 윗니 사이에 넣고 강하게 발음해야 한다'는 등의 조언을 하는가 하면 칼싸움할 때의 기본자세에 대해 시범도 보이는 등 적극적이었다. 이 학생의 경우는 연극 활동에 참여함으로써 영어발음 치료와 성격치료라는 두 가지 드라마 치료의 효과를 단단히 본 셈이다. 특히 초등학교나 중학교 학생의 경우에 영어연극에 참여한다는 것은 드라마 치료의 관점에서 보면 많은 도움이 된다. 이왕 연극 활동을 한다면 영어 드라마 활동을 함으로써 영어를 좀 더 친숙하고 정확하게 배울 수 있는 기회가 주어지고, 그런 연극 활동 가운데 자신에게 잠재해 있는 장점은 살리고 단점은 치료할 수 있는 두 가지 측면의 효과를 얻을 수 있다.

영어실력은 반복적 연습에 의해서 향상된다는 것은 널리 알려진 사실인데 영어 드라마활동에 참여하면 모든 대사를 암기해야하기 때문에 적어도 한 문장을 수십 번 읽어야 한다. 원래 학습은 자발적으로 이루어져야 하지만 공부라고 하는 것은 자발적으로 이루어지기가 쉽지 않다. 영어연극공연에 참여하는 경우는 처음에는 자발적이지 않을 수도 있지만 의무감에서 어쩔 수 없이 반복해서 암기해야 한다. 이 과정에서 암기된 문장을 어떻게 표현해야 할까 생각하는 과정에서 자발성과 독창성 그리고 창조성이 발휘된다. 하나의 문장 'I like it'을 가지고 어느 부분을 강하게 읽을까, 또는 어떤 감정을 가지고 읽을까, 또한 손이나 몸동작과 어떤 조화를 이루면서 표현할지를 생각하게 하고 연기하게 만든다. 이 과정에서 다양한 언어표현과 연기방법을 스스로 생각하고 계발하게 한다. 이것은 영어공부가 흥미와 창조성의 날개를 타고 급진적으로 재미있는 효과를 발휘하는 계기를 마련해 준다.

그뿐만 아니라 앞에 예를 든 문 모군과 마찬가지로 연극 활동을 통해서 행동과 성격에 놀라운 변화가 이루어진다. 영어 학습은 삶의 체험과 직접 연결되어 있을 때 효과가 있다. 그래서 외국어학연수, 영어마을참가, 영어연극 및 영어 뮤지컬 등이 영어학습의 수단으로 널리 시도되고 있다. 그런데 영어연극은 영어공부와 연극 활동이 두 개의 떨어진 별개의 일이 아니라 한 개의 활동 속에 여러 가지 효과를 볼 수 있는 그야말로 복합 인간 활동이며 또한 예술 활동이고 영어 학습활동이라는 점이다. 영어 드라마활동에 참여한다는 것은 발음치료를 가능하게 해주고 극중 인물의 역할을 담당해야하니까 인간 상호관계의 파악과 개선을 증진시킨다. 연극을 공연한다고 할 때는 무대설

치, 조명, 음향효과, 의상 및 각종소품 준비를 하는 과정에서 협동심, 창조력, 지도력, 판단력 등이 자발적으로 계발되고 발전하게 된다.

영어 학습에 있어 간과해서는 안될 중요한 문제가 있다. 우리는 흔히 영어학습자면 영어를 듣고 말하고 읽고 쓰는 네 가지 기본적인 능력을 갖게 되는 것이 궁극적인 목표라고 생각하는데 이는 영어에 대한 잘못된 생각이다. 영어는 어디까지나 의사소통을 위한 도구일 뿐이고 그 영어를 통해 무엇을 어떻게 표현하느냐가 문제이다. 무엇을 표현하느냐 하는 것은 표현하려는 내용이 있어야 하는데 그 내용은 광범위하고 다양하다. 그 내용이란 영어권 문화전반을 의미한다. 또한 원만한 의사소통을 위해서는 영어권 문화의 이해뿐 아니라 우리나라전반에 대한 이해가 함께 있어야 한다. 결국 영어실력을 갖추고 의사소통을 원만히 하려면 한국문화와 영어권 문화와 생활방식을 이해하는 기초 위에 영어의 4가지 기능이 활용될 때 가능하다는 것을 의미한다.

무엇을 표현하느냐하는 내용의 문제는 문화와 관계가 있고 어떻게 표현하느냐는 결국 연극적 요소에 해당된다. 똑같은 한 개의 문장이라도 억양과 음조를 어떻게 하느냐, 또 그 문장을 표현할 때 어떠한 손짓, 몸짓, 얼굴표정, 눈의 각도 등을 하느냐에 따라 전혀 다른 결과를 가져온다. 이 표현의 문제는 바로 연극의 연기적 요소이다. 똑같은 상황에서 똑같은 문장을 말하더라도 어떻게 표현하느냐가 전혀 다른 결과와 효과를 가져 오기 때문이다. 가장 적합한 표현을 가장 효과적으로 표현하는 것이 영어연극이 제공해주는 최고의 영어 학습방법이라 할 수 있다. 영어실력은 참고서나 문제집을 가지고 공부하는 것만으로는 부족하다. 실생활에 적용되어야 하는데 그러기 위해서는 외국연수를 가든지 영어마을에 들어가야 하는데 그러지 않고도 가장 적절히 영어를 실생활처럼 사용하는 방법 중 하나가 영어 드라마 활동에 참여하는 것이다. 영어 드라마 활동에 참여하여 가장 정확한 영어를 가장 효과적으로 사용하는 방법을 여러 번 반복하여 완벽하게 만드는 것이 영어 드라마 활동의 장점이다.

영어 드라마 활동에 참여하려면 대본에 대한 이해와 연기에 대한 이해 또한 중요한 부분이다. 영어연극은 대사로 이루어져 있는데 대사는 대본 속에 있는 핵심적 부분이다. 그래서 연극공연이 음악이라면 연극대사는 악보에 해당한다고 하는 것이다. 영어대본 속에는 그 연극의 주제가 뚜렷이 나타나 있고 각 등장인물의 특성 등이 표현되어 있다. 연극에 참여하는 학생들이 이 대본을 먼저 이해해야 하기 때문에 독해공부를 하고 이 과정에서 인물의 특성, 그 대본의 문화적 배경, 연극의 효과 등을 알아야만 한다. 대본에 대한 독해 공부는 문화콘텐츠를 이해하게 하며 대본을 어떤 각도에서 연기해야 하는가는 창의력을 길러준다.

영어 드라마의 공연을 위해서 참여자들은 대본 속에 나타나는 극적행동을 정확히 이해해야 한다. 극적행동은 연극 속에 나타나는 세력들 간의 긴장이며 등장인물 속에 일어나는 갈등과 분규를 의미한다. 어떻게 표현하느냐가 연기의 관심사라면, 극적행동은 그 연기가 나타내야할 키포인트라 할 수 있다. 모든 극적행동은 작용과 반작용의 법칙을 갖게 되며 때로는 충돌하면서 갈등을 일으킨다. 그러나 그런 갈등과 충돌은 적응과 변화를 일으키고 극의 목적을 달성하는 도구가 되고 극의 성패를 좌우하는 열쇠가 된다.

영어 드라마 활동에 참여하는 사람들은 또한 극의 템포와 무드도 파악해야 한다. 극의 무드란 연극의 여러 요소들이 만들어내는 분위기라 할 수 있다. 무드는 템포에 의해 조성된다고 할 수 있다. 템포는 연기의 속도, 대사의 속도등도 의미하지만 조명의 변화, 의상의 변화, 무대장치의 변화, 음악효과의 변화 등에 의해 이루어진다. 전체적인 무드는 이런 모든 상황과 속도와 분위기에 의해 조성되는 극의 총체적 효과라고 할 수 있다.

영어 드라마 참여자들은 이런 연극의 모든 요소를 파악하고 각자가 맡은 역할을 정하고 부단히 연습하고 팀원들과 함께 조율하고 개선하는 과정에서 개인적 문제를 발견하고 치료할 수 있을 뿐만 아니라 집단 속에서 더 효과적으로 자신을 개발하고 개선시키는 드라마 치료의 효과를 충족시킬 수 있다.

연극놀이를 통해 영어수업기법으로 사용할 수 있는 것들엔 다음과 같은 것이 있다. 상황을 설정해서 활동할 수 있는 것으로는 소리 알아내기, 정지 화면표현하기, 목소리 만들기, 역할연기, 연극 상황 틀 짜기, 의상 만들기 등이다. 상황 전개활동으로는 면담하기, 즉흥극 만들기, 교사가 역할 맡기 등이 있다. 상황 심화활동에는 표제 만들기, 마임활동, 그룹 연극 만들기 등이 있으며 상황 반영활동에는 주요 순간표시하기와 증언하기 등이 있다. 주요 순간표시하기란 특정 감정이나 쟁점을 나타낼 수 있는 순간을 반영시키는 것인데 이에는 사진, 비디오, 신문, 조각품 등의 형태를 사용한다. 증언하기란 연극놀이에 대해 객관적인 평가를 위한 독백 같은 증언을 말한다. 이 증언은 매우 주관적으로 이야기를 다시 들려주기 때문에 차분하게 다듬어진 효과적인 연극놀이이며 이를 통해 정확한 정보, 확실한 상황판단 등을 증언하기 때문에 객관성과 정확성을 개발하는 중요한 방법이 된다.

4-1-A. Effectiveness of drama in the English classroom

by Kate Marie Ryan
http://www.edarticle.com/article.php?id=319

How effective is the strategy of drama in teaching extended written text within the English classroom?

This report is divided into three parts—What, Why and How;
'What' identifies the significance of this inquiry for English teachers, it also contains the definition of extended text and its link to the English in New Zealand curriculum.
'How' identifies the strategies English teachers currently employ when teaching extended text, it also describes the shift towards using and incorporating drama strategies
'Why' discusses the research to support the effectiveness of incorporating these drama strategies into the teaching of extended written text.

As we are about to embark on a teaching career we as English teachers need to be aware that our students will not always share the same enthusiasm and passion we have for reading.

It is no secret that many activities divert students from reading. Student's understanding of humanity comes from commerce-driven images of television and movies and teachers worry that students might read this information unquestioningly (Allen, 2001). With increasing competition for interest and time we as English teachers have a daunting task in encouraging our students to dedicate time to read any written text, let alone the curriculum specified 'extended written text'.

Not only are we competing against a range of diverse media texts and extra-curricular obligations, but also added to the mix is New Zealand's global rating as one of lowest levels of literacy. With these two factors in mind the task of tackling an extended written text in the classroom becomes increasingly challenging (Middleton 2004, Irwin 2002, Education Review Office, 2003).

It is worth noting here that I began my research focusing on motivating reluctant readers—in particular boys. Further into my readings it became apparent that boys are action driven, more so than girls. Jeffrey Wilhelm notes that there is a significant gender gap when it comes to reading and there is much statistical evidence that many boys do not read (McGlinn 2003).

Smith and Wilhelm have completed extensive research in this area and note that boys prefer active responses to reading in which they "physically act out responses, do or make something" (2002 pp.1-12).

Through observations and discussions with current teachers I noted that the set extended text is becoming more of a challenge to plan for and teach to students. The competition for time, opportunities for learning and ability to make connections are even more prevalent than ever.

With my background in drama, I decided to further explore how we as teachers can employ drama techniques within the English classroom to provide relevant contexts to reading an extended text and therefore assist unenthusiastic readers to engage with and enjoy them more.

What is extended written text?

The English in the New Zealand Curriculum does not give an exact definition of an extended written text but it does indicate that text(s) studied should be of sufficient depth and complexity to enable students to develop a full and detailed analysis. The text types can include novel, non-fiction, drama script or hyperfiction.

What links exist between extended written text and the curriculum?

The curriculum clearly states that reading and writing are of central significance in language growth.

Within the English in the New Zealand Curriculum students are expected to engage in a variety of close reading that allows them to explore language and think critically. From Years 9 to 13 students develop the ability to process information from these texts and express their ideas using transactional writing (EiNZC 1994).

From the first year of secondary school, students are introduced to the 'extended written text'. This is usually in the form of a fiction novel that has been selected on the basis of its language suitability, its intrinsic value such as themes and characters, its cultural context such as relevance to the student's experience or needs and its teachable value such as links to other texts or the range of activities needed to approach it with (Middleton, E 2004). Through close reading students are invited to explore the language used and to begin to think critically about the ideas introduced. At levels 1, 2 and 3, NCEA requires students to read, study and then show an understanding of an extended written text which is then externally assessed.

Research suggests that the average student does not read much outside of school (Allen 2001). Consequently it becomes hard to build lesson plans on the assumption that everyone in the class did the reading. As discussed earlier the significance of this inquiry is focused around the competition for interest, time and capabilities of our students. The curriculum expectation for student's 'perceptive understanding' and 'sustained insight' can only occur if English teachers focus on how to engage and ensure students make meaning from texts.

HOW

How is extended written text currently taught?

Teachers often used procedures such as reader response, process writing, shared reflection and a focus on student work to examine texts. Students in literature circles read and respond to self selected texts in small groups and then drawn their classmates into their reading with presentations (Rekrut 2002).

Based on readings, personal observations and teaching at two Auckland schools, Glendowie College and Rosehill College, the teaching of extended text can be approached in a variety of ways.

Glendowie College:

This decile 9 college is situated in East Auckland, was opened in 1961 and serves the middle to more affluent socio-economic communities of Glendowie, St Heliers, Kohimarama and St Johns Park. There are approximately 900 students. The current approximate ethnic composition includes New Zealand European (Pakeha) 66 %, Asian 24 %, Pasifika 6 %, and Maori 3 % and Others 1%. Approaches to extended text include;

Reading aloud Reading log and teacher follow up Chart work Reciprocal reading in 2's Article discussion and paragraph response Quotes, events recap lists Attitude line Character and scheme grid work in pairs Essay planning and exemplars Extension work on style

Rosehill College:

This decile 7 college is situated in South Auckland, was opened in 1970 and serves the a cross section of both lower and higher socio-economic communities, from both rural and urban areas such as Papakura, Drury, Karaka, Waiapa, Te Hihi, Kingseat and Manuera. There are approximately 1950 students enrolled. The current approximate ethnic composition includes New Zealand European (Pakeha) 73%, Māori 11%, Indian 3%, Samoan 1%, and Other 12%. There are currently 70 international students from Japan, Korea, Malaysia, Taiwan, Hong Kong, Thailand, Brazil Germany, Spain and China. Rosehill was the lead school in a Ministry of Education contract to provide ICT Professional Development to teachers in the Rosehill Cluster 2001-2003. Approaches to extended text include;

Reading aloud—using CD, audiotape/shared reading/group reading Give time to read—set time to read text during SSR Chapter by chapter task sheets for plot, character, setting, theme development and language aspects Close devices on plot sequences Grids for character analysis Links to current affairs
It is no surprise that the approaches listed focus heavily on the reading and writing aspect of the curriculum, as this achievement standard sits within these two strands.
However, keeping in mind the dilemma of competing texts such as visual media and students fear of failure in reading and writing, it

is worth investigating different strategies of teaching that cater for different learning styles (Pirie 2002, Wilhelm 2004, Heron 2003). It is also important to find strategies that enable students to gain knowledge 'in' rather than gain knowledge 'about' the texts they read (Courtney 1989). As Balaisis notes, reading and responding about something is not the same as participating in it (2002). In fact, Beach and Myers proclaim that the 'ultimate goal however of engaging students in their own learning is to prepare them to act. Student's participation in all social worlds can result in the construction of a greater sense of belonging' (2001, p187).

The question then lies in how does an English teacher adopt teaching strategies that engages students with texts emotionally, stimulates them cognitively and yet also creates this so-called climate for greater understanding?

How can extended text be taught through drama?

Texts invite students to enter, experience and explore imagined worlds. By responding through drama students are encouraged to move away from normal classroom activities to the creation of new, imagined contexts that draw on the reader's secondary worlds (Benton 1992). Students use a range of competencies to interrogate, represent, transform and interpret meaning. In order to take part, students are required to draw on their understandings of human behaviour, on their practical knowledge of themselves and others, and on their aesthetic and imaginative sensibilities (Eisner 1985). In participating in these processes students are gaining a 'perceptive understanding' and 'insight' into both the fictional and the real.

There are a variety of drama conventions one can incorporate when approaching an extended text, however for the purposes of this report I will identify three easy and effective strategies using the text To Kill a Mocking Bird as an example;

A tableau is a still image, a frozen moment or a "photograph". David McBride states that for students who are saturated in a remote control culture, the tableau helps them to comprehend and understand sequence (Allan 2002). It is created by posing bodies and communicates a living representation of an event, an idea or a feeling. Scenes are represented in which there is conflict or heightened action, the basic elements of literature. The students become physically involved but the technique does not demand any theatrical skill. The images may be naturalistic – for examples pictures for an illustrated edition of 'To Kill a Mocking Bird' or more abstract such as an image of Justice as Atticus might imagine it (Rogers, O'Neill, Jasinski 1995). This valuable teaching strategy can be used to encourage discussion and reflection. It offers students an effective technique to clearly express ideas that they might not be otherwise skilled enough to communicate initially in writing. This strategy also helps students, especially struggling readers, to better understand text giving them that extra 'perception' and 'insight' asked of from the students.

Role is the basic ingredient for exploring what it is like to be in someone else's shoes and to develop an empathy with the 'fictional' lives we read about (O'Neill, Cecily & Lambert, 1982). Whilst in role students are learning to adopt and take a stance on a set of different attitudes. This links directly to the curriculum in being able to process information and think critically. Role play draws on research surrounding co-operative learning theories as it can occur not only individually but also within a variety of groupings such as the pairs, whole class, small or large groups, or half and half (on half provide action, one half observe and respond). For instance following a tableaux, students may be asked to develop a role play about specific moments in the story. Usually role play is most successful when the teacher is 'immersed' in the scene with them.

In this strategy the teacher creates a situation in which the class has one of the following; 1 The need of an expert's knowledge 2 The need to have their ideas challenged by another perspective 3 The need to provide information or some kind of service to the teacher in role Often the most effective roles a teacher can adopt are close to the teachers regular function – for instance chairing a meeting, seeking questions or discussing the pros and cons of an event. The difference is that role will always have an attitude to the event, seeking information, persuading, patronizing or opposing. The teacher in role does not 'act' and is never merely an extra—they are the usual facilitator of discussion, however within real imagined circumstances. (Johnson, O'Neill 1984). The teacher takes the role of a social worker who visits the Cunningham family. Using questioning the teacher raises possibilities and invites the students to predict and advise on the problems of the Cunningham family. Students are called upon to grasp the perspectives of the characters in the story and to act upon those understandings in emphathetic and insightful ways. In short the students are drawing on a range of intelligences to create meanings across the worlds of drama, reader and the literary text itself (Rogers, O'Neill, Jasinski 1995).

What do English teachers need to know to teach through drama? A teacher does not need to be an expert to use drama the classroom. They do not need to be able to act. They merely need to know their text inside out to be able to apply it within the context of real imagined scenarios. These real imagined scenarios can be developed through these three easy conventions. The fictional world can become a reality for students, providing connections and context beyond what they can experience by merely deciphering meaning from words. Jonathan Needland, Dorothy Heathcote and Cecily O'Neil all provide useful texts that discuss the implementation of drama conventions within literary and language classrooms.

Why is drama effective in teaching extended written text?

This report draws on a variety of expert references from both English and Drama backgrounds to support the research for engaging students in reading through using drama with extended written text. For instance advocates of 'context' English teaching such as Jeffrey Wilhelm and David Barnes and 'process' drama enthusiasts such as Dorothy Heathcote and Cecily O'Neill.

4-2. 드라마와 치료

드라마 치료는 주로 병원, 학교, 정신건강센터, 감옥 그리고 사업장을 포함하는 아주 다양한 곳에서 문제가 있는 개인이나 집단을 치료하는 것에서 출발하였다. 드라마 치료는 개인의 문제, 개인과 집단의 문제, 가족들, 그리고 다양한 집단들 사이에서 발생하는 문제점을 발견하고 치료하는 하나의 활동이다. 드라마 치료는 다음과 같은 목적을 갖는다.

- 문제를 해결하기
- 카타르시스를 향상시키기
- 자신의 진실을 탐구하기
- 개인적으로 어울리는 이미지들이 의미하는 것을 이해하기
- 불건전한 상호작용의 패턴연구를 탐구하고 초월하기

(http://en.wikipedia.org/wiki/Drama_therapy)

이러한 드라마 치료를 위한 방법은 즉흥극, 역할극, 각종게임, 마임, 손인형 놀이 등이 주로 사용되고 있으나 치료의 목적과 환자의 상황에 따라 다양한 방법이 적용될 수 있다. 다시 말하면 드라마 치료의 계획과 목적은 개인의 신체적, 정신적 및 사회적 성장을 도모하고 개인과 집단 혹은 집단의 문제를 해결해야하기 때문에 문제원인발견과 적합한 치료 적용이 가장 중요하다하겠다. 드라마 치료는 정신요법가들, 교사들, 무대연출가들 그리고 다양한 치료학자들이 여러 가지 방법으로 환자들을 치료하는 과정을 통해 다양화되고 있다.

창의적인 예술치료의 하나인 드라마 치료로서 우리는 명쾌함, 통제력, 의미, 희망이 예술적인 표현을 가져온다고 믿는다. 드라마 치료에서는 치료에 도움이 되는 폭넓은 방법들을 이용하고 있다. 드라마 치료는 또한 다른 예술

들: 음악, 춤, 동작, 예술, 시, 사진, 비디오 등 치료법의 향상에 도움이 되는 모든 것들을 포함한다.

프로그램에서 우리의 목표는 드라마 치료 안에서 능력의 향상과 이해의 더 깊은 단계를 향하는 지적인 여행과 강한 흥미를 돋우는 도전적인 인간을 얻어내는 것이다. 어린이들의 특권은 드라마 치료 안에서 가능성, 창조성, 복합성 등의 추상적 개념을 파악하는 능력을 계발시켜 주는 것이다. 그 결과 교과학습은 향상되어지고 사회성도 증가한다.

드라마 치료는 드라마가 체계적이고 의도적인 과정으로 사용되어 개인적 성장, 정서와 신체의 완성, 증상 완화라는 목표를 가지고 있다. 드라마 치료는 연극 참여자에게 자신의 이야기를 하도록 촉진하는 실험적인 접근으로 문제를 해결하고 목표를 세우고 적절하게 감정을 표현하면서 카타르시스에 도달하여 내면의 경험을 확대하여 대인 관계 능력을 향상하면서 역할사이의 유연성을 증가하는 가운데 개인생활을 수행하는 능력 또한 강화하게 해준다.

드라마 치료가 세계명작 속에서 어떻게 작용하고 있는가를 나타내주는 것은 『햄릿』에서 햄릿이 유령이 말한 '복수하라'는 것의 진위를 알아보는 장면이다. 아버지가 갑자기 돌아가시고 삼촌이 왕이 되었으며 어머니가 그 삼촌과 성급히 결혼한 덴막 왕궁의 현실 앞에 햄릿은 진실을 알기 위해 연극이라는 치료제를 사용한다. 현재의 왕 클로디어스가 정말로 형을 죽이고, 형수와 결혼하고 자기에게 돌아올 왕관을 찬탈했는지를 알아보려한다. 그래서 방문한 배우들에게 햄릿 자신의 대사를 첨부하여 '곤자고의 살인'(murder of Gonzago)이라는 연극을 왕 앞에서 공연해 달라고 부탁한다. 그 연극을 보면서 왕의 태도를 관찰하려는 것이다.

그래 나도 들은 적이 있다.
글쎄 죄를 저지른 어떤 악당이 연극을 구경하다가

그 진실한 장면에 감동해
그만 그 자리에서 눈물을 흘리며
자신의 죄를 깡그리 털어놓은 일이 있다지 않던가?

I have heard
That guilty creatures sitting at a play
Have by the very cunning of the scene
Been struck so to the soul that presently
They have proclaim'd their malefactions; (『햄릿』 2.2. 541-5)

이 대사를 통해 햄릿은 클로디어스의 죄상을 파악하려고도 했지만 자신이 해야 할 일이 무엇인지를 깨닫는 계기를 마련하려 한다. 그리고 그런 결정적인 일을 할 수 있는 것이 연극이라면서 "연극은 바로 왕의 양심을 낚아채는 것"(『햄릿』 2막 2장 557-8)이라고 말하며 연극은 인생의 반영이며 은유이고 상징이라는 것을 깨닫는다. 이렇게 어떤 문제에 직면했을 때 정확한 문제에 대한 진단과 해결의 방법을 찾는 것이 중요한데 스미츠캠프(Smitskamp)는 진단에 대해 이렇게 설명한다.

1) 진단이란 무엇을 의미하는가?
2) 예술 치료사를 위해서 어떤 진단이 특별한가?
3) 무슨 종류의 예술 치료적 진단이 다른 예술치료사에 의해 이해되고, 논쟁되고, 토론되는 등의 점검에 개방적인가?
4) 어떤 예술치료적 진단의 종류가 가설을 제공해 줄 수 있으며, 또한 이 가설을 확증하고 논박할 데이터를 특별히 제공해 줄 수 있는가? (99)

이러한 진단은 드라마 치료사가 어떤 치료방법을 직용할까를 결정할 때 가장 필요한 것이다. 햄릿은 배우이면서 동시에 스스로 치료사가 되어 자신의 문제를 해결하려한다. 햄릿은 연극을 공연함으로써 클로디어스의 죄에 대한 확신을 갖고 복수하려는 결심을 하는 등 자신의 갈 길을 분명히 알게 된다. 그래서 주저주저 하는 성격에서 이제 무슨 행동을 어떻게 할지 결심을 한다. 햄릿은 이제 대외명분과 이 세상의 잘못을 바로잡기 위해 외로운 길, 그러나 의로운 길을 걷는다. 햄릿에게 연극은 삶의 방법이요, 또한 삶의 목적이 된다.

드라마 치료가 이루어지는 것은 인간의 심리적, 사회적, 문화적 발전과 맥을 같이한다고 볼 수 있다. 인간은 유년기, 사춘기, 청년기, 장년기, 노년기라는 성장단계를 거치는데 각 단계마다 특성이 있다고 볼 수 있다. 인간은 갑자기 하루아침에 성장하는 것이 아니고 이러한 발달단계를 거치며 각 단계마다의 특성에 따르는 드라마 치료가 필요하다.

이러한 특성에 알맞게 드라마의 역할 연기를 함으로 성장을 도와주는 것이 드라마 치료이다. 그렇기 때문에 드라마 치료는 삶의 경험을 반영하며 동시에 삶을 이끌어 가기도 한다. 어떤 어린이가 성장해감에 따라 삶의 현장에서 경험하는 것을 드라마 활동으로 나타내는 과정에서 그 삶이 더 풍요롭게 되도록 점검해 볼 수 있는 계기가 된다. 또는 어린이가 드라마 활동을 하면서 삶의 방향에 대한 제시를 받기도하고 삶의 새로운 목표에 도전을 받을 수도 있다.

드라마 치료는 극적투사와 변형이라는 과정을 통해서 이루어진다. 어떤 어린이가 인형놀이나, 모래놀이, 또는 역할연기를 하는 동안에 자신의 어떤 마음상태나 상황을 투사하여 문제를 표출한다. 극적투사는 다음의 특징을 갖는다.

드라마 치료에서 극적 투사는 내담자들이 자기 자신의 어떤 양상이나 경험을 연극적이거나 극적인 재료 혹은 언행에 투사함으로써 내적 갈등을 외재화하는 과정이다. 내담자의 내적 상태와 외부의 극적 형식의 관계는 행동을 통해 성립되고 발달된다.

연극적 투사는 내담자의 문제를 탐험하는 수단으로서 극적 과정에 접근할 수 있게 해준다. 극적 표현은 내담자의 문제를 새롭게 재현한다. 극적투사는 내담자 내면에 환기된 상황이나 문제와 그에 대한 외부적 표현 사이에 극적인 대화가 일어나게 해준다.

극적 표현은 투사된 문제를 연행함으로써 탐험과 통찰의 기회를 제공함과 동시에 특정한 관점을 창조함으로써 변화를 가능케 한다. 내담자는 표현과 탐험 모두를 통해 투사된 문제와 새로운 관계를 이루어낼 수 있게 된다.

그리하여 내담자는 새로운 관계 안에서 투사한 문제를 재통합할 수 있다.

(존스 227)

표출된 문제를 보고 드라마 치료사가 진단하고 판단하여 적당한 조치를 취하여 드라마 치료가 이루어지면 변형이 이루어져서 문제가 해결된다. 좀 더 효과적인 드라마 치료를 위해서는 개인적 치료인가 집단적 치료인가를 구분하는 것이 필요하고, 문제의 종류와 세션의 형식을 결정하는 일이 필요하다. 그렇기 때문에 치료대상자와 치료해야할 문제점과 치료자는 드라마 치료의 3대요소라 할 수 있다. 충분한 경험과 창조적 아이디어로 치료대상자와 치료할 문제점을 정확히 파악하는 것이 드라마 치료의 관건이기 때문에 드라마 치료사의 역할이 아주 중요하다.

드라마 치료에는 드라마 표현 형식이 다양한 정도만큼 여러 가지 방법이 쓰여 질수 있는데 존스는 드라마 치료의 가능성을 다음과 같이 지적한다.

기존 희곡의 역할과 인물을 사용하거나 새로운 역할과 인물을 창조한다.
혹은 삶의 다양한 경험을 탐험하기 위해 가상의 현실 속에서 연기를 한다.
여러 가지 사물, 작은 장난감, 인형 등의 재료를 이용하여 문제가 되는 감정, 관계, 경험을 꺼내 표현하고 탐험한다.

변장, 가면 쓰기, 마임, 행위 예술 등을 통해 신체를 극적 형식으로 사용하여 자아, 이미지, 관계를 탐험한다.

대본, 이야기, 신화로부터 주제나 개인적 문제 혹은 원형적 내용을 끌어내 행위화 함으로써 문제를 탐험한다.

삶의 여러 경험을 다루는 극적 의식을 창조한다.

드라마 안에서 다양한 발달 단계를 거침으로써 자기 자신 및 다른 사람들과 새로운 방식의 관계 맺기를 돕는다. (존스 30)

드라마 치료는 또한 현실과 환상사이에서 이루어지는 활동이다. 드라마는 무대 위에서 펼쳐지는 상상에 의한 허구의 세계이다. 햄릿이 자신이 복수해야한다고 생각하면서도 행동에 옮기지 못하고 주저주저하고 있을 때 배우들이 연기하는 모습을 보고 다음과 같이 외친다.

방금 여기에 있던 그 배우는 기껏해야 꾸며낸 이야기,
생각에 공감케 하며 그 결과로 안색은 온통 창백해지고,
두 눈에는 눈물, 시선에는 미친것이 깃들고,
목이 메서 말을 잇지 못할 뿐 아니라,
그가 해 보이는 연기 하나하나가 생각속의 형상들을
그대로 나타내니 놀랍지 않은가.
그것도 현실 속에 있지도 않을 것

Is it not monstrous that this player here,
But in a fiction, in a dream of passion,
Could force his soul so to his own conceit
That from her working all his visage wann'd,
Tears in his eyes, distraction in's aspect,
A broken voice, and his whole function suiting

With forms to his conceit? and all for nothing! (『햄릿』 2.2. 503-9)

　이것은 바로 드라마는 허구적인 환상의 세계인데 배우는 연기할 때 그 허구를 현실과 똑같이 아니면 현실보다 더 리얼하게 연기함으로써 허구와 현실을 묶어버린다. 허구의 현실 속에 들어가 새로운 현실을 체험하는 것이다. 햄릿은 배우들이 허구적인 것을 위해 눈물을 흘리고 리얼하게 연기하는 것을 보면서 자신의 행동에 박차를 가할 마음의 변화를 경험하게 된다. 배우가 어떤 연극의 한 장면을 연기할 때 비록 그것이 허구의 세계이지만 현실과 똑같이 웃고, 화내고, 기뻐하고, 괴로워할 때 자신의 내부에 있는 모든 것이 표출되는 것이다. 그러므로 드라마 속의 삶과 드라마 밖의 삶은 별개이며 동시에 같은 것이 되므로 허구와 현실이 다르면서도 하나인 것이 연극이다. 그렇기 때문에 자연적으로 드라마 치료는 삶으로부터 도망가는 것이 아니라 좀 더 리얼한 삶으로 돌아오는 과정 즉, '삶의 드라마'라고 할 수 있다.

　현실 속에서는 불가능하거나 일어날 수 없는 것들이 연극 속에서는 자연스럽게 발산된다는 것이 연극의 매력이고 연극의 힘인 것이다. 그러한 연극에 참여함으로써 현실에 대한 이해가 깊고, 현실에 도전장을 주고 현실을 좀 더 고차원적으로 이끌어 가는 힘을 얻게 되는 것이다.

　연극 속에서는 이루어지지 못할 꿈이 없으며 해결되지 못할 문제가 없는 것이다. 연극은 현실 밖에 있지만 현실을 좀 더 확실하게 파악하고 현실을 높은 곳으로 이끌어갈 힘을 주는 것이다. 현실과 연극은, 현실과 허구이며 동시에 현실과 꿈, 환상이 된다. 이러한 연극이 현실을 변화시키고 치료하는 놀라운 힘을 갖게 된다. 여기서 주의해야할 것은 연극은 어디까지나 문화적, 사회적, 경제적, 종교적인 분위기 속에서 이루어지기 때문에 그런 밑바탕과의 연관성을 참고해야 한다는 것이다. 비록 연극이 현실의 꿈과 환상의 표현이지만 드라마 치료의 과정이 원만히 이루어지기 위해서는 보다 더 현실에 바탕을 두고, 그런 현실의 다양한 요소가 파악된 후 치료가 원만히 이루어져야 하기 때문이다. 그러므로 신데렐라가 환상적인 옷을 입은 공주로만 늘 나타나지 않고 다양한 문화적 배경 속에서 여러 가지 모습으로 나타나는 것이 연극의 세계이다. 이러한 드라마 치료의 방법과 효과에 대하여 다음과 같이 설명할 수 있다.

1. 신체적 움직임, 감정 표출 등의 웜업으로 인해 풍부한 표현력이 개발될 수 있다.
2. 신체 표현 능력과 언어 능력이 향상되고 환경 적응력이 형성되면 스스로 무엇이든지 할 수 있다는 자신감을 갖게 된다. 그리고 그것은 누군가 본다는 사실과 친구들과 함께 작업한다는 배우와 관객의 이중적 체험으로 인해 더욱 확고해 지는 것이다.
3. 이와 유사한 과정을 거듭 반복함에 따라 점차 집중력이 생기고 사물을 파악하고 생각하는 능력이 키워지면 이야기를 듣고 이해하는 능력까지도 더불어 형성된다.
4. 이야기 구조 속의 역할을 통해 나와 타인과의 관계를 인식하게 되고, 상황을 이해함으로써 사회 속 일원이라는 확신 즉 공동체 의식이 생긴다. 이로 인해 사회성이 발달하게 된다.
5. 연극이 주는 쾌감과 즐거움으로 인해 성격이 매우 밝아질 뿐만 아니라 이해력 발달과 더불어 책임감이 생기는 등 성숙해진다.
6. 극적 상상 세계를 경험함으로써 잠재되어 있는 상상력이 개발되고, 자유로움과 여유로움을 누릴 수 있게 된다.

(http://www.koreadramatherapy.co.kr/)

드라마 치료는 드라마를 매개로 육체적, 정신적 문제를 스스로 치유하도록 돕는 것을 의미한다. 연극을 통해 극적 상상의 세계와 집단 예술작업을 경험함으로써 사회적 상호작용, 의사소통 능력, 상상력의 잠재력 가능성을 마음껏 표출하게 되는 것이다. 예술이 치료로써 기능할 때 중요한 것은 예술을 직접 체험하는 과정 속에서 그 예술의 고유한 특성들이 작용하는 것이다. 미술의 경우를 보면, 조형의 법칙성, 공간 상징성, 보색, 조화 등과 같은 미술 특유의 특성을 가지고 형상화 과정, 상징화 과정, 대화 과정과 관계의 과정을 통해 치료가 행해진다. 또한 음악치료에서는 음성, 신체소리, 타악기, 관악기, 현악기, 키보드와 같은 악기를 사용하여 즉흥, 재창조, 작곡, 감상치료 경험의 과정으로 치료를 행한다. 청각예술은 소리가 그 특성이고, 시각예술인 미술은 형태와 색이 특성이라면 연극은 행동이 그 특성이라고 할 수 있다.

행동은 구체적인 움직임이다. 그런데 그 움직임은 일상적인 동작이 아니라 인위로 꾸며진 것이다. 무대라는 제한된 공간 속에서 음악이나 리듬을 수반하여 움직이는 극적행동은 그 안에 이미 형태라는 미술적 특성과 소리라는 음악적 특성을 포함하고 있는 것이 연극의 판별성이다. 이처럼 여러 예술의 기본이 되는 특성을 지니고 있는 연극은 종합예술 치료로써 각각의 예술이 치료할 수 있는 다양한 영역을 포함하고 있다는 장점을 가지고 있다.

드라마는 또한, 다른 예술 치료에 비해 사회성 발달에 특히 도움을 준다. 음악과 미술 치료는 치료대상자가 직접 악기를 다루고, 그림을 그리는 체험을 함으로써 종국에는 자신의 내면을 인식하고 변화해 가는 과정이 주를 이룬다. 이와 달리 연극은 '나' 아닌 '다른 존재'가 되어 보는 것이기 때문에 무엇보다도 타인에 대한 인식이 우선되는 작업이다. 이와 같이 연극 활동을 통한 치료 작업은 극적투사, 치료를 위한 공연 과정, 드라마 치료에서 감정이입과 거리두기, 관객의 시각에서 지켜보기, 신체의 극화, 놀이 등의 치료적 요인을 통해 인생을 탐구하고 인식하여 완전성을 지향하는 것이다.

4-2-A. What is drama therapy?

by Sally Bailey
http://www.dramatherapycentral.com/index.php?option=com_content&view=article&id=121&Itemid=176

Drama therapy applies techniques from theatre to the process of psychotherapeutic healing. Beginning in the early 20th century drama was used by occupational therapists in hospitals and by social workers in community programs to each clients social and emotional skills through performing in plays. The field began to integrate improvisation and process drama methods and emerged as a separate profession in the 1970's. The focus in drama therapy is on helping individuals grow and heal by taking on and practicing new roles, by creating new stories through action, and by rehearsing new behaviors which can later be implemented in real life.

While much drama therapy aims at helping people who are in therapy, drama therapists have extended their applications beyond clinical contexts to enrich the lives of at-risk individuals, to prevent problems, and to enhance wellness of healthy people. Many of the skills for such extensions require a measure of training psychological training as well as a strong basis in theatre. Drama and therapy have been natural partners for at least the last 350 centuries! Archeological evidence suggests that early humans began to make art paintings, sculpture, music, dance, and drama between 45,000 and 35,000 years ago at the same time they became capable of symbolic, metaphoric thought. As part of this creative explosion, shamans incorporated the arts into their religious and healing practices. Dance and drama, in particular, were used in rites to create sympathetic and contagious magic and to embody myths and rituals. That the arts have been connected to healing and meaning-making since their origins, shows how vitally important they are to health and to civilization. In fact, recent scientific research by Gene Cohen (2005), James Pennebaker (1995), Helga and Tony Noice (2004), and others is proving that participation in drama and other arts enhance physical and mental health.

Drama and psychology are both the study of human behavior— two sides of the same coin. Psychologist Philip Zimbardo acknowledges this when he says, "Drama, psychology, and therapy share a basic goal of trying to find what is essential about human nature and try to use that knowledge to improve the quality of individual and collective life. When drama is good, it transmits knowledge about what is essential about people and between people" (Zimbardo, 1986). Psychology studies thoughts, emotions and behavior; drama actively analyzes and presents the thoughts, emotions and behavior of characters for an audience to see and understand. Much of dramatic literature addresses the psychological, social, and cultural conditions of humanity and, thus, serves as a natural vehicle for actually helping real people with problems more consciously address their problems.

Just as psychotherapy treats people who have difficulties with their thoughts, emotions and behavior, drama therapy uses drama processes (games, improvisation, storytelling, role play) and products (puppets, masks, plays/performances) to help people understand their thoughts and emotions better or to improve their behavior. However, unlike most types of therapy which rely purely on talking (psychoanalysis was, after all, called "the talking cure"), drama therapy relies on taking action on doing things!

The drama therapist is trained in four general areas: drama/theatre, general and abnormal psychology, psychotherapy, and drama therapy. Each of these categories involves a number of required classes, many of them experiential, where one learns by doing, practicing, getting supervisory feedback, and refining skills. In the end, the drama therapist is able to facilitate the client's experience in a way that keeps the client emotionally and physically safe while the client benefits from the dramatic process. Because there are so many forms that drama can take, drama therapy can be considered a very broad field. The metaphor I like to use with my students is to say there is a very big "Drama Therapy Pie" which can be cut into many smaller slices:

The Drama Therapy Pie

Depending on the goals and needs of the client, the drama therapist chooses a method (or several) that will achieve the desired combination of understanding, emotional release, and learning of new behavior. Some methods, such as drama games, improvisation, role play, developmental transformations, sociodrama and psychodrama are very process-oriented and unscripted. The work is done within the therapy session and not presented to an audience. Other methods, such as Playback Theatre, Theatre of the Oppressed, and the performance of plays are more formal and presentational, involving an audience. Puppets, masks, and rituals can be used as part of performance or as process techniques within a therapy session.

Certain techniques: drama games, improvisation, role play, sociodrama, developmental transformations, rituals, masks, puppets and some types of performances involve fictional work.

The client pretends to be a character different from him or herself. This can expand the client's role repertoire (or the number of types of roles that can be accessed for use in real life) or it can allow the client to explore a similar role to one he or she plays, but under the guise of "not-me-but-someone-like-me." Other techniques, such as Psychodrama, Therapeutic Spiral Model, Playback Theatre, Theater of the Oppressed and autobiographical performances, allow the client to explore his or her life directly. Clients need to have good ego strength to be able to do this kind of non-fiction work because it requires an honest, searching look at oneself.

Most drama therapists come from the world of theatre. They are individuals who realize the healing power of drama through therapeutic experiences they've had in their education or career and want to facilitate change and growth in others. Many recall that in college they were torn between majoring in psychology or theatre and decided to follow the theatre path. They want to use drama to help others in a direct way or to use theatre as a social change agent, rather than only as entertainment or education.

A smaller percentage of drama therapists come from the field of therapy. They have a Masters or Ph.D. degree in social work, psychology, or counseling and realize that talk therapy isn't enough; they want to use hands on, creative ways of exploring problems and practicing behavior changes with clients. Most have been involved in educational or community theater for many years; some have little or no theatre experience.

4-3. 드라마 치료의 기교

좀 더 효과적인 드라마 치료를 하기 위해서는 치료 참가자의 문제점과 상황을 정확히 파악하여 가장 적합한 방법을 사용하여야 하는데 여러 가지 드라마 치료 기교에는 다음과 같은 것들이 있다.

(1) 투영(Projective)

창조적인 활동을 중심으로 하는 드라마 치료는 가상의 상황과 환상을 다루는 경우가 많다. 이때 필요한 것이 투영기법이다. 가면, 인형극, 실물크기의 인형, 물건, 만화, 비디오, 미술, 직물 같은 소재를 이용해 생각, 감정, 태도나 문제점들을 투영함으로써 드라마 치료 참가자들은 자신의 상태를 나타내고 문제치료의 근거를 제시한다. 투영이란 참가자들의 모든 것을 비추어 밖으로 내 보이는 행위라 하겠다. 이때 드라마 치료사가 참가자들의 감정을 정직하고 확실하게 표현할 수 있도록 안전한 환경을 조성해주는 것이 매우 중요하다. 참가자들이 무의식 상태에서 자발적으로 문제점을 나타내고 객관적으로 그 문제점을 이해하는 것이 치료의 핵심이 된다.

(2) 만화(Cartooning)

만화는 드라마 치료 참가자로 하여금 잡다한 세상의 일로부터 거리감을 갖고 상상력을 성취할 수 있는 창조적인 도구를 제공한다. 만화를 가지고 작업을 하면서 드라마 치료사는 참가자로 하여금 어느 정도 객관적인 입장에 처하게 하고 현실의 암담하고 분주한 일상으로부터 해방감을 갖게 해 줄 수 있다. 참가자는 단순한 만화나 연재만화 등을 통하여 의미심장한 환상이나 스크립트 장면 속으로 빠져들어 자신들 만의 환상의 세계를 창조하고 새로운 자신에 대한 인식을 가질 수 있다. 가장 처참한 현실은 때에 따라서는 가장 비현실적인 만화나 환상에 의해 더 잘 이해될 수 있기 때문이다.

(3) 직물(Fabric)

드라마 치료 참가자들은 다양한 감정을 가지고 있어 이를 가장 자유스럽게 표출하는 것이 필요하다. 이때 직물이나 스카프의 다양한 색상, 질감, 모양은 참가자가 자신을 표현하기에 가장 적절하다. 직물을 이용하여 자신들에게 가장 알맞은 역할을 설정하고, 장면을 만들어내고, 갈등을 보여주며 감정을 표현하도록 도와준다. 직물의 감각적인 특성은 바로 거칠고, 매끄럽고, 부드럽고, 매듭이 있다는 점인데 이런 것들이 참가자의 감정을 표현하고 탐험하는데 아주 적합하다는 것이다.

(4) 실물크기 인형(Life Size Doll)

어떤 크기의 인형들도 드라마 치료의 보조 기구로 사용되어 질 수 있으나 실물 크기의 인형은 창조적인 세계의 모든 가능성을 펼쳐주는 데 보다 더 적합하다. 인형은 가족 구성원, 내레이터, 선생님, 아이 등 앞으로 드라마에 등장하는 어떠한 인물로 채택될 수 있다. 그러나 실물 크기의 인형은 분노 같은 외부로 드러난 문제나 또는 개인의 힘의 발견에서 나오는 내면의 목소리 등을 표현하는데 있어 훨씬 더 실감이 나기 때문에 그만큼 효과가 있다.

(5) 가면(Mask)

드라마 치료에 있어서 가면을 사용함으로써 참가자는 자기 자신에 대해 더 잘 알게 되며, 가면 없이는 표출할 수 없는 감정, 정서, 인식을 나타 낼 수 있다. 가면의 도움을 받아 참가자는 새로운 자유와 창조성으로 세상을 경험하게 된다. 가면은 개인을 연극의 등장인물로 변형시킨다. 등장인물로서의 가면은 개인이 자아의 상황을 탐구하도록 도움을 주고 그 사람의 대역의 기능을 한다.

(6) 물건들(Objects)

드라마 활동을 좀 더 실감나게 하고 효과를 더 나타내기 위해서는 여러 가지 물건들을 이용해야 한다. 물건들은 역할연기, 스토리텔링, 즉흥극 등의 상황이나 갈등에 긴장감을 주고 갈등의 조성에 효과를 나타내준다. 이러한 물건들은 평평한 표면에 있는 모래나, 서로 다른 높이의 구조물 또는 배열된 직물 속에 놓여 질 수 있다. 참가자들은 선호하는 장소, 현재의 세계, 선호하는 세계, 미래의 장면 또는 특별한 장소를 보여주기 위해 이런 물건들을 적당히 사용한다. 물건들은 개인이 안전한 환경 속에서 역할을 맡아 이야기를 하는 데 도움을 주고 효과를 높이는 데 사용하는 요긴한 도구이다.

(7) 꼭두각시(Puppet)

꼭두각시는 드라마에 재미와 충격을 주며 때로는 이국적인 분위기를 조성해주고 신비한 분위기를 나타내준다. 꼭두각시는 모든 연령 그룹에 사용된다. 꼭두각시는 가치와 문제해결 능력을 소개하고, 새로운 아이디어가 떠오르게 하고 의사소통 능력을 정립해 주고 정서적 문제를 완화시켜준다. 간단히 말해서, 꼭두각시는 의사소통과 감정의 표현을 증진시켜 준다. 꼭두각시는 참가자들에게 거리감을 주어 숨겨진 정서와 감정이 표출되도록 해 준다. 꼭두각시는 에너지와 표현 능력을 창조적으로 방출하게 해준다. 꼭두각시는 참가자가 숨겨진 정서와 갈등을 드러내게 해 줌으로써 투영적인 도구의 기능을 한다.

(8) 비디오(Video)

드라마 치료에서 비디오의 사용은 엄청난 관심을 받아왔다. 연구에 따르면 비디오 대질은 참가자가 다른 사람들이 그들을 어떻게 보는지를 알 수 있도록 도와줄 뿐만 아니라 다른 사람들에 주는 그들의 행동에 대한 영향을 평가하는 것을 돕는다고 한다. 자신이 연기한 부분을 비디오를 통해 살펴봄으로 참가자들은 자기 자신에 대해 더 깊은 통찰력을 가질 수 있다. 비디오를 통해 자신을 객관적으로 다시 되돌아봄으로써 장점과 단점 및 고쳐야 할 부분을 정확하게 포착할 수 있다. 숙련된 드라마 치료사의 지도하에, 비디오를 다시 관찰함으로써 자신의 행동 변화의 목적, 통찰력, 카타르시스, 그리고 고취된 자긍심을 깨닫는 데 커다란 도움을 받을 수 있다. 비디오를 통해 자기 모습을 현재의 시제로 볼 수 있으며 자신의 이미지를 분석하여 보다 더 정확한 자기 인식을 가능케 해준다. 비디오를 통해 피드백이 가능하므로 거기서 얻어진 것을 토대로 깊이 있는 자기 인식과 토론이 더욱 진지하고 발전적일 수 있다,

(9) 의식(Ritual)

드라마에서 의식은 의도되고 계획된 행위이다. 어떤 민족이나 마을에서 전통적으로 행해지는 의식을 그대로 사용하거나 아니면 그 상징성만을 이용할 수도 있다. 인간의 여러 가지 행동이나 생각은 상당한 정도 그 지역에 살던 조상들로부터 물려받은 것이기 때문에 그 속에는 의식으로부터 온 것들이 중요한 부분을 차지한다. 의식은 은연중 삶에 깊이 스며들어 있어 여러 가지 방식으로 후세 사람들에게 영향을 끼친다. 의식은 전통을 지키게도 하고 변화를 구체화시켜 삶의 새로운 방향을 제시할 수도 있다. 중요한 가치를 명백히 해주기도 하고 변화를 일으키고 중요한 결정에 영향을 주며 결정적 지표를 알려주기도 한다. 의식은 특히 미개한 사회에서는 그 사회를 이끌어가고 통합시키는 역할도 한다. 의식을 좀 더 의도적으로 계획하여 드라마로 만들 때 새로운 문화는 더욱 활발해진다.

(10) 스토리텔링과 극화(Storytelling and Dramatization)

이야기를 전개하고, 의미 있는 글을 사용하는 것은 사람들이 그들의 창조적인 에너지를 활성화 하고 문제를 해결하는 대안을 검토하는 데 도움을 준다. 이야기는 인간의 삶을 구체화하고 통일감, 지속성 그리고 목적을 제공한다. 우리는 삶을 살아가면서 인간으로 성장하고 우리의 이야기를 수행하게 되는 것이다. 이야기를 실제로 연기하는 것은 삶을 극화하는 것이다. 스토리텔링은 어떤 이야기를 나열하거나 단순히 기술하는 것이 아니라 기술적으로 말함으로써 어떤 감정을 전달하는 것이다. 여기에 좀 더 몸과 목소리로 연기를 하면 극화가 되는 것이다. 극화의 기술이 곧 드라마이다. 극화는 이야기에 활력을 불어 넣고 감동을 전달하는 드라마적 기술이다.

(11) 외재화(Externalization)

드라마 치료 기술은 개인을 문제로부터 분리시켜서 문제를 통제하는 입장을 취하게 해 준다. 외재화(外在化)는 문제의 포화상태, 그들의 삶에 대한 고정된 묘사로부터 사람을 자유롭게 해 주어 다른 선택을 하도록 해준다. 외재화는 문제를 확인하고 그에 대한 새로운 관계를 전개하며 그 과정 속에서 자기 자신과 문제에 대해 새로운 해석을 함으로써 새로운 인생시나리오에 새로운 요소를 제공해 준다.

(12) 드라마 게임(Drama Games)

게임은 문제에 대한 분석적 사고와 정서적, 표현적 활동을 결합시키고 개인과 집단의 행위에 역동적인 모델을 제공한다. 게임은 집단이 서서히 행동으로 옮기도록 하고, 집단의 억압 상태를 풀어 개인이 신뢰하고 편안함을 느끼게 해준다. 드라마 치료법과 결합된 게임은 개인이 상호작용과 집단 놀이를 발전시키도록 해준다. 집단 속에서 개인이 신뢰와 유대감을 쌓게 해주고, 안전한 장소에서 실험할 수 있도록 계기를 마련해준다. 자발성을 경험하게 하고, 정서적 성장을 조장해주며 좀 더 편안한 감정을 형성하도록 도와준다. 문제 해결 능력을 개발하여 경험적으로 학습하게 하고 집중력을 길러주고 치료목적에 부합되는 구조를 제공하여 통찰력을 얻고 문제를 해결하도록 도와준다.

⒀ 사진요법(Phototherapy)

비디오와 달리 드라마에서 사진요법을 사용하는 것은 좀 더 정확성을 기하기 위해서이다. 사진요법은 고통스러운 심리적 증상을 줄이거나 완화시키기고 심리적 성장과 치료의 변화를 촉진하기 위해 노련한 치료사의 지도하에 이루어 질 수 있는 방법이다. 사진요법과 드라마 치료법을 통합하여 드라마 치료사는 연극 참여자들로부터 말로써 표현되는 반응, 정서의 상태, 사회화의 정도, 드라마 기교 또는 창조성의 표현 등을 밝혀낼 수 있다. ·

4-4. 드라마 치료 과정

드라마 치료 과정을 잘 설명해준 그린스펀(Greenspan)은 주로 자폐증 어린이를 치료하는 방법을 연구했는데 그가 개발한 플로어 타임(Floor time)이라는 드라마 치료는 마룻바닥에서부터 어린이와 밀접한 관계를 유지하며 어린이의 성장을 돕고 치료하는 과정을 말한다. 플로어 타임은 어린이들의 상호작용과 의사소통 능력들이 개발되도록 돕는 것인데 여기서 중요한 것은 부모나 교사는 어린이를 이끌거나 교육시킨다기보다 어린이를 따라간다는 것이다. 다시 말하면 주도권이 교사나 부모에게 있는 것이 아니고 어린이에게 있어야 한다는 뜻이다. 그린스펀은 자폐증이나 전반적 발달장애 진단을 받은 어린이들이 의사소통과 관계된 심각한 문제들을 일으키는 심한 구조적이고 체질적인 문제들을 갖고 있다고 본다. 그는 장애에 대해 다음과 같이 다섯 가지로 분류한다.

첫째, 안전하고 조용한 환경이 필요하고, 과도하게 반응하는 경향이 있는 겁 많은 과민증 학생.

둘째, 심하게 자극적이기 때문에 통제가 아주 많이 필요한 무례하고, 고집 센 과민증 학생.

셋째, 열정적이고 왕성한 행동 때문에 공격적인 증상을 보일 수도 있고, 어떤 일에 둔감하게 반응하고, 병적으로 집착성을 보이는 학생

넷째, 현실억제와 활기를 돋궈주는 것이 필요한 낮은 활동 수준의 학생, 낮은 운동기능의 소극적이고 자기도취적인 학생.

다섯째, 주의 산만한 행동 때문에 주의력 결핍으로 과잉운동장애라고 자주 불리는 운동기획능력에 문제를 가진 학생.

(http://incrediblehorizons.com/floortimeautism.htm)

자폐증 어린이들을 성공적으로 치료하는 데 있어서, 어린이들이 발달상

으로 어느 위치에 있는지, 그리고 무엇이 특별한 진행적인 문제의 원인이 되는 지를 파악하는 것이 중요하다. 플로어 타임에 의하면, 아이들의 행동에는 목적이 있다. 그러므로 부모와 돌보는 사람의 역할은 어린이가 이끄는 대로 따르고 그가 상호작용하고, 의사소통하는 기술을 개발하도록 돕는 것이다.

예를 들어, 어떤 어린이는 바닥에 장난감 자동차를 내려치는 것을 즐길 수도 있다. 플로어 타임 동안에 어머니는 어린이의 그러한 행동을 모방하거나 자신의 장난감 차로 어린이의 차를 방해한다. 이것이 어린이를 자극하여 어머니와 상호작용하도록 한다. 여기에서 어머니는 어린이가 좀 더 복잡한 놀이를 고안하고, 놀이 속에 단어와 어휘를 짜 넣도록 조장한다. 플로어 타임은 다른 어떤 교수법보다도 어린이 주도적이다. 플로어 타임의 목적은 어린이와 어른 사이에 주거니 받거니 하는 상호작용을 증진시키고 의사소통을 증가시키는 것이다. 플로어 타임은 어린이를 곁에 두는 특별한 놀이시간이다. 이 기간 동안, 놀이는 어린이와 함께 바닥으로 내려가거나 어린이들의 인도를 따르려 노력할 때의 비구조적이고 자연스런 활동이다. 초기 목적은 어린이들의 동기나 관심이 무엇이건 간에 그것에 초점을 맞추는 것이다.

플로어 타임은 발달 단계를 어린이들이 오르도록 돕기 위하여 어린이들과 함께 작업하는 조직적인 방법이다. 부모들과 집중적으로 작업하여 어린이들이 놓치고 있는 기술들을 획득하도록 어린이들의 이정표들(milestones)의 단계를 오를 수 있도록 도와주는 것이다. 플로어 타임 동안, 어린이들은 처음에 다른 사람들과 함께 하는 매력적인 즐거움과 진취적인 것을 이루는 만족이나 알았던 욕구와 희망을 성취하는 것 등을 배운다. 플로어 타임은 어린이들을 위해 처음에는 말없이 후에는 말을 하면서 생각하게하고 상상하게 하는 기회들을 갖도록 해주는 것이다. 플로어 타임은 그것이 자연스럽고 재미가 있다는 점에서 보통의 놀이와 상호작용의 관계에 있다.

플로어 타임은 발달적인 역할을 가진다는 점에서 보통의 놀이와 다르다.

그 역할은 어린이들의 매우 적극적인 놀이 파트너가 되는 것이다. 어린이의 관심이 어디에 붙잡혀 있건 간에 그들의 인도와 놀이를 따르는 것이다. 그러나 어린이가 함께 상호작용하도록 격려하는 방법이 중요하다. 부모나 어른의 역할은 보수적인 도우미가 되는 것이고, 어린이의 활동이 두 사람의 상호작용으로 변하도록 하는 것이 무엇이건 간에 그것의 중재자가 되는 것이다.

일단 한 어린이가 복합적인 자기 감각을 계발시키기만 하면 어린이는 다른 사람들에 대한 본인의 감정과 생각들을 연결시키는 능력, 특히 감성적인 생각들을 계발시키는 것을 계속할 수 있다. 대개 약 24~30개월쯤에 어린이는 감정적인 개념들의 정신적인 이미지를 창조해 낼 수 있다.

그린스펀에 의하면 6단계 발달적 이정표가 있다. 그는 각 단계에서 적절한 정서적 경험들은 창조적인 인지, 사회적 정서, 언어 및 운동 기술뿐만 아니라 자신에 대한 감각을 발달시키는 것을 도울 것이라고 말한다. 그가 말하는 여섯 가지 이정표들은 다음과 같다.

1. 자기 조절과 세상에 대한 관심
이 단계 동안 감각들을 처리하고 조정하는 유아들의 태도는 중요한 요인이다. 어린이들이 너무 과대하게 민감하거나 또는 둔감하게 반응할지도 모른다. 아이들의 감각들은 각 감각(만지고, 냄새 맡고, 그리고 듣는 것)과 함께 변할지도 모르거나 하루하루(가끔은 과대하게 민감하고, 어떤 때는 둔감하게) 바뀔지도 모른다.

2. 친밀감
이 단계에서 어린이들은 언어의 근원들과 소리들을 인지하기 시작한다. 그들은 친밀한 측면들과 대상들을 위한 세상을 세밀히 살피고, 30초나 그 이상을 집중하기 시작한다. 친밀하게 되는 이 능력은 모든 미래의 관계들, 유대원동력(cement motor), 그리고 인지적이고 언어 기술들의 기초를 형성한다.

3. 두 가지 방법의 의사소통

처음에 어린이는 이 단계에서 다른 사람들의 반응에 원인이 되는 본인의 행위들을 깨닫는다. '이것은 의사소통의 원들이 열렸다 닫혀지는 것' (opening and closing circles of communication)을 안내하기 위한 몸짓대화들(gestural dialogues)의 시작이다. 2가지 방법의 의사소통의 경험들은 어린이들에게 의도적인 기본 감각을 형성하도록 도와준다. 이것은 기본적으로 정서적이고 인지적인 운동과정을 학습하도록 안내한다.

4. 복합적인 의사소통

이 단계에서 어린이는 복잡한 반응들 안으로 동작들을 연결시키기 시작한다. 닫힌 원들의 수와 복잡성이 증가하기 시작한다. 몸짓대화들이 늘어나면서 말하기 위한 준비가 시작된다. 결과를 해결하는 정교하고 신중한 문제 안에 일련의 동작들을 함께 묶고, 복합적인 몸짓들을 만들어 내기 위한 능력을 계발한다. 표현의 풍부함과 복잡한 몸짓들의 이러한 성장은 역시 독창성을 증가시킨다.

5. 정서적 개념들

이 단계에서 아이들은 상징들이 물체들을 나타내고, 각 상징들은 구체적인 물건들의 추상성과 개념, 그리고 세상과 관련된 활동과 정서라는 것을 배운다. 개념들을 만들어 내는 능력은 가장놀이(pretend play)로 연결하기 시작한다. 어린이가 가장놀이를 시도하면 할수록, 개념들의 세계와 함께 시작하는 어린이는 더욱 더 편안해진다.

6. 정서적 사고

어린이는 이 단계에서 동작 대신에 단어들을 사용하여 감정들을 표현하기 시작한다. 그 감정들의 원인은 특정한 행위들과 사건들로 연결되어지기 시작한다. (다시 말하면, 나는 엄마와 놀기 때문에 행복하다) 감정들과 동작들 사이의 이러한 연결은 어린이로 하여금 미래 사건들을 생각하고, 예측하도록 돕는다. 아이들은 또한 놀이가 논리적인 순서들 안으로 들어가

서로 연결되어지도록 한다. 아이들은 개인적이고, 감정적인 방법으로 최근 만들어진 공간과 시간의 개념들을 이해하기 시작한다. 또한, 이 때 문제를 해결하는 기술들과 언어적 의사소통의 증가가 일어난다.

(http://incrediblehorizons.com/floortimeautism.htm)

플로어 타임의 목적은 다음과 같이 네 가지로 정리할 수 있다. 첫째는 집중력과 친밀감을 촉진시키는 것이다. 어린이가 어떤 일을 할 때는 친밀감이 있어야 하고 또한 집중력이 있어야 효과를 얻을 수 있다.

둘째는 두 가지 방법의 의사소통을 할 수 있어야 한다. 당신은 어린이가 처음에 말이 없는 대화, 미묘한 얼굴 표정들, 그리고 눈의 번뜩임과 함께 '의사소통의 원들이 열렸다 닫혀 지는 것'을 배우도록 해야 한다. 그러기위해 당신의 과제는 대화를 촉진하고, 당신의 어린이가 자기의 감정들을 손이나 얼굴 등으로 표현하도록 돕는 것이다. 시간이 흐른 후에 당신은 당신의 어린이가 복합적인 면이나 문제를 해결하는 대화에서 의사소통의 많은 원들을 열고 닫는 단계에 이르도록 돕는 것이다.

셋째는 감정들과 개념들의 이용과 표현을 격려하는 것이다. 당신의 목표는 당신의 어린이가 자기 요구들, 희망들, 그리고 감정들을 표현할 수 있는 역할극이나 드라마를 할 수 있도록 돕는 것이다. 마지막 목적은 어린이들이 논리적 생각을 할 수 있도록 돕는 것이다. 당신은 당신의 어린이가 자기의 생각들과 느낌들을 논리적으로 하여 세상과 잘 소통하도록 돕는 것이다.

이제 그린스펀이 제시하는 구체적 치료법을 알아보자. 그린스펀은 자폐증과 다른 발달 장애를 가진 아이들을 치료하는 접근 방식으로 널리 알려져 있다. 그의 방법은 근본적인 감각 문제를 고려하는 동시에 상호작용에 중점을 두고 있다. 이 플로어 타임모델은 아이의 발달 능력을 사용하도록 하고, 효과적인 상호작용이 인지적, 정서적 성장을 도모한다는 이론에 기반을 두고 있다. 아이들의 발달 단계가 올라가는 것을 돕기 위하여 체계적인 방법이 적용되는 것이 치료법의 핵심이다. 이것은 아이가 인생에서 놓쳐버린 바로 그 첫 중대 시점으로 아이를 데려가서 발달 과정을 새로이 시작하게 해 준다. 여섯 가지 기능적 중대 시점은 다음과 같다.

자아 조절과 세상에 대한 관심
친밀감
양방향 의사소통
복잡한 의사소통
정서적 아이디어
정서적 사고

방법은 부모가 발달 사다리에 서 있는 아이를 관찰을 통해 평가하는 관찰 차트를 포함하고 있으므로 그 중대 시점은 이정표가 되며 특히 강화될 필요가 있다. 부모와 치료사와 함께 집중적으로 작업함으로써 그 아이는 그가 놓친 기술을 습득하기 위해 인생의 이정표란 사다리를 올라갈 수 있게 된다. 이는 집과 학교에서 하나의 절차나 인생관의 하나로 다양한 치료법의 일부로서 수행될 수 있다.

그린스펀 방법의 일부는 집중적으로 20분에서 30분 플로어타임을 사용한다. 그때 당신은 당신의 아이와 바닥에서 일대일로 자연스럽고 재미있는 방식으로 서로 상호작용하며 논다. 감정을 이용하는 방식, 즉 그의 흥미와 동기유발에 맞춰 상호작용함으로써 당신은 아이가 발달 단계를 올라갈 수 있도록 도와 줄 수 있다. 당신은 아이가 당신에게 주의를 기울이고 대화에 참여하며 주도권을 취하고, 뜻하지 않은 재해와 논리에 대해 배우며, 문제를 해결하는 능력을 갖도록 도와줄 수 있다. 부모는 아이의 아주 적극적인 놀이 파트너가 되며, 그 역할은 아이가 당신과 상호작용을 하는 것을 도모하는 방식으로 하지만, 아이의 인도를 따르고 아이의 관심을 끌 수 있는 것이라면 무엇이든 놀아주는 것이다. 예를 들어, 아이가 쌓은 블록으로 무엇을 만들기를 원하면 당신도 아이와 함께 만들어야 한다. 아이의 탑에 블록을 더 쌓거나 아이가 쌓은 탑을 '어이쿠'하면서 쓰러트리는 등 상호작용을 만들어 낼 수 있는 것이라면 무엇이든지 한다. 다음은 아이의 발달단계에 따른 플로어 타임에 의한 체크 포인트이다.

1단계: 접촉유지
출생에서 생후 8개월까지
- 아이가 발성과 얼굴 표정에 대한 반응으로 즐겁게 미소 짓는가? 반응을 유도하기위해 아이가 사용하는 몸동작의 종류는 무엇인가?
- 아이는 듣기, 보기, 애정을 형성하기 위한 촉감과 같은 감각을 어떻게 사용하는가? 아이가 운동성의 움직임을 교환하기 시작하는가?
- 당신은 아이의 성질－안정적인, 강력한, 성급한, 반응이 없는, 완강한－을 어떻게 묘사하겠는가?

2단계: 양방향 의사소통
6개월에서 18개월
- 아이가 상호 교환을 하거나 당신의 행동과 감정을 모방하는 증거로는 무엇이 있는가?
- 아이가 흉내에 의해서만이 아니라 자신만의 욕구나 필요에 의한 행동을 유발하기 시작하는가? 어떻게 하는가?
- 아이가 의사소통하기 위하여 몸동작과 단어를 결합시키는 방법의 예를 주어라.

3단계: 공유된 의미
18개월에서 36개월
- 아이가 어떻게 단어를 통해 생각을 의사소통하기 시작하는지 그 예를

제시하라.
- 아이는 호기심, 독립심, 거부와 같은 감정적인 주제를 소통하기 위해 어떻게 위장 놀이를 어떻게 사용하는가?
- 아이가 필요, 욕구, 감정을 위장 연극을 통해 아는 방식을 기술하라. 좀 더 복잡한 위장 놀잇법을 기술하라.

4단계: 감정적 사고
3세에서 5세
- 감정이 어떻게 표현되는가?
- 아이가 감정, 행동과 그 결과 사이의 관계를 이해한다는 증거는 무엇이 있는가?
- 어른과 아이의 관계를 어떻게 묘사하겠는가? 동료와의 관계?
- 아이는 충동을 어떻게 조절하며 기분을 어떻게 안정시키는가?

목적은 아이가 좀 더 방심하지 않고, 어떤 것은 다르다는 것을 인식하고 시각, 청각 그리고 다른 감각 정보를 구별하거나, 그들이 장애를 직면하고 있다는 것을 인식하게 하는 것이다. 또한 아이가 주도권을 갖고 환경 속에서 덜 수동적이 되도록 조장하며 아이가 좀 더 비판적이 되고, 스스로를 도울 수 있도록 행동을 취할 준비를 하는 것을 돕는 것을 목표로 한다. 아이가 문제를 인식하고 아이가 그것에 대해 무엇인가를 해야 하는 사람이어야 한다는 것을 깨달을 기회를 주고 기다려 주는 것이 중요하다.

또 다른 목적은 아이가 변화를 알아차리고, 변화를 시작하며 변화를 견디도록 돕기 위해 작은 변화를 만들어냄으로써 아이가 유연해 지도록 돕는 것이다. 당신은 아이가 행동, 몸동작, 단어를 통해 문제를 해결하는 좀 더 많은 방법을 조정할 수 있기를 바란다. 문제 해결 과정을 통해 아이를 지도해라, 그러나 그 기술을 말해 주거나 기술 사용법을 보여주지는 말아라. 플로어 타임의 다섯 단계는 좀 더 구체적으로 아이와 눈높이를 맞추면서 할 수 있는 방법이다.

1단계: 관찰

아이의 이야기를 듣고 지켜보는 것은 효과적인 관찰에 필수적이다. 표정, 목소리의 음조, 몸동작과 말(또는 말의 결여)은 당신이 아이에게 어떻게 접근해야 하는지를 결정하도록 도와주는 중요한 단서가 된다.

2단계: 접근 방식-의사소통의 범위를 넓혀라

일단 아이의 감정과 스타일이 평가되면 아이에게 적절한 말과 동작으로 접근할 수 있다. 당신은 아이의 감정 상태를 인지하고 그 순간 아이의 관심사가 무엇인가에 따라 거기에 맞춰 정교하게 고안하고 짜 맞춤으로써 아이와의 의사소통 범위를 넓힐 수 있다.

3단계: 아이가 이끄는 대로 따라라

아이를 지지해 주는 조력자인 놀이 상대자가 되어라. 그리고 아이가 상태를 정하고 행동을 주도하며 개인적 드라마를 만들어내도록 한다. 이것이 아이의 자긍심을 고취시켜주고, 주장을 강하게 할 수 있는 능력을 길러주며, 아이에게 "나도 세상에 영향을 줄 수 있다"라는 느낌을 줄 수 있게 해준다. 당신이 아이의 놀이를 지지해 줄 때 아이는 따뜻함, 일관성과 이해 받고 있다는 경험을 함으로써 이점을 얻게 된다.

4단계: 놀이를 연장하고 확장시켜라

아이의 놀이 주제를 확장시키고 연장시키는 것은 침입하지 않고 아이의 놀이에 대해 지지적인 평을 하는 것을 포함한다. 이것은 아이가 자신의 생각을 표현하고 드라마의 방향 윤곽을 분명히 하도록 도와준다. 아이가 연루된 감정적 주제를 명확히 하도록 도와주면서 드라마를 계속 이어나갈 수 있도록 창조적 사고를 자극하는 질문을 해라. 예를 들어, 아이가 자동차를 부수고 있다고 가정해 보고, 감정 이입을 시켜 반응을 해라. "이 차들은 너무 많은 에너지를 갖고 있고 너무 빨리 움직여. 이 차들이 어딘가로 가려는 것일까?"와 같은 말을 해라.

5단계: 아이가 의사소통의 범주를 정한다

아이가 당신의 비평, 평과 함께하는 동작, 자신만의 동작에 의존할 때 아이가 범위를 정한다. 서로의 생각과 동작에 의존함으로써 아이는 양방향 의사소통의 가치를 판단하고 이해하기 시작한다.

플로어 타임 관리를 위한 전략은 다음과 같다.

- 아이가 이끄는 대로 따르고 그와 함께 하라—아이가 동작을 시작하기만 한다면 그가 무엇을 하는 지는 중요하지 않다.
- 당신이 추구하는 것을 지속적으로 관철시켜라.
- 아이가 하는 것을 의도적이고 목적을 지닌 것으로 취급해라; 새로운 의미를 부여해라.
- 아이 앞에 위치해라.
- 회피나 "no"를 거부로 취급하지 말라.
- 확대, 전개, 발전: 계속하라. 바보처럼 놀아라. 부적당한 동작을 해라. 들은 대로 해라.

좋은 플로어 타임 치료사에게 자문해야 할 질문들은 이렇다.

- 당신은 차분한 목소리를 사용하고 온화한 인상을 주는가?

- 당신은 차분하고 지지적인 듣기를 보여주는가?
- 당신은 얼마나 자주 아이로 하여금 주도적 입장을 취하게 하는가? 당신은 아이가 이끄는 대로 따르는가?

플로어 타임을 돕기 위해, 많은 소품들이 놀이를 좀 더 생산적으로 만들 것이다. 놀이 공간을 정돈하고, 장난감을 선택하는 것을 돕기 위해 소품들을 투명한 플라스틱 용기 속에 보관하는 것이 좋으며 필요한 소품들은 다음과 같다.

- 음식
- 장난감 자동차
- 인형
- 플라스틱 동물
- 장난감 전화
- 화이트보드나 칠판이 있는 이젤
- 알파벳과 숫자
- 장난감 병정
- 블록
- 그림 도구
- 놀이 구조물

4-5. 드라마 치료사

　　드라마 치료사는 연극 참여자의 문제를 정확히 판단하고 가장 적합한 치료방법을 적용시켜 효과를 보도록 도와주고 안내하고 지도하는 사람이다. 드라마 치료사가 연극 참여자와 목표가 같아야 하며 같은 결과를 기대해야 한다. 드라마 치료와 연극 참여자의 공조와 협조가 효과적인 드라마 치료의 중요한 부분이다. 그러기 때문에 드라마 치료사는 상황을 정확히 판단하여야 하고 뚜렷한 목적을 가지고 다양한 치료 방법을 적합하게 선택하여 효과를 보아야 하며 무엇보다도 신뢰성이 있어야한다.

　　드라마 치료의 모델을 카타르시스 모델, 행동주의 모델, 거리조절 모델로 나누어 볼 때 드라마 치료사가 어떤 모델을 왜 선택해야하고 어떻게 적용해야하는가 라는 것이 중요하다. 카타르시스 모델은 주로 연극 참여자의 분노, 시기심, 적개심, 격분한 감정 등을 적절히 표출하여 마음의 평정과 조화를 갖게 하는데 목적이 있고, 행동주의 모델은 연극 참여자가 공격적인 모델을 모방하여 그 공격성이 감소할 지 증가할 지를 판단하는 데 역점을 두는 것이다. 거리조절 모델에서는 카타르시스 개념을 사회심리학의 관점에서 재검토하여 어떻게 거리를 조절하여 좀 더 효과를 가져 올 수 있는 가를 점검해야 한다. 드라마 치료사가 어떤 모델을 적용하든 문제는 더 좋은 효과를 가져 올 수 있느냐 하는 것이다. 드라마 치료사는 항상 창조적이고 구체적인 결과를 가져올 수 있는 포괄적인 모델을 찾아야 한다.

　　구체적인 치료 목적은 연극 참여자의 상황에 따라 변할 수밖에 없다. 연극 참여자의 나이, 상황에 관계없이 드라마 치료사는 개인적이고 집단적인 문제를 정확히 파악하여 역할을 충분히 담당하게 하여 의식과 행동상의 변화를 가져와야 한다. 여러 가지 방법을 채택하여 원활하고 융통성 있게 드라마 치료를 진행시켜야 한다.

드라마 치료에 있어 개인의 역할을 충실하게 수행할 수 있는 능력이란 연극 참여자가 다른 사람의 역할을 잘 수행할 수 있는 유연성과 행동성이다. 문제가 있는 가정에서 어머니와 아들이 심한 갈등 속에 빠져 있는 경우라면, 어머니는 아들 역을 하고, 아들은 어머니 역을 바꾸어서 해볼 때 유연성과 행동성이 잘 나타날 수 있다. 드라마 치료는 무대에서 혹은 연습공간에서 나 아닌 다른 사람의 역할을 연기함으로써 문제의 발견과 치료가 가능함으로 유능한 드라마 치료사는 상황에 알맞은 역할 연기 기회를 적절히 분배하는 것이 중요하다. 특히 정서에 문제가 있는 연극 참여자들에게는 역할 하나를 맡기는데도 세심한 주의를 하여야 한다. 왜냐하면 이들은 어떻게 연기해야 할 지 모르기 때문에 일일이 점검을 받고 구체적인 지도를 받아야하기 때문이다. 문제가 있는 어머니와 아들의 경우 그 역을 바꾸어 연기하도록 지도할 때에 드라마 치료사는 자신들이 맡은 역할에 갇혀진 행동과 생각이 한계를 벗어나도록 하는 의식전환에 목표를 두어야 한다. 이렇게 하기 위해서는 고정된 관념이나 경직된 사고 또는 굳어진 정서의 틀을 벗어나 좀 더 유연하고 적극적인 표현성을 계발하도록 도와주어야 한다.

특히 정신이상자나 자폐어린이나 치매노인들의 경우에는 감정 표출과 제어에 신경을 써야한다. 드라마 치료 참여자들에게 자발성과 집중력을 갖도록 해주고 자신감과 적극성을 갖게 해주어 주위사람들과의 관계에 시선을 돌리고 자신들이 좀 더 좋아질 수 있다는 희망과 확신을 가지도록 도와주어야 한다.

드라마 치료사는 치료 효과를 높이고 좀 더 신뢰를 받기위해 끊임없는 자기수련을 하고 교육을 받아야 하는데 여러 가지 교육프로그램 중에 공통된 것은 개인에 관한 것, 연극 참여자에 관련된 것, 드라마 기법 및 이론 등이다. 개인 훈련에 있어서는 연극 참여자가 연극의 예술적 목표와 가치에 대해 굳은 믿음을 갖고 즐길 수 있도록 하고 사명감을 갖는 것이 필수적이다.

드라마 치료사는 예술 형식을 자유자재로 다루어 어떤 문제에 대해 연극적 적용의 가능성, 활용성, 효과성 등을 갖출 수 있는 능력을 소유해야 한다. 창조성의 측면에서도 연기, 연출, 극작에 적용할 흥미나 능력이 있어야 한다.

드라마 치료사가 만약 초등학교 고학년의 학생에 대한 것을 집중적으로 공부한다면 다음과 같은 것에 주안점을 두어야 한다. 초등학교 고학년은 신체적으로 어떤 발달단계에 있는가, 이런 경우 남·여 학생이 다 같이 변성기에 있기 때문에 이 문제점을 파악해야 할 것이다. 여학생의 경우 생리에 따른 육체적, 정신적 문제점을 점검해야 한다. 또한 초등학교 고학년 학생들은 정신발달 측면에서 어느 단계에 있는가도 알아봐야 한다. 이때 과도한 정서불안은 없는지, 아니면 정반대로 미래에 대한 지나친 불안감은 없는지 등을 살펴야 한다.

그리고 각 학생들의 취미나 능력에는 어떤 차이점이 있는 지를 알아보아 드라마 치료에 적용할 드라마 기법 중 어느 것이 가장 적합한지를 적용할 계획을 세워야 한다. 누구는 역할극에, 누구는 즉흥극에, 누구는 인형극에, 누구는 마임에 적합한 지를 판단하고 실천에 옮기는 것은 드라마 치료사의 판단과 능력에 달려 있는 것이다.

드라마 치료사는 연극 참여자들의 환경과 처지가 어떠한 가를 정확히 판단해야 한다. 드라마 치료사는 주로 신체장애인, 정서장애인, 약물중독자, 재소자, 노숙자, 스트레스환자와 같은 문제점을 가진 사람들을 치료한다. 여기서 유념해야 할 것은 이런 장애나 문제점들은 중복해서 발생한다는 점이다. 그렇기 때문에 그들이 처한 환경과 처지에 대한 충분한 이해가 필요하다. 인간은 상당한 정도 환경과 처지의 지배나 영향을 받기 때문에 환경과 처지의 이해는 문제해결의 기초단계라 할 수 있다. 결손가정이라는 환경에서 나타나는 정서장애 어린이라든가 알코올중독자 아버지라는 환경에서 나타나는 스트레스 어린이 환자라든가 보호시설에서 나타나는 정서불안 어린이들 같은 경우 그 환경의 이해와 치료는 불가분의 관계를 갖는다. 근본적인 문제의 원인을 파악하면 다음 단계의 치료는 훨씬 용이하기 때문이다.

드라마 치료사는 또한 연극 참여자들의 형편과 처지에 맞게 드라마 치료의 공간을 창조적으로 설정해야 한다. 소극적인 어린이를 치료하는 경우라면 좀 시끄러운 공원의 공간이 적극성을 길러주는데 도움이 되겠지만 폭력적인 어린이를 치료하는 경우라면 오히려 주위의 시끄러움이 역효과를 가져올 수도 있다.

드라마 치료사는 연극 참여자들의 치료 작업의 토대가 되는 것으로 놀이, 즉흥극, 마임, 역할극, 스토리텔링 등 다양한 기법에 대한 이해와 적용 방법을 알아야 한다. 연극 참여자들은 놀이가 치료와 만나는 다양한 경우를 알아야 하며 그 역할에 대해 이해하여야 한다. 이때, 드라마 치료사는 관찰자의 입장을 취할지 놀이자의 입장을 취할지 아니면 지시적 진행자가 되어야 할 것인가를 결정해야한다.

어떤 기법을 사용할 것인가 하는 것은 드라마 치료사의 능력과 인식에 달린 것이다. 연극 참여자의 필요가 무엇인가, 어떤 기법이 가장 적합한가, 그리고 그러한 기법이 드라마 치료의 목표와 가치에 부합하는가, 충분한 효과와 결과를 도출할 수 있는가 등을 고려해야 한다.

드라마 치료사는 또한 연극에 관련된 여러 가지 이론에 대해 풍부한 지식을 갖고 적용방법에 대해서도 해박한 지식이 필요하다. 특히 심리학, 정신분석학, 원형심리학, 신화, 다양한 연극이론, 모델이론 등을 습득해야하며 이때에 편협한 사고는 금물이다. 어떤 이론이나 모델도 완벽한 것이 아니며 어떤 경우에나 적용되는 것이 아니므로 편견에 사로잡히지 말고 절충하는 자세와 통합의식을 갖는 것이 좋다. 드라마 치료는 일종의 치유예술이기 때문에 예술의 속성을 갖고 있다는 점을 인식해야 한다. 예술이 논리나 철학과 다른 것은 보는 사람의 기호와 감정에 따라 가치가 다르다는 점이다. 마찬가지로 드라마 치료는 적용하는 방법과 결과에 따라 이루어지는 예술적 행위이기 때문이다. 다음은 어느 드라마 치료사의 경험과 활동에 관한 내용이다.

A. 모든 연령대에 도움이 되는 드라마 치료

"내가 아는 한 이것은 내가 아는 삶을 사는 방법 중 가장 좋은 방법이다." 이것은 샐리 베일리(Sally Bailey)가 드라마 치료사가 되기 위해 열정적으로 공부하는 대학생들을 가르치는 일을 하는 그녀의 말이다. 베일리는 캔사스 주립대학 연극과 조교수, K-state 드라마 치료 프로그램 감독, 공인된 드라마 치료사, 그리고 무대의 공인된 훈련자이기도 하다.

연극을 즐겨보는 사람들, 그리고 다른 사람들의 인생에 의미 있는 변화를 일으키기기를 원하는 사람들은 드라마 치료를 일로써 즐길 수 있을 것이다. 드라마 치료는 즉석에서 만든 것, 역할극, 인형극, 마임, 가면, 연극게임 그리고 다른 기술들을 사용해서 그들 자신과 다른 사람들을 연결하는 법을 참가하는 사람들에게 가르치는 것이다.

베일리는 드라마 치료사에 대해 이렇게 말한다.

사람들은 행동 그리고 공연예술에 관심을 갖고 극단에 들어온다. 아주 많은 사람들이 극단에 들어 갈 것인가 또는 심리학을 전공 할 것인가에 대해 선택을 하는데 이것은 동전의 양면과도 같다. 그런 깨달음이 왔을 때 그것은 계시와도 같았다. 교수로서의 나의 직업은 내 학생들에게는 멘토와도 같다. 학생들의 일, 즉 학생들이 드라마 치료의 훈련을 마치고 나면 그들은 그들의 내담자에게 또 하나의 멘토가 되는 것이다.

드라마를 가르치는 것 외에 베일리는 사람들의 인생을 개선시키기 위해 드라마 치료를 사용하는 임상 무대장치에도 광범위한 경험이 있다. 그녀는 학대받는 피해자들과 함께 일해 왔고, 신체적, 정신적 학습장애를 가진 아이들과도 일해오고 있으며 장기거주치료를 하여 회복 중에 있는 약물 중독자들과도 일해오고 있다. 베일리는 드라마 치료가 또한 신경과민의 치매환자를 안정시키는데 도움이 된다고 말했다. "공인된 드라마 치료사로서 회복 중에 있는 약물 중독자와 장애를 가진 사람들과 10년 넘게 워싱턴 디시 지역에서 일해오고 있다. 공인된 드라마 치료사는 종종 감옥 그리고 약물 재활 치료센터 같은 곳에서 일한다"라고 베일리는 말했다.

드라마 치료사는 중독자들을 조작하는 것과 그들의 행동을 정당화 하는 것에 능숙하다. 그러나 그들은 즐거운 것과 재미있는 것을 좋아하기 때문에 드라마 치료에 참여하는 것을 거부하지는 않는다. 거의 모든 중독자들은 어린 아이일 때 학대를 당했거나 많은 이들이 마약을 사기위해 거리에서 몸도 팔았다. 그들은 그들 자신을 보호하기 위해 연기기술을 연마했다. 그러나 그들은 다른 이들을 신뢰하지 못하는 상태이다. 드라마에서 우리는 본보기가 될 수 있는 우정을 전개시켜 드라마 치료 그룹은 가족처럼 된다. 그 결과 그들은 다시 다른 사람들을 믿게 되는 것이다.

베일리는 또한 공연예술학교 베세다(Bethesda)에서 일했다. 그녀와 함께 일했던 아이들의 부모님들은 그녀가 복제 되어야 한다고 말하곤 했는데 그것은 더 많은 아이들이 그들의 아이들처럼 도움을 받을 수 있기 때문이다. 그녀는 자신을 복제 할 수 없기 때문에 다른 사람들이 드라마 치료사가 되도록 가르치는 교수가 되었다. 그 부모들은 그녀가 떠나는 것을 보게 돼서 실망 했지만 그것만이 더 많은 사람들이 드라마 치료에 접근 하게 하는 유일한 방법이다.

베일리는 극단에서 약 13년 동안 여러 다양한 위치-예술 조감독 등-에서 일한 후에 드라마 치료에 전념했다. 그녀가 하는 공식적인 훈련은 감독하는 것과 각본을 쓰는 것이다. 그녀가 드라마 치료에 관심을 갖게 되었을 때 그녀는 이것에 대해 무슨 책을 읽어야 하는지 스스로 물어보았다. 거의 읽을 책들이 없어서 결국엔 『날아가야 할 날개: 특별한 필요를 가진 학생들을 위한 극장예술 가져오기』(*Wings to fly: Bringing Theater Arts to Students With Special Needs*)를 1993년에 출판했다. 그 외에 듣지 못하는 어린이나, 말 못하는 어린이들을 위한 책들도 출판했다.

드라마 치료를 직업으로 결정할 때 헌신은 필수이다. 치료사로써 일하기 위해서는 드라마 치료, 연극 또는 인간 행동의 과학, 즉 심리학, 결혼 그리고 가족치료, 사회적인 일, 특별교육에 최소한의 학위를 소지하고 있어야 한다. 대학생들 가운데 드라마 치료로 취업 준비하는 학생들은 극단예술의 모든 기초를 마스터 할 필요가 있다. K-state의 극단 프로그램은 드라마 치료의 기본지식을 쌓게 하는 모든 이론과 기술들에 튼실한 기반을 제공해준다. 베일리는 이렇게 말하기도 한다.

나는 대학생들을 극단기술, 리더십 기술, 그리고 심리학과 사회지식에 대한 학습으로 안내하는 역할을 한다. 대학생들은 장벽 없는 극장의 일을 돕는데 그 극장은 시 당국의 지원을 매년 봄 마다 받고 있다. 참가자들은 독창적인 연극을 만들어 내고 즉석에서 이야기 줄거리를 전개 시킨다. 연극은 맨해튼 아트센터에서 4월에 공연되고 있다.

예술 치료사들은 사람들이 자존심을 가질 수 있도록 돕고 그들이 시작부터 끝날 때까지 프로젝트를 이해하는 것의 중요성을 가르쳐야한다. 베일리는 또한 장애자 및 전쟁 후유증 환자들에게 이렇게도 말했다.

신체적 장애나 정서적인 장애를 가지고 있는 아이들은 친구 사귀는 것 같은 사회성 기술을 연습할 수 있다. 많은 아이들이 자신의 의사를 표현 하는데 어려움이 있기 때문에 친구들이 없다. 우리는 아이들이 자신을 표현하는 것을 도와준다. 그래서 아이들은 다른 사람들과 유연성 있게 일하는 것을 배울 수 있다. 우리는 아이들이 그들 자신을 탐구 할 수 있는 경험들을 갖게 하기 위한 환경을 조성해 주어야한다. 전쟁에서 돌아온 군인들이 드라마 치료가 많이 필요한 상태에 있다.

전쟁 시에 우리는 예술 치료가 급성장 되는 것을 볼 수 있다. 군인들은 정신적, 심리적 외상 후 스트레스 장애를 갖고 돌아온다. 이 장애를 갖고 있는 많은 사람들이 회상되는 에피소드, 기억들, 악몽 또는 무서운 생각들의 형태로 특히, 그들이 정신적 충격을 생각나게 하는 사물이나 사건을 볼 때 이 고통을 반복적으로 재 경험 한다. 전쟁을 기념하는 일들 또한 이 증상들이 나타나게 하는 역할을 한다.

다른 문제점들은 수면장애, 우울증, 걱정 그리고 민감함 또는 화의 분출 등을 포함한다. 극도의 죄의식 감정도 종종 있는 일이다. 예술치료는 정신적, 심리적 외상 후 스트레스 장애를 갖고 있는 사람들을 돕는 역할을 한다. 드라마 치료사의 도움으로 위협적이지 않으면서 궁극적으로는 심리적 고통을 분출하고 감정을 통제하는 법을 이들은 배운다.

베일리는 다른 지역으로부터도 도와달라는 요청을 받는다. 그녀는 여름에 K-state에서 드라마 치료에 대해 가르친 것과 같은 내용을 캔서스에서도 시작하게 되었다. 그녀는 이 경험을 상호적인 확인과정이라 묘사한다. 그녀의 정신적 스승이자 전임자인 휘더(Fedder)는 베일리가 캔서스에서 만족할 수 있는 지와 후임자로서의 적임자인지를 알아보기 위해서 가르치는 스타일을 참관하고 싶어 했다.

휘더의 뒤를 이어 여러 면에서 베일리는 활동을 하고 있다. 2001년부터 2003년까지 전국 드라마 치료 협회의 회장이었다. 이전에는 1995년부터 2001년까지 이사회의 일원 이었다. 그녀는 전국적 차원에서 드라마 치료의 자금조달 방법과 교육을 목표로 하고 있는 비영리 단체이며 새롭게 형성된 드라마 치료 기금관리 조직의 현재 재무 담당자이다.

드라마 치료는 여러 가지 질병에 훌륭한 약이 될 수 있다. 혹시 연기를 해보고 싶다는 생각을 해본 적이 있는가? 학교에서 악역이나 주인공을 연기하는 것이 재미있는가? 연기하는 것은 안전한 환경에서 화 또는 억압된 감정들을 표현 할 자유를 제공해 준다. 드라마 치료사들은 수년 동안 역할극과 같은 기술을 사용해 왔고 현재 드라마 치료는 암 환자들에게 그들이 매일 직면하는 감정의 복잡성을 안전하게 탐구 할 기회를 주는 훈련법으로 쓰여 지고 있다. 드라마 치료사의 역할과 임무는 정신적 스트레스가 날로 증가하는 현대인의 삶에 가장 중요한 부분을 차지하고 있다.

4-5-A. Dramatherapist

Job description

Dramatherapy is a creative arts therapy, which uses the performance arts to promote psychological, emotional, and social change. Dramatherapists offer a safe environment for an individual or group to explore, address and deal with personal and social difficulties e.g. grief, anxiety, and personal growth. Dramatherapists use a variety of interventions with clients, including stories, puppetry, improvisation, drama and movement to allow clients to explore their past experiences and access their unconscious in an indirect way to enable exploration and reflection.

The British Association of Dramatherapists (BADth) (http://www.badth.org.uk/) defines dramatherapy as: 'focusing on the intentional use of the healing aspects and therapeutic process of drama and theatre; it is a method of working and playing that uses action methods to facilitate creativity, imagination, learning, insight and growth.'

Typical work activities

Dramatherapy is used mainly in therapeutic programmes in clinical, educational and community settings. Clients, who may be of any age, may include people with:

- psychological and/or mental health issues;
- physical or mental disabilities, or behavioural difficulties;
- long-term physical difficulties or illnesses.

Other clients may be people on probation or in secure settings, such as prisons, or people confronting or overcoming an addiction, for example, to drugs or alcohol.

Dramatherapy is also used in employment settings for management training, supervision and personal development, or within an educational setting as a creative way of working with young people or groups.

Typical activities include:

- encouraging and supporting clients in creative drama and theatre work, involving the expressive use of movement and objects, using techniques such as improvisation, storytelling, play, role-play, myth, ritual, script work, and devising and presenting performances;
- encouraging self-awareness, exploration and reflection on feelings and relationships;

- providing opportunities for clients to learn new skills;
- initiating spontaneous exploration of personal issues;
- enabling clients to experiment with new ways of thinking and behaving, using techniques such as role-play;
- using appropriate equipment, materials and therapeutic 'props', such as puppets and other objects;
- organising a performance resulting from working with a group (although this is not essential);
- liaising with other professionals, e.g. psychologists, nurses, psychiatrists and other arts therapists;
- undertaking assessment visits or appointments;
- taking referrals from other professional staff;
- maintaining records of clients and activities;
- writing reports for your employer on activities undertaken and clients seen;
- managing marketing and finances, when working on a self-employed basis;
- attending regular supervision sessions.

Work conditions

- Salaries vary widely according to employer, mode of employment and professional qualifications and experience.
- In private practice, the British Association of Dramatherapists (http://www.badth.org.uk/) recommends charging £190 – £350 for a full day, or £35 – £55 for a 50-minute one-to-one

session, or £35－£65 for a group session for up to two hours (salary data collected Jan 09). Rates vary depending on experience, location, costs and expenses.

- All dramatherapists must attend regular professional supervision, usually charged at £35－£50 per hour. They may be able to claim costs from their employer, or offset them against tax if working freelance. These costs must be taken into account when therapists set their charge rates.

- Working hours are typically nine to five, possibly with some extra hours, and evening work may be necessary in some jobs. The work is mainly carried out with small groups, or on a one-to-one basis.

- Opportunities for work vary according to region and are often focused in the areas where professional training centres are based.

- Part-time or freelance work is common, and many dramatherapists start by working for a number of employers on a part-time or freelance basis, gradually building up to a full working week. Career breaks are possible. There are opportunities for training, supervision and consultancy work for experienced practitioners.

- While finding employment may prove to be a challenge, dramatherapy is a developing area with increased recognition of its benefits, particularly within the NHS, forensic settings and education.

• Women currently outnumber men in this field but the balance is beginning to change.

Entry requirements

In order to practise, dramatherapists must be state registered with the Health Professions Council (HPC) (http://www.hpc-uk.org).

Entry to approved courses leading to qualification for registration usually requires a first degree in drama or a psychological health related subject, or an appropriate professional qualification. However, applicants who have degrees in some other subjects, including anthropology, life and medical sciences and nursing, may also be considered. In addition, candidates will need to have the equivalent of one year's full-time experience of working with people with specific needs, experience of practical drama work, personal maturity, and good interpersonal skills. Attendance at a short introductory course will demonstrate commitment and provide an understanding of what the profession requires. Postgraduate courses (MA in Dramatherapy) currently leading to eligibility for registration are provided by the universities of Derby, Surrey (Roehampton), Plymouth, the Iron Mill Institute (http://www.ironmill.co.uk/) and The Central School of Speech and Drama (http://www.cssd.ac.uk). Details of courses are available from the British Association of Dramatherapists

The following degree subjects may increase your chances of acceptance onto an approved course:

- drama/performing arts;
- occupational therapy;
- psychology;
- English and literary studies;
- theatre studies;
- education;
- sociology;
- nursing;
- social work.

This area of work is also open to Diplomates in arts and humanities subjects. In particular, an HND or foundation degree in performing arts may increase your chances. Diplomates require extensive, relevant post-college work experience and/or recognised qualifications in, for example, nursing, education, or youth work, in order to be considered for entry.

Whilst each course has its own focus, areas covered include: practical and experiential work; psychological theories; group and individual dramatherapy; knowledge of related arts therapies; personal therapy/development; and clinical practice. Most courses provide opportunities for clinical placements in a range of settings. It is important to check with individual course providers about specific placement provision and support, as well as the focus of the course and the approach taken to dramatherapy.

Institutions offering approved courses will provide details of specific entry requirements.
All students have to undergo and fund personal therapy during training.

It is important to gain as much relevant experience as possible. Most courses require the equivalent of one year's full-time work experience in a community arts related setting, within a mental health setting, or working with people who have specific needs.

Candidates will need to show evidence of the following
- an expressive, creative and spontaneous work style;
- the ability to adapt to different clients or group members, locations and situations;
- an understanding that the basis of dramatherapy is drama and theatre, just as art and music therapies emphasise the importance of art and music;
- a good level of emotional strength and the ability to deal with challenging situations;
- a thorough knowledge of drama and theatre and good performance skills;
- a commitment to clients' wellbeing and to continually improving professional practice.

The majority of students are in their late 20s or 30s because of the level of experience required before starting training.

For more information, see work experience (www.prospects.ac.uk/workexperience) and find courses and research (www.prospects.ac.uk/pg).

Training

You must complete a minimum of 40 supervised sessions after you have completed your training in order to be eligible for full membership of the British Association of Dramatherapists (BADth) (http://www.badth.org.uk/) . In addition, supervision throughout your career is recommended. Supervision provides ongoing support and the opportunity to reflect on the challenges and rewards of your work. A supervisor may be another practising dramatherapist, or a psychiatrist, psychologist, psychotherapist, or other arts therapist with relevant psychotherapeutic skills and experience of dramatherapy. The BADth and the Sesame Institute (http://www.sesame-institute.org/) can provide information on supervisors.

The opportunity for additional training and continuing professional development (CPD) may depend on individual employers. If you are working on a freelance basis or are employed by a small organisation, you may have to fund your own additional training. Large organisations such as the National Health Service are generally able to offer a wider range of funded training options relevant to individual posts (see NHS Careers (http://www.nhscareers.nhs.uk)). Evidence of CPD is needed to renew registration with the Health Professions Council (HPC) (http://www.hpc-uk.org) . The Sesame Institute run introductory courses in London, Belfast, and Wales. Visit their website for more information.

Relevant training organisations provide conferences, short courses, workshops and summer schools to enable CPD for qualified dramatherapists. Contact the BADth for further details.

Career development
After qualification, dramatherapists have two options:
- to seek employment as a dramatherapist;
- to return to their previous work background with dramatherapy as an additional skill.

There is no formal promotion pattern within dramatherapy and prospects depend upon the employing institution. After initial professional experience, openings may arise to be a training supervisor or to undertake consultancy work.

Dramatherapists work in many different contexts and sectors, from the National Health Service (see (see NHS Careers (http://www.nhscareers.nhs.uk)) to education, youth work, charities, the prison service (where the work is known as forensic dramatherapy and is highly specialised) and private consultancy. The nature of dramatherapy is diverse and there are numerous techniques, methods and approaches which may be utilised by the practitioner. Training courses each have their own particular emphasis.

Opportunities for work vary according to region and according to the employment sector. Newly qualified dramatherapists may need to spend some time building up freelance work before they manage to secure a post. A proactive approach to identifying and following up opportunities will be helpful.

After gaining qualifications and experience, some dramatherapists undertake training in another field, such as teaching, nursing or occupational therapy.

The British Association of Dramatherapists (BADth) (http://www.badth.org.uk/) encourages practitioners to carry out research and this is an essential aspect of employment in the NHS.

Typical employers
Typical employers include:

- the National Health Service (see NHS Careers (http://www.nhscareers.nhs.uk)), which includes psychiatric hospitals, day centres, hospitals and disability units;
- services for offenders, including prisons and probation services;
- support services for individuals with substance misuse issues, such as drug/alcohol dependency units;
- educational establishments, including schools and training centres;
- social services provision, including services for people with learning disabilities, behaviour support services and pupil referral units;
- the voluntary and community sector, including community centres, charities, voluntary agencies, non-governmental organisations (NGOs) and overseas aid organisations.

Many dramatherapists work freelance or are self-employed. Their clients may come from a range of backgrounds, seeking different types of therapeutic support for specific or general issues.

Dramatherapists in Scotland, Northern Ireland and Wales are organised into regional interest groups or networks, linked with the British Association of Dramatherapists (BADth) (http://www.badth.org.uk/).

5 | 연기

　연극이란 대본에 따라 배우가 연기하는 것이므로 어떻게 연기하느냐가 매우 중요하다. 연기에는 몸동작이나, 얼굴 표정, 제스처에서부터 발성까지 그 범위가 무한하다. 그리고 똑같은 몸동작을 하더라도 관객에게 전달되는 것은 배우마다 다르므로 심리적인 개성표현이 연기의 핵심이라 하겠다. 대본은 그 자체로 완전한 작품이 아니고 무대에 올려 질 때 비로소 완성되어진다. 때문에 배우의 연기가 대본의 예술성을 좌우하는 관건이 된다. 확실히 배우는 분장과 의상 및 무대의 여러 요소들의 도움으로 창조적이고 독특한 등장인물을 무대 위에서 재현해야한다. 생크는 연기자의 자질과 기능을 이렇게 설명한다.

　실제로 창조적인 예술적 연기자를 재료적 연기자의 민감한 음성과 육체로부터 물리적으로 분리한다는 것은 불가능하므로, 다른 극 예술가에게는 없는 두 가지 문제가 연기자에게 발생한다. 첫째로, 연기자는 다른 모든 극 예술가에게 요구되는 정신적 자질과 더불어 육체 및 음성적 특질을 소유해야 한다. 일상생활에서는 그가 창조하고 있는 허상적인 인물의 외모나 행실 또는 음성을 똑같이 해야 할 필요는 없지만, 그의 음성과 육체는 그러한 인물과 유사한 것을 창조해 낼 수 있는 선택들에 대해 민감해야 한다. 그가 사용하는 재료, 즉 그 자신의 육체와 음성이 적절한 가상을 창조해 내는 데 방해가 된다면, 다른 방면에 아무리 자질을 갖추었다 하더라도 연기자로서는 자질을 갖추지 못한 셈이 된다. 많은 경우 이러한 한계는 분장과 의상으로 극복될 수는 있지만, 항상 그런 것은 아니다. 분장과 의상으로써는 잘생긴 연기자를 추하게 만들기는 쉬워도 그 반대 경우는 쉽지 않기 때문에, 많은 연기자들이 외모를 바꾸기 위해 체중을 늘이거나 줄이고, 근육을 단련시키고, 치아에 다른 것을 씌우고, 코의 모양을 바꾸고 하는 과정을 겪는다. 이 모든 것은 실제로 어떤 외관을 만들어 내는 데 방해가 되는 한계를 없애는 데 도움이 될 수도 있다. 그러나 보다 중요한 것은 신체와 음성이 보다 민감해질 수 있도록 이를 발전시키는 것임은 두말할 나위가 없다. (109-10)

모든 아동들이 태어날 때부터 유명 배우로 태어나는 것이 아니므로 꾸준한 노력에 의해 얼마든지 좋은 배우가 될 수 있다. 문제는 열성과 창의성을 가지고 연기 연습을 꾸준히 집중적으로 하는 것이 중요하다. 연기연습에는 몸 풀기, 발성연습, 호흡방법, 구체적 연기 방법 등 여러 가지가 있다.

(1) 몸 풀기

연기를 하기 위해서는 일단 몸의 상태가 부드러워 지도록 준비운동을 해야 한다. 손을 비비고 목을 돌리고 손목이나 발목을 적당히 마사지하여 부드럽게 한다. 무릎을 오므렸다 폈다하고 어깨와 허리 운동을 한다. 뭉쳐 있던 근육이 이완되고 어떤 행동을 해도 무리가 오지 않도록 사전 점검하는 것이 몸 풀기의 핵심이다. 맨손체조나 요가 혹은 수영 등이 몸 풀기 운동으로는 적합하다. 몸과 호흡에 대하여 이윤택은 이렇게 설명한다.

이미 여러분들은 일상적인 상태에서 몸이 굳어있기 때문에 근육을 푸는 마사지를 하기 이전에 먼저 맥을 눌러 힘의 중심을 잡아준 뒤 근육을 풀어주는 과정으로 이어져야 할 것이다. 맥을 눌러줄 때 뼈를 누르지 말고, 뼈와 뼈 사이를 눌러야 한다.

단적으로 말해서, 여러분들의 몸은 지금 맥을 놓고 살고 있기 때문에 몸에 대한 긴장도 없고 이완도 없다. 몸이 아주 무거운 상태이다. 여기에 숨을 밀어 넣어서 맥을 짚어 몸을 세운다. 일상적인 몸의 상태는 평면이다. 긴장과 이완의 구분이 없다. 우리가 눌렀던 맥은 찍어서 기둥을 세우는 과정과 같은 것이다. 기둥을 세워서 걸어 보라. 이것이 마리오네뜨 메소드이다. 줄인형을 당겨보라. 관절만 당겨지고 줄인형은 부드럽게 움직이게 된다. 줄이 매달린 부분이 바로 맥 포인트이다.

쉽게 말하면, 일상 상태의 인간의 몸은 호흡이 빠져나갔기 때문에 맥 풀린 상태, 호흡이 저장되어 있지 않은 상태의 몸이다. 몸에 제일 먼저 불어넣는 것은 호흡이다. 호흡을 불어넣으면서 긴장과 이완의 지점을 인식한다. 그렇게 함으로써 인간의 몸이 드디어 탄성을 얻기 시작한다. 이것이 호흡과 신체의 첫 단계이고, 연기적 상태로의 진입이 가능해지는 과정인 것이다. (31)

몸의 균형 잡기를 하기위해 서기나 앉기를 반복적으로 한다. 눈을 감고 한 발로 서기 연습은 몸의 좌우 균형과 안정을 유지하는 데 좋다. 한 발을 들고 양 손을 옆으로 평형으로 세우고 오래 동안 서 있는 연습도 도움이 된다. 뒤로 걷거나 뛰기 혹은 누워서 다리 들고 있기 등도 좋은 방법이다. 주먹이나 손바닥으로 팔, 어깨, 가슴, 배, 허리, 엉덩이, 다리 등을 두드리거나 마사지하는 것도 적당한 방법이다. 몸 풀기의 여러 방법은 다음과 같다.

몸을 왼쪽, 오른쪽으로 흔들거나 손을 앞으로 뻗어 격렬하게 흔들게 한다. 또 손을 위로 세운 채로 팔을 벌려 둥글게 돌린다. 또한 무릎을 약간 구부린 상태에서 양손을 엉덩이에 대고 엉덩이를 왼쪽, 오른쪽으로 여덟 번 흔들게 할 수도 있다. 가능한 한 몸을 쭉 펴고 머리와 팔이 느슨하게 아래를 향하도록 몸을 앞으로 굽힌다. 이런 자세로 1분간 근육을 푼 뒤, 다시 천천히 몸을 바로 세우고 다시 되풀이한다. 양발을 번갈아 가면서 뛰고, 주먹을 불끈 쥔 채 손을 앞, 옆, 뒤로 내 뻗친다. 양다리를 모은 채 깡충깡충 뛴다. 자주 방향을 바꾸되 다른 사람과 부딪히지 않도록 주의하면서 교실 안에서 이리저리 걷는다, 교실에서 가볍게 걷기 시작하다가 점차 뛴다. 다음으로 학생들이 동물이나 새가 되어 교실을 돌아다니며 흉내나 소리를 내게 하는 것도 재미있다. (곽종태, 2003. p. 107)

(2) 발성 연습

연기란 신체와 목소리를 사용하여 어떤 상황이나 상태를 표현하는 것이므로 발성 연습이 잘 훈련되어 시원하고 뚜렷하게 대사를 전달하여야 한다. 연극에서의 언어는 일상생활의 언어와는 다르다. 배우가 무대 위에서 특수한 상황을 언어라는 도구에 감정을 넣어 관객에게 특별한 메시지를 전달해야하기 때문인데 연극의 언어는 다음과 같은 특징이 있다.

연극언어는 서술적, 정보적 말이 아니다.
연극이란 정지된 시간 속에서 인간을 탐구하는 것, 말이 지니는 시간, 공간, 깊이를 드러내는 것이 연극 언어이다. 인간의 의식과 정서를 환기시키는 언어다. (이윤택 52)

이러한 연극의 언어를 잘 훈련시키기 위해서는 발성 연습을 해야 하는데 이에는 입술, 혀, 호흡, 표현 연습이 있다. 입술 훈련은 말을 또렷하고 시원하게 하는 데 제일 먼저 해야 할 훈련이다. 입술이 부드럽고 자연스럽게 움직여야 정확하고 확실한 말이 나오며 무언극의 경우는 입술 모습만 보고도 무슨 말인지 알아야하기 때문에 입술 훈련이 중요한 것이다. 입술 훈련은 먼저 입술 주변을 손끝으로 누르거나 두들긴다. 왼쪽, 오른쪽, 아래, 위로 빨리 움직여 본다. 입술을 앞으로 내민 상태에서 왼쪽이나 오른쪽으로 번갈아 가면서 돌려본다. 입술을 쭉 내밀거나 속으로 집어넣으면서 여러 가지 영어의 여러 가지 알파벳인 U자나 O자 등을 발음해 본다. 입술을 치아 너머로 끌어당기기도 하고 입 앞으로 길게 내밀기도 한다.

다음으로 혀 훈련은 입을 벌려 혀를 길게 입 밖으로 내밀기도하고 입의 아래로 당겨내려 쳐지게 한다. 영어의 F자 발음을 하거나 'think' 또는 'thank you' 등을 여러 번 발음하는 것도 좋은 혀 훈련이 된다. 혀를 입천장에 붙였다 뗐다를 반복하고 윗니와 아랫니를 여러 번 칫솔질 하듯 움직여본다. 휘파람을 강하고 약하게 불어보거나 자동차 엔진소리나 여러 짐승의 소리를 흉내 내는 것도 혀의 훈련에 좋다. 발성 연습을 할 때는 간편한 복장과 편한 신발이 좋으며 야외 장소에서 마음껏 큰 소리를 외칠 수 있어야 한다. 특히 영어 대사인 경우 기초가 되는 모음 [a], [e], [i], [o], [u]를 여러 번 연습한다. 다음은 영어로 입술과 혀 훈련을 할 수 있는 몇 개의 예이다.

다음 단어들을 빨리 또는 천천히 말한다.

- ta, ta, ta, ta, ta
- da, da, da, da, da
- bah, bah, bah, bah, bah
- ma, ma, ma, ma, ma

다음 문장들을 변하는 보어의 명사에 힘을 주어 복식호흡의 깊이로부터 연습한다.

- I am the Lord —.
- I am a Lamb.
- I am a Mother.
- I am a Teacher.

다음 단계는 한 문장으로부터 긴 문장으로 단어를 한개 씩 붙여가며 두 번씩 리듬을 살리며 연습한다.

- I say a Boom.
- I say a Boom.
- I say a boom-chicka.
- I say a boom-chicka.
- I say a boom-chicka-boom.
- I say a boom-chicka-boom.
- I say a boom-chicka-rocka-chicka-rocka-chicka-boom.
- I say a boom-chicka-rocka-chicka-rocka-chicka-boom.

다음은 겹치는 자음들이 많이 있는 경우로 이런 어귀를 여러 번 연습하여 입술과 혀, 호흡 조절 등을 훈련시키는 것이 훌륭한 연기를 위한 방법이다.

- Babbling Baby Bobby
- Ki-ki, the cuckoo, cuts capers
- Don didn't do the difficult dangerous deeds
- Few folks find the fine flavor
- Jim, Jill, Jane and Johnny jammed jollily
- Little Lillian lets lazy lizards lie along the lily pads
- Nine nice nieces never noticed nine nice nieces noticing

- Popular people, people popular places
- Suzy Sampson is surrounded by her sousaphone
- Sheila shall surely show her shining seashore shells
- Little Teddy Tucker toots his tooter toute suite
- Thick thistles throbbed in Thelma Thimble's thumb

호흡은 모든 발성의 원천이라 할 수 있다. 그러므로 적절한 호흡조절을 할 수 있어야 한다. 호흡은 그저 숨 쉬는 것일 수 있으나 연극에서의 호흡은 복식호흡이어야 한다. 언어를 잘 구사하는 데는 복식호흡이 좋다. 공기를 들이마시고 내 쉴 때는 아랫배에서 호흡작용이 일어나도록 하는 것이 복식호흡이다. 복식호흡은 어깨에 힘을 빼고 자세를 편하게 취한 다음 공기를 천천히 깊숙이 들이마시고 내쉬는 것이다.

이런 복식호흡을 터득해야 연기자의 호흡이 길어져 긴 대사의 흐름이 자주 끊어지거나 숨이 차는 것을 막을 수 있다. 뿐만 아니라 우렁차고 큰 소리를 낼 수 있고, 이런 소리이어야만 관객들이 편안하게 듣고 감동을 받을 수 있다. 보통 우리가 말할 때 소리가 트였다는 것은 복식호흡에 의한 자연스럽고 당당한 목소리를 말하는 것이다. 이 연습은 반듯하게 누워 한 손은 배위에 한 손은 가슴에 올려놓고 숨을 들여 마실 때 내쉴 때 배가 들어가고 나오는 지로 확인할 수 있다. 연습하는 중에는 동료 배우가 손을 배 위에 올려보아 배의 움직임을 보고 도와 줄 수 있다. 복식 호흡에 의한 발성 연습 중 다음 말들을 여러 번 반복하며 동료 배우와 번갈아 가면서 연습하면 효과가 있다.

- 우르락 부르락 우르락 부르락
- 중앙청 창살 쇠창살
- 간장공장 공장장은 장공장장이고 된장공장 공장장은 공공장장이다

이렇게 몸 풀기와 기본 발성 연습 등의 연기를 훈련하는 과정에서 교사와 학생들이 무엇을 어떤 방법으로 하느냐에 대해 다음과 같이 제시를 숙지할 필요가 있다.

1. 5분 정도 몸 풀기를 한다.
2. 지도교사나 연출학생이 방법을 쉽게 설명한다.
3. 몇 개의 모둠으로 나눈다. 지도교사가 본을 보이기 위해 먼저 한 번 해본다.
4. 모두 함께 해본다. 저마다 맡은 역할에 몰입하게 한다. 그렇지 않으면 웃음이 나올 수도 있다.
5. 그 중에 잘 하는 학생을 찾아 시범을 보이게 한다.
6. 모둠끼리 연습하고 전체로, 또는 개별로 발표한다.
7. 교재에 따라 하다가 잘 되면 그것을 약간 바꾸거나 응용해 발표한다 (게임, 즉흥극 등으로). 녹화해 둔다.
8. 지도교사가 평가한다.
9. 서로의 느낌을 말하게 한다.
10. 즉흥 글을 채록해둔다. (곽종태, 2003. p. 94-5)

인간이 살아 있다는 것은 호흡을 한다는 것이고, 만약 호흡이 멈추면 이내 죽고 만다. 그러므로 호흡이 생명의 기초인 것처럼 연기의 생명은 발성을 잘하기 위한 호흡사용과 조절이다. 연기자가 호흡을 통해 무엇을 해야 하는지는 다음에 적절히 표현되어 있다.

우리는 자신의 호흡으로 세상과 만나고,
자신의 호흡으로 세상에 반응하고,
자신의 의지로 걷고 뛰고 춤춥니다.
나는 이 창조적 일상 행위의 단계를 〈모데라토〉라 명명합니다. (이윤택 40)

발성 연습 방법 중 또 하나는 어떤 대사를 여러 가지 속도와 감정으로 입에 익혀질 때까지 몇 십번 혹은 백번 되풀이 하여 완성도를 높이는 것이다. 영어 대사 'If I am alive, I will love you wherever you are.'를 ① 천천히 ② 빨리 ③ 보통 정도로 ④ 슬프게 ⑤ 즐겁게 ⑥ 크고 높게 ⑦ 작고 낮게 ⑧ 강하고 우렁차게 ⑨ 약하고 부드럽게 ⑩ 애절하게 등으로 연습할 수 있으며 이때 유명 배우나 정통한 교사가 시범적으로 발음한 것을 비디오를 통해 보여주면 입술 모양, 혀 움직임 및 얼굴 움직임 등을 통해 더 잘 훈련받을 수 있다.

다음은 영어로 된 긴 대사들이다. 위에서 제시한 여러 가지 방법으로 연습하면 크게 도움이 될 것이다.

B. Thanksgiving Readings

Reader 1

Let us pray together as we give thanks to our Heavenly Father. Today we are going to unite our hearts in prayer through a christian reading. If you prefer, you may bow your head as you meditate on these thoughts.

Our Lord, We come to you today full of love and thanksgiving in our hearts. We come to you today with complete respect and reverence for You, our almighty Creator. Allow us to set aside the cares and concerns of our minds, and permit our hearts to be opened and filled with the power and love that can only be provided by Your Holy Spirit. For this we give thanks.

Reader 2

Today, Father, we want to thank you for the many people that enter in our lives. People of all different backgrounds and experiences. For these are the people You have purposely placed in our path to forever change and shape us. For this we give thanks.

Thank you Father, for our families. While you were still forming us in our mothers' wombs, you were also forming the families and lives that would play an integral role in our physical and emotional development. You saw the needs that we as children would require and you sought out to fill those needs. For this we give thanks.

Reader 3

We come to you with eternal thanks for forming those who would be central to our spiritual development. We know that when physical needs are addressed, only a small portion of the body's needs are complete. We understand that through your love and perfect timing, you place believers in our lives who will be fundamental in implementing the eternal relationship we now have with You. For this we give thanks.

Thank you dear Jesus, for those who do not have families, for these people are part of our family. Because you saw worth in us when no one else did, you made us part of the grand family of God. With or without immediate members in our family, we are all one in the body of believers.

5-A. What is acting?

by Ken Farmer
http://acting.freeservers.com/What.htm

This is a question I ask each new acting student at the beginning of class. I get every type of answer one can imagine; from "Being someone else", "Playing a character," to "Being real". So far no one yet has gotten it right. I ask them next;

"WHAT IS A NOVEL?"
After a few hints they eventually say; "A story?" Then I ask; "If a novel is a story, then what is a stage play?" They hesitatingly answer; "A story."

"WHAT IS A SCREEN PLAY?"
They answer; "A story." And what is a commercial? They answer; "A mini story." "If all these things are stories, then who is telling the story?" "The actor?" "Wrong." "The writer?" "Wrong." "The characters?" "Bingo". The story is told by the characters and since we, as actors, are portraying (acting as, not like) the characters,

could we not say that acting is storytelling? The look that comes over their faces when they figure out what acting really is, is classic, it should be photographed. (I'll do that one day)

ACTING IS STORYTELLING:

Is, always has been and always will be. That bears repeating: ACTING IS STORYTELLING; is, always has been and always will be.

THE DEFINITION:

When actors realize what acting really is and what it's all about, I can see the light come on in their eyes at the simplicity of it. Acting is Storytelling. Storytelling is the oldest form of communication/education/healing in the history of mankind, dating back to the "storyteller" (the shaman) around the campfires of prehistoric or primitive villages. The stories painted or drawn on the walls of caves in petroglyphs, on animal skins and in the oral tradition, were man's first form of education, communication, entertainment and healing, far predating the written word.

THE "ORAL TRADITION":

The Twelve Tribes of Israel used the "oral tradition" for centuries in passing down the parables of the Creation and Noah's Flood. It was not until King Solomon decreed that these stories be written down, that we had any records from which much of the "Old

Testament" was taken. We, as actors, have a responsibility to carry on this tradition, yes, in fact, mankind has a "need" for "storytellers" that is almost as great as his need for love.

HOW DO YOU TELL THE STORY?

The actor must first know the story; in fact, under The Millennium System©, knowing the story is the New Age Actor's first responsibility. [Notice I did not say "plot"; there is a great difference between story and plot.] He must know each event down to the tiniest detail in proper sequence (all stories have a sequence of events; one thing happened first, one thing happened second, etc.). He then must create his character. Stories are told by and through the characters by visualization and by coloring the events with emotions.

"ACTING WITHOUT EMOTIONS IS LIKE AN EAGLE WITHOUT WINGS."

AN ART FORM:

Acting, (Storytelling) as an art form, is evolving and freeing itself from the dogmas, rituals, routines and authorities of the past. Stanislaviski's Method, Meisner's Technique, Chekhov's Approach and the other psycho-intellectual forms of acting have become antiquated, limiting, cumbersome, ponderous, clumsy, stiff, dangerous to the actor, confusing, basically ineffectual and stifling to creativity. (Other than these problems, the old methods are probably all right.)

OLD METHODS:

In these old methods, (which were based on audience tastes and preferences at the time; theater has always been an extension of a culture's attempt at self analysis) things were done according to formula, the "guideposts", or "gote sheet" (gag... puke), even to the archaic planning of gestures or movements and the choreographing of emotions. Choreographing of actions, gestures and/or emotions (choices), to me, is like painting a picture "by the numbers", it is not "creating" and playing the moment. I was originally trained in the "Method", in college, but soon abandoned it for Meisner and eventually trying or experimenting with most of the other so-called psyco-intellectual forms that evolved from the "Method" in my thirty year career (so far) as a professional actor; I like to say, "been there, done that, got the 'T' shirt and now I wash my horse with it."

PATTERNS of EXPRESSION:

Today, the actor or creative artist, must work out his own uninhibited patterns of expression, get out of his head, create his character, play and stay in the moment. He should never negate or resist an impulse of the character; all lines (or the emotional content thereof) of dialogue will cause the character to (a) stand still; (b) move back; or (c) move toward. The movements (toward or back) may be half an inch or half a mile; even if it is infinitesimal, especially on film, it is a byproduct of listening and responding to the other character's dialogue/action or your own character's. "Listening is the single most important thing an actor can do during a performance." –(Meryl Streep) "Don't listen to the words, listen to the person." –(Jack Lemmon)

DIRECTORS:

Directors are learning (at least some are) that they get better performances "when they set actors free, to give them openendedness (freedom to explore); create a space, or perimeter, where actors feel empowered and have room to let go and enjoy letting their creative juices flow." (James Cameron) Every major actor I know or seen interviewed, has stated that they preferred a director who understands the acting process and allows them the freedom to create. A Director should tell the actor what he wants from the character, supply the vision, not how to do it. He is not there to give acting lessons; film making can cost twenty thousand dollars an hour and up (way up), he does not have the time. "I don't look for a puppet or someone to recite the lines when I cast, I look for actors who can bring something special to the story, hopefully something no one has thought of yet. I look for creativity." – (Ron Howard) The professional actor must commit his creative responsibility to the story and to the character.

CREATING CHARACTERS:

The actor, after learning and knowing the story, starts to create his character beginning with the given circumstances as supplied by the writer, inserting his own given circumstances, (visible physical characteristics he cannot change; height, weight, race, etc.; notice I did not say "gender", we have men playing women and women playing men, makeup does wonders) then creating a comprehensive BACK STORY of the character. Second only to knowing the story, the BACK STORY is the most important responsibility of the actor. Repeating: the BACK STORY is the second most important responsibility of the actor. With it, he creates a character that is anyone but himself, it is always a fantasy character from a creative imagination that is based on someone else. You can shape your character to anything your imagination can deliver. "A man isn't an actor until he commands a technique which enables him to get an impression across into the heart of an audience without reference or relation to his own individuality. The better the actor, the more completely is he able to eliminate the personal equation." John Barrymore – On the flip side; the poorer the actor, the more he must rely on his own personality (personal equation) in his attempt to tell the story.

PREPARATION:

The most important steps in acting lie in preparation. IN PREPARATION. It is the key to good acting; learning the story, researching and creating the character and lastly, learning the dialogue. All of these things must be done before you can even approach the stage or set. The actor cannot begin to "eliminate the personal equation" in the absence of preparation. There can be no creation in the absence of preparation. There can be no true performance······ in the absence of preparation.

"Once the Casting is Done, the Art Belongs to the Actor."

-Robert Altman-

5-B. Nine hints for acting?

http://pushlings.com/2012/08/20/what-is-acting/

I'm teaching an acting class for kids this fall, so I came up with nine, short acting "truths," which I hope are easy to remember.

Acting is······

1. Getting over yourself.

In order to act well, you need to stop thinking about yourself and start thinking about your character, audience, and fellow actors. Do what's best for them, not for you.

2. Being aware of your surroundings.

You need to know what you're up against in terms of stage, set, actors, audience. You can't retreat into a shell and act from there. Know your stage. Know your body. Know what's around you.

3. Listening.

Great acting always starts with turning off your mouth and turning on your ears. If you listen well, you will never be at a loss.

You will always be prepared.

4. Giving yourself to the audience.

Selfishness has no place in acting. You need to be able to give the audience everything, your heart, your mind, your emotions, your well-being. If the audience needs to hear you, you need to project. If they need to see you fall down, cry, yell, or act stupid, you should be prepared to do it.

5. Telling a story.

The characters in a play don't think their problems are dumb or trite. The play is their world. You need to be able to see the play from the perspective of the character, and tell their story every step of the way.

6. Moving with purpose.

There is nothing more irritating on stage than a character without a purpose. If you're on stage, you need to be doing something, even if that something is keeping still. But it's doubly true if you are in motion.

7. Hard work.

You need to be able to put the hours in to learn your blocking, memorize your lines, understand your character. It's a lot of work, but the payoff is worth it.

8. Telling the truth.

A good play is a true play. As an actor, you need to learn how to communicate that truth.

9. Playing.

Practices aren't usually fun. Stress and nervousness aren't fun. But the audience will only enjoy themselves if you are enjoying yourself. There's a reason it's called a play.

6 | 고전극 읽기와 감상: 오이디푸스 왕

『오이디푸스 왕』(Oedipus the King)의 줄거리

옛날, 그리스의 도시국가의 하나인 테에베(Thebes)의 국왕인 라이우스(Laius) 왕에게 아들이 하나 태어났는데 예언(Delphi의 神託)에 의하면, 아버지를 죽이고 어머니와 결혼하게 된다는 것이었다. 그래서 라이우스 왕은 그 아이가 불쌍하지만 죽여 버리는 수밖에 없다고 생각해서 양치기로 하여금 멀리 데려가 죽여 버리라고 했다. 양치기는 하는 수 없이 그 아이(오이디푸스)의 발뒤꿈치를 사슬로 묶어서 국경 지대로 데리고 갔다. 그러나 참 안 됐다고 생각하고 있던 차에, 마침 코린트(Corinth) 왕의 양치기를 만났다. 그런데 그 코린트 왕의 양치기가 자기네 임금님은 나이가 많은 데다가 자식이 없어서 항상 걱정이니 자기에게 그 애를 달라고 간청했다.

결국 오이디푸스는 코린트왕의 양치기 손에 넘어가고 말았다. 오이디푸스는 자라서 이제 스물 살 가까이 되었는데 신전(神殿)에 가서 자기의 앞날을 물어 보았다. 역시 같은 내용의 예언이었다. 그래서 오이디푸스는 그렇게 늙은 아버지와 어머니

(자신은 친부모인 것처럼 믿고 있었다)이고 또 자기는 외아들인데, 그 늙은 아버지를 죽이고 그렇게 늙은 어머니와 결혼한다는 것은 도저히 생각할 수가 없었기 때문에 안심은 되지만, 그렇더라도 신탁이란 믿지 않을 수 없어서 일단 멀리 떠나서 다른 나라로 가기로 했다.

국경을 넘어 테에베의 영내(領內)로 들어갔다. 걸어가노라니까 맞은편에서 마차를 타고 오는 한 떼가 있었는데 자기더러 비키라고 호통을 치자, 젊은 혈기에 오이디푸스는 그만 화가 나서 칼을 뽑아 그들을 모두 베어 죽였다. 그들은 바로 라이우스 왕 일행이었다. 이들 중 단 한 사람 마부만이 도망쳤다. 마침내 오이디푸스는 테에베의 수도로 들어가서 그 때 온 백성을 괴롭히던 스핑크스라는 괴물을 퇴치하고, 마침내 그 공으로 왕위(王位)에 오르고 당시의 관습대로 이미 미망인(未亡人)이 된 왕비 이오카스타(Jocasta)와 결혼했다.

이오카스타야말로 이오디푸스의 생모(生母)였던 것이다. 여기서 오이디푸스의 탄생과 그에 내려진 예언이 들어맞기 시작한 것이다. 이때에 라이우스 왕의 양치기였고 오이디푸스를 버린 그 옛날의 양치기를 찾는다. 그가 라이우스 왕의 아들을 죽였다는 사실을 알고 확인하기 위해서였다. 그곳은 그 때에 나쁜 질병이 돌고 온 국민이 슬픔에 잠겨 있었는데, 예언자 테이레시아스(Teiresias)의 말에 따르면 테에베에 부정(不淨)한 자가 있기 때문이라고 하며 그 자를 찾아서 국외에 추방하지 않으면 안 된다는 것이었다. 델피(Delphi)의 신탁도 역시 마찬가지였다. 그 부정한 자가 누군지 찾기 위해서 추적하던 끝에 오이디푸스 왕은 자신이 그가 아닌가 하는 의심이 더욱 짙어 갔기 때문에 지금은 행방이 묘연한 양치기를 찾았던 것이다. 그 때에 코린트에서 사자(使者)가 와서 코린트의 노왕(老王)의 서거를 알린다. 오이디푸스는 안심한다. 자기에게 내린 신탁이 어긋났다고 믿었기 때문이다. 그러는 가운데 옛날의 라이우스 왕의 양치기가 붙들려온다. 그 양치기의 증언에 의해 오이디푸스는 살아 있으며 코린트의 왕자로 자랐다는 것이 입증된다. 마침내 모든 사실이 드러나자, 이오카스타는 목을 매어 죽고, 오이디푸스는 다시는 광명(光明) 세계를 보지 않겠다고 스스로 눈을 찔러 장님이 된다. 그리고 딸이면서 누이동생인 아티고네와 이즈메네를 데리고 방랑의 길을 떠난다.

Oedipus the King

Dramatis Personae

OEDIPUS: king of Thebes

PRIEST: the high priest of Thebes

CREON: Oedipus' brother-in-law

CHORUS of Theban elders

TEIRESIAS: an old blind prophet

BOY: attendant on Teiresias

JOCASTA: wife of Oedipus, sister of Creon

MESSENGER: an old man

SERVANT: an old shepherd

SECOND MESSENGER: a servant of Oedipus

ANTIGONE: daughter of Oedipus and Jocasta, a child

ISMENE: daughter of Oedipus and Jocasta, a child

SERVANTS and ATTENDANTS on Oedipus and Jocasta

The action takes place in Thebes in front of the royal palace. The main doors are directly facing the audience. There are altars beside the doors. A crowd of citizens carrying branches decorated with laurel garlands and wool and led by the PRIEST has gathered in front of the altars, with some people sitting on the altar steps. OEDIPUS enters through the palace doors.

OEDIPUS Teiresias,

> you who understand all things—what can be taught
>
> and what cannot be spoken of, what goes on
>
> in heaven and here on the earth—you know,
>
> although you cannot see, how sick our state is.
>
> And so we find in you alone, great seer,
>
> our shield and saviour. For Phoebus Apollo,
>
> in case you have not heard the news, has sent us
>
> an answer to our question: the only cure
>
> for this infecting pestilence is to find
>
> the men who murdered Laius and kill them
>
> or else expel them from this land as exiles.
>
> So do not withhold from us your prophecies
>
> in voices of the birds or by some other means.
>
> Save this city and yourself. Rescue me.
>
> Deliver us from this pollution by the dead.
>
> We are in your hands. For a mortal man
>
> the finest labour he can do is help
>
> with all his power other human beings.

TEIRESIAS Alas, alas! How dreadful it can be

> to have wisdom when it brings no benefit
>
> to the man possessing it. This I knew,
>
> but it had slipped my mind. Otherwise,
>
> I would not have journeyed here.

OEDIPUS What's wrong? You've come, but seem so sad.

TEIRESIAS Let me go home. You must bear your burden

to the very end, and I will carry mine, if you'll agree with me.

OEDIPUS What you are saying

is not customary and shows little love

toward the city state which nurtured you,

if you deny us your prophetic voice.

TEIRESIAS I see your words are also out of place.

I do not speak for fear of doing the same.

OEDIPUS If you know something, then, by heaven,

do not turn away. We are your suppliants—

all of us—we bend our knees to you.

TEIRESIAS You are all ignorant. I will not reveal

the troubling things inside me, which I can call

your grief as well.

OEDIPUS What are you saying?

Do you know and will not say? Do you intend

to betray me and destroy the city?

TEIRESIAS I will cause neither me nor you distress.

Why do you vainly question me like this?

You will not learn a thing from me.

OEDIPUS You most disgraceful of disgraceful men!

You'd move something made of stone to rage!

Will you not speak out? Will your stubbornness

never have an end?

TEIRESIAS You blame my temper,

but do not see the one which lives within you.

Instead, you are finding fault with me.

OEDIPUS What man who listened to these words of yours

would not be enraged—you insult the city!

TEIRESIAS Yet events will still unfold, for all my silence.

OEDIPUS Since they will come, you must inform me.

TEIRESIAS I will say nothing more. Fume on about it,

if you wish, as fiercely as you can.

OEDIPUS I will. In my anger I will not conceal

just what I make of this. You should know

I get the feeling you conspired in the act,

and played your part, as much as you could do,

short of killing him with your own hands.

If you could use your eyes, I would have said

that you had done this work all by yourself.

TEIRESIAS Is that so? Then I would ask you to stand by

the very words which you yourself proclaimed

and from now on not speak to me or these men.

For the accursed polluter of this land is you.

OEDIPUS You dare to utter shameful words like this?

Do you think you can get away with it?

TEIRESIAS I am getting away with it. The truth

within me makes me strong.

OEDIPUS Who taught you this?

It could not have been your craft.

TEIRESIAS You did.

I did not want to speak, but you incited me.

OEDIPUS What do you mean? Speak it again,

so I can understand you more precisely.

TEIRESIAS Did you not grasp my words before,

or are you trying to test me with your question?

OEDIPUS I did not fully understand your words.

Tell me again.

TEIRESIAS I say that you yourself

are the very man you're looking for.

OEDIPUS That's twice you've stated that disgraceful lie —

something you'll regret.

TEIRESIAS Shall I tell you more,

so you can grow even more enraged?

OEDIPUS As much as you desire. It will be useless.

TEIRESIAS I say that with your dearest family,

unknown to you, you are living in disgrace.

You have no idea how bad things are.

OEDIPUS Do you really think you can just speak out,

say things like this, and still remain unpunished?

TEIRESIAS Yes, I can, if the truth has any strength.

OEDIPUS It does, but not for you. Truth is not in you —

for your ears, your mind, your eyes are blind!

TEIRESIAS You are a wretched fool to use harsh words

which all men soon enough will use to curse you.

OEDIPUS You live in endless darkness of the night,

so you can never injure me or any man

who can glimpse daylight.

TEIRESIAS It is not your fate

to fall because of me. It's up to Apollo

to make that happen. He will be enough.

OEDIPUS Is this something Creon has devised,

or is it your invention?

TEIRESIAS Creon is no threat.

You have made this trouble on your own.

OEDIPUS O riches, ruling power, skill after skill

surpassing all in this life's rivalries,

how much envy you must carry with you,

if, for this kingly office, which the city

gave me, for I did not seek it out,

Creon, my old trusted family friend,

has secretly conspired to overthrow me

and paid off a double-dealing quack like this,

a crafty bogus priest, who can only see

his own advantage, who in his special art

is absolutely blind. Come on, tell me

how you have ever given evidence

of your wise prophecy. When the Sphinx,

that singing bitch, was here, you said nothing

to set the people free. Why not? Her riddle

was not something the first man to stroll along

could solve—a prophet was required. And there

the people saw your knowledge was no use—

nothing from birds or picked up from the gods.

But then I came, Oedipus, who knew nothing.

Yet I finished her off, using my wits

rather than relying on birds. That's the man

you want to overthrow, hoping, no doubt,

to stand up there with Creon, once he's king.

But I think you and your conspirator in this

will regret trying to usurp the state.

If you did not look so old, you'd find

the punishment your arrogance deserves.

CHORUS LEADER To us it sounds as if Teiresias

has spoken in anger, and, Oedipus,

you have done so, too. That's not what we need.

Instead we should be looking into this:

How can we best carry out the god's decree?

TEIRESIAS You may be king, but I have the right

to answer you—and I control that right,

for I am not your slave. I serve Apollo,

and thus will never stand with Creon,

signed up as his man. So I say this to you,

since you have chosen to insult my blindness—

you have your eyesight, and you do not see

how miserable you are, or where you live,

or who it is who shares your household.

Do you know the family you come from?

Without your knowledge you've become

the enemy of your own kindred,

those in the world below and those up here,

and the dreadful feet of that two-edged curse

from father and mother both will drive you

from this land in exile. Those eyes of yours,

which now can see so clearly, will be dark.

What harbour will not echo with your cries?

Where on Cithaeron will they not soon be heard,

once you have learned the truth about the wedding

by which you sailed into this royal house—

a lovely voyage, but the harbour's doomed?

You've no idea of the quantity

of other troubles which will render you

and your own children equals. So go on—

keep insulting Creon and my prophecies,

for among all living mortals no one

will be destroyed more wretchedly than you.

OEDIPUS Must I tolerate this insolence from him?

Get out, and may the plague get rid of you!

Off with you! Now! Turn your back and go!

And don't come back here to my home again.

TEIRESIAS I would not have come, but you summoned me.

OEDIPUS I did not know you would speak so stupidly.

If I had, you would have waited a long time

before I called you here.

TEIRESIAS I was born like this.

You think I am a fool, but to your parents,

the ones who made you, I was wise enough.

OEDIPUS Wait! My parents? Who was my father?

TEIRESIAS This day will reveal that and destroy you.

OEDIPUS Everything you speak is all so cryptic —

like a riddle.

TEIRESIAS Well, in solving riddles,

are you not the best there is?

OEDIPUS Mock my excellence,

but you will find out I am truly great.

TEIRESIAS That quality of yours now ruins you.

OEDIPUS I do not care, if I have saved the city.

TEIRESIAS I will go now. Boy, lead me away.

OEDIPUS Yes, let him guide you back. You're in the way.

If you stay, you'll just provoke me. Once you're gone,

you won't annoy me further.

TEIRESIAS I'm going.

But first I shall tell you why I came.

I do not fear the face of your displeasure —

there is no way you can destroy me. I tell you,

the man you have been seeking all this time,

while proclaiming threats and issuing orders

about the one who murdered Laius –

that man is here. According to reports,

he is a stranger who lives here in Thebes.

But he will prove to be a native Theban.

From that change he will derive no pleasure.

He will be blind, although he now can see.

He will be a poor, although he now is rich.

He will set off for a foreign country,

groping the ground before him with a stick.

And he will turn out to be the brother

of the children in his house – their father, too,

both at once, and the husband and the son

of the very woman who gave birth to them.

He sowed the same womb as his father

and murdered him. Go in and think on this.

If you discover I have spoken falsely,

you can say I lack all skill in prophecy.

[*Exit TEIRESIAS led off by the BOY. OEDIPUS turns and goes back into the palace*]

오이디푸스 왕

오이디푸스 말할 수 있는 것이든, 없는 것이든, 하늘의 일이건, 땅의 일이건, 모
든 것에 통달하고 있는 테이레시아스님이시여, 비록 앞을 보지는 못
하지만, 어떤 역병(疫病)이 이 나라를 덮치려 하고 있는지 그대는 알
고 있소. 위대한 예언자여, 그대야말로 우리의 보호자이며, 유일한
구원자이오. 그대가 이미 사자에게서 들어 알고 있겠지만, 다시 한
번 말하리다. 포이보스께서는 우리가 그 가르치심을 받들어 보낸 사
람에게 라이우스 왕의 사살자를 찾아내서 사형에 처하거나 나라 밖
으로 추방하는 것이 재앙을 면하는 단 하나의 길이라고 대답하셨던
것이외다. 그러니 점을 치는 새의 소리이든 그 밖의 무엇이든 그대
가 아는 온갖 점복술(占卜術)을 아끼지 말고 그대 자신과 나라와 그
리고 이 몸을 위하여 그 죽음으로 인해서 일어난 모든 재앙에서 구
해 주오. 우리 운명은 그대 손에 달렸고, 또한 힘을 다해서 남을 돕
는 것이 사나이의 가장 고귀한 일이 아니겠소?

테이레시아스 아아, 지혜가 아무 쓸모도 없을 때, 안다는 것은 얼마나 무서운 일
인가! 어쩌자고 내가 그것을 알면서도 잊었단 말인가! 그렇지 않았
던들 여기 오지 않았을 것을!

오이디푸스 무슨 소리요? 그 무슨 슬픈 얼굴이란 말이오?

테이레시아스 돌려보내 주십시오. 그래서 왕께서는 왕의 운명, 나는 내 운명
을 지고 가는 것이 가장 편한 길입니다.

오이디푸스 대답을 거절함은 이상하기도 하려니와, 그대를 키워낸 이 나라에 대
해서 충성된 일도 아니오.

테이레시아스 왕의 말씀은 사리에 어긋납니다. 나도 같은 실수를 하고 싶지는

않습니다.

오이디푸스 신들께 걸고 부탁이니, 알고 있거든 숨김없이 말해 주오. 우리 모두가 그대에게 애원하고 있으니.

테이레시아스 모두들 아무 것도 모르고 있기 때문입니다. 당신의 불행을 들추지 않기 위해서, 내 불행도 결코 들추어내지 않으렵니다.

오이디푸스 무슨 소릴 하는 건가? 알고 있으면서도 말하지 않으려 하다니 우리를 배신해서 이 나라를 망칠 셈인가?

테이레시아스 나는 나 자신이나 왕을 괴롭히고 싶지가 않습니다. 이롭지도 않은 일을 어째서 물으십니까? 내게선 아무것도 들으실 것이 없습니다.

오이디푸스 무엇? 이 괘씸한 놈, 돌(石)에도 마음이 있다면 화를 낼 것이다. 그래도 말 않겠는가? 어디까지 고집을 필 셈이냐?

테이레시아스 내 성질을 나무라시지만, 스스로에게도 그것이 깃들어 있는 것은 모르시고 나만 나무라시는군요.

오이디푸스 이 나라를 모욕하는 그런 말을 듣고 누군들 화가 나지 않겠는가?

테이레시아스 내가 말하지 않더라도 올 것은 저절로 옵니다.

오이디푸스 와야 할 일이라면, 그대도 말해야 할 것이 아닌가?

테이레시아스 더는 말하지 않겠습니다. 그러니 화가 나시거든 얼마든지 내십시오.

오이디푸스 암, 내고말고. 내 생각대로 말하겠다. 직접 손만 대지 않았을 뿐, 네가 그 악행을 꾸며내서 저질렀을 게다. 앞을 못 보니 망정이지, 그렇지 않았더라면 혼자서 다 저질렀을 게다.

테이레시아스 그렇게 말씀하시렵니까? 그렇다면 들어 보십시오. 당신은 자기 입으로 말한 것을 지키고 이제부터는 이들에게나 나에게 아무 말도 마십시오. 바로 당신 때문에 이 나라가 괴로움을 받고 있습니다.

오이디푸스 뻔뻔스럽게도 어디서 그런 말이 나온단 말인가? 그러고도 그 벌을 면할 수 있을까?

테이레시아스 이미 면하고 있지요. 진실이 내 힘입니다.

오이디푸스 그걸 누구에게서 배웠느냐? 적어도 네 재주는 아니다.

테이레시아스 당신입니다. 싫다는 것을 억지로 말하게 했으니까요.

오이디푸스 무슨 소리냐? 잘 알아듣도록 다시 말해 봐라.

테이레시아스 못 알아들으셨단 말입니까? 아니면 나를 위협하시려는 겁니까?

오이디푸스 아니야, 알아듣지 못했다. 다시 한 번 말해 봐라.

테이레시아스 당신이 찾는 그 살인자는 바로 당신 자신이란 말입니다.

오이디푸스 두 번씩이나 그런 무서운 말을 하다니, 후회하게 될 걸!

테이레시아스 더 말하면 화만 내시겠지.

오이디푸스 말하고 싶은 대로 말해 봐라. 다 헛소리다.

테이레시아스 당신은 가장 가까운 핏줄과 부끄러운 관계를 맺고서도 어떤 앙화(殃禍)에 빠져 있는지를 모르고 있단 말입니다.

오이디푸스 그런 따위의 말을 하고도 과연 무사하리라고 생각하는가?

테이레시아스 그렇고말고요. 진리에 힘이 있다면야.

오이디푸스 그야 그렇지. 다만 너를 위한 힘은 아냐. 네겐 그 힘은 없어. 귀도 마음도 눈도 병신이니까.

테이레시아스 불쌍한 사람이로군. 여기 있는 모든 사람들이 이제 곧 당신을 향해서 퍼부을 욕설을 내게다 퍼붓다니.

오이디푸스 너는 끝없는 어둠으로 키워지고 있다. 그러니 너는 나나 그밖에 햇빛을 보는 누구든 결코 해치진 못한다.

테이레시아스 나로 인하여 당신이 쓰러지는 것이 운명은 아닙니다. 그건 아폴론 신으로 충분하고, 그 분의 손으로 이 일은 이루어질 터이니까.

오이디푸스 그런 크레온의 계책이냐, 아니면 네 자신의 것이냐?

테이레시아스 천만에. 크레온 님은 당신의 재앙이 아닙니다. 당신 자신이 당신의 재앙입니다.

오이디푸스 아아, 부(富)여, 왕권이여, 이승의 격렬한 경쟁에서 온갖 재주를 넘어선 재주여, 너희들에 붙어 다니는 결투심이란 얼마나 큰 것이냐! 내가 바라지 않았는데도 이 나라가 내게 맡긴 전제 때문에, 내 충실한 크레온, 오랜 친구인 크레온이 은밀히 나를 엿보고 나를 쫓아낼 궁리를 하여, 이욕에 눈이 팔리고 예언에는 눈이 먼 이 교활한 협잡꾼, 이 간악한 중놈을 선동하다니!

자, 말해 봐, 어디서 네가 한번이라도 참다운 예언자임을 보여 준 일이 있었더냐? 저 요사한 노래를 부르는 암캐가 이곳에 나타났을 때, 너는 어째서 그 때, 이 백성들에게 피할 방책을 가르쳐 주지 않았느냐? 그 수수께끼는 아무나 풀 수 있는 것이 아니었다. 예언자의 재주가 있어야 했다. 그 재주를 너는 새(鳥)의 점(占)으로도, 어떤 신의 계시로도 분명하게 보여 주지 못했다. 헌데 내가 나타났다. 아무 것도 모르는 이 오이디푸스가 나타나서, 새에게 배운 것이 아니라 내 지혜로 해답을 얻어서 그 입을 봉했던 것이다. 그런 나를 너는 크레온의 권세에 따라붙을 셈으로 몰아내려 하는구나! 하지만 네놈과 너와 함께 일을 꾸민 놈은 자신의 것을 후회할 것이다. 아니 네놈이 늙어 보이지만 않았더라면, 따끔한 맛을 보여서 깨닫게 했을 것인데.

코러스   저희들 생각으로는, 오이디푸스 왕이시여, 저 분도, 왕께서도 모두 홧김에 말씀하신 것 같습니다. 그러나 지금은 그런 말이 필요할 때가 아니라, 신의 명령을 가장 잘 이루어낼 방도를 찾으셔야 합니다.

테이레시아스   당신이 왕이시긴 하지만, 적어도 대답할 권리는 둘이 다 동등해야 합니다. 그 점에선 나 역시 권리를 갖고 있습니다. 나는 왕의 노예가 아니고 내가 섬기는 분은 록시아스 님 이십니다. 그리고 나는 크레온에게 매인 사람도 아닙니다. 왕께서 나의 눈먼 것을 모욕하셨으니 하는 말씀입니다만, 당신은 눈을 뜨고 있으면서도 얼마나 처참한 일에 빠져들어 있는지, 어디서, 그리고 누구와 함께 살고 있는지 못 보고 있습니다. 당신께서 누구의 자손인지나 아십니까? 당신은 저 살아계신 분과 돌아가신 분에게 큰 죄를 짓고 있습니다. 마치 칼의 두 날처럼 아버지와 어머니의 무서운 저주가 당신에게 닥쳐서 언젠가는 당신을 이 나라 밖으로 몰아내고, 지금은 밝은 그 눈도 그 때는 끝없는 어둠밖에는 보지 않을 것입니다.

어디에고 당신의 비통한 소리가 미치지 않는 데가 없을 것이며, 머지않아 키타이론이 방방곡곡에 메아리치지 않는 곳이 없겠으니, 그 때 당신은 그렇게도 행복한 항해(航海) 뒤에 그 집에서 맺은 저주스러운 결혼의 의미를 알 것입니다. 게다가 당신이 알아차리지 못하는 더욱 비참한 재앙이 있으니, 그것은 자신을, 당신을 아버지라 부르는 아이들의 자리에 돌려놓을 것입니다. 그러니 크레온과 내 말을 실컷 비웃으십시오. 사람들 가운데서 당신만큼 처참한 꼴을 당할 사람도 없을 것이니까요.

오이디푸스 이놈의, 이런 괘씸한 말을 듣고도 참아야한 할까? 나가 뒈져라! 어서 없어져라! 이 집에 다시는 발걸음을 마라!

테이레시아스 누가 오고 싶어 왔나, 불러서 왔지!

오이디푸스 네 놈이 이렇게까지 어리석은 소리를 늘어놓을 줄은 몰랐기 때문이다. 알았더라면 네 놈을 언제까지나 내 집에 부르거나 하진 않았을 것을!

테이레시아스 당신 눈에는 내가 어리석은 자로 보이겠지만, 당신을 낳으신 양친께서는 분별 있는 분들이었답니다.

오이디푸스 양친이라니? 잠깐, 나를 낳은 사람이 누구란 말이냐?

테이레시아스 오늘의 이 날이 당신을 낳고 당신을 망칠 것입니다.

오이디푸스 정말로 네놈은 수수께끼같은 모를 소리만 하는구나.

테이레시아스 당신이야 수수께끼를 푸는 데 가장 뛰어난 재주가 있지 않았던가요? (주: 오이디푸스는 스핑크스의 수수께끼를 풀어 그를 퇴치했다.)

오이디푸스 나의 그 위대한 재주를 네놈이 욕보이는구나.

테이레시아스 바로 그 행운이 당신을 망친 것입니다.

오이디푸스 나는 이 나라를 구할 수 있다면 내 한 몸은 아무래도 좋다.

테이레시아스 그렇다면 난 가겠습니다. 애야, 나를 데려가 다오.

오이디푸스 그렇지, 데려가거라. 네놈이 여기 있으면 방해가 되고 귀찮다. 없어지고 나면 더 이상 나를 괴롭히지는 못하겠지.

테이레시아스 가기는 가지만, 당신의 얼굴쯤은 두려워 않고 내가 여기 온 까닭을 말해야겠습니다. 당신이 결코 나를 해칠 수는 없으니까요. 내 말이란 이것입니다. 당신이 이제껏 찾아내려는 사람, 당신이 위협적으로 라이우스 왕의 사살의 죄를 밝혀내겠다고 선포하고 있는 사람, 그 자는 바로 여기 있습니다. 여기서 그는 딴 나라 사람으로 알려져 있지만 테에베 태생임이 이제 곧 드러날 것이고, 그는 그런 운명을 기뻐하지는 않을 것입니다. 밝았던 눈은 멀고, 부유의 몸은 비렁뱅이가 되어, 지팡이에 의지해서 낯선 땅을 헤매고 다니게 될 것입니다.

　그리고 함께 사는 자기 자식들의 형제이자 아비, 자기를 낳아준 여자의 아들이자 남편, 아비의 침실을 이어받은 자, 그리고 아비의 살해자임이 밝혀질 것입니다.

　그러니 안으로 들어가셔서 이 말을 잘 생각해 보십시오. 그리고 내 말의 잘못이 드러나거든, 앞으로는 내 예언이 아무 것도 아니라고 말씀하셔도 좋습니다.

(테이레시아스가 퇴장하고, 이어서 오이디푸스는 궁으로 들어간다)

7 | 미국의 드라마

7-1 *Death of Salesman*

HAPPY   That's all right.

STANLEY   What'd you, hit a number or somethin'?

HAPPY   No, it's a little celebration. My brother is— I think he pulled
          off a big deal today. I think we're going into business
          together.

STANLEY   Great! That's the best for you. Because a family business,
          you know what I mean?— that's the best.

HAPPY   That's what I think.

STANLEY   'cause what's the difference? Somebody steals? It's in the family. Know what I mean? (*Sotto voce.*) Like this bartender here. The boss is goin'crazy what kinda leak he's got in the cash register. You put it in but it don't come out.

HAPPY (*raising his head*) Sh!

STANLEY What?

HAPPY You notice I wasn't lookin' right or left, was I?

STANLEY No.

HAPPY And my eyes are closed.

STANLEY So what's the—?

HAPPY Strudel's comin'

STANLEY (*catching on, looks around*) Ah, no, there's no—

He breaks off as a furred, lavishly dressed girl enters and sits at the next table. Both follow her with their eyes.

STANLEY Geez, how'd ya know?

HAPPY I got radar or something. (*Staring directly at her profile.*) Ooooooo······ Stanley.

STANLEY I think that's for you, Mr. Loman.

HAPPY Look at that mouth. Oh, God. And the bino-culars.

STANLEY Geez, you got a life, Mr. Loman.

HAPPY Wait on her.

STANLEY (*going to the girl's table*) Would you like a menu, ma'am?

GIRL I'm expecting someone, but I'd like a—

HAPPY Why don't you bring her—excuse me, miss, do you mind? I sell champagne, and I'd like you to try my brand. Bring her a champagne, Stanley.

GIRL That's awfully nice of you.

HAPPY	Don't mention it. It's all company money. (*He laughts.*)
GIRL	That's a charming product to be selling, isn't it?
HAPPY	Oh, gets to be like everything else. Selling is selling, y'know.
GIRL	I suppose.
HAPPY	You don't happen to sell, do you?
GIRL	No, I don't sell.
HAPPY	Would you object to a compliment from a stranger? You ought to be on a magazine cover.
GIRL	(*looking at him a little archly*) I have been.
	Stanley comes in with a glass of champagne.
HAPPY	What'd I say before, Stanley? You see? She's a cover girl.
STANLY	Oh, I could see, I could see.
HAPPY	(*to the Girl*) What magazine?
GIRL	Oh, a lot of them. (*She takes the drink.*) Thank you.
HAPPY	You know what they say in France, don't you? "Champagne is the drink of the complexion"—Hya, Biff!
	Biff has entered and sits with Happy.
BIFF	Hello, kid. Sorry I'm late.
HAPPY	I just got here. Uh, Miss-?
GIRL	Forsythe.
HAPPY	Miss Forsythe, this is my brother.
BIFF	Is Dad here?
HAPPY	His name is Biff. You might've heard of him. Great football player.

GIRL	Really? What team?
HAPPY	Are you familiar with football?
GIRL	No, I'm afraid I'm not.
HAPPY	Biff is quarterback with the New York Giants.
GIRL	Well, that is nice, isn't it? (*She drinks.*)
HAPPY	Good health.
GIRL	I'm happy to meet you.
HAPPY	That's my name. Hap. It's really Harold, but at West Point they called me Happy.
GIRL	(*now really impressed*) Oh, I see. How do you do? (*She turns her profile.*)
BIFF	Isn't Dad coming?
HAPPY	You want her?
BIFF	Oh, I could never make that.
HAPPY	I remember the time that idea would never come into your head. Where's the old confidence, Biff?
BIFF	I just saw Oliver—
HAPPY	Wait a minute. I've got to see that old confidence again. Do you want her? She's on call.
BIFF	Oh, no. (*He turns to look at the Girl.*)
HAPPY	I'm telling you. Watch this. (*Turning to the Girl.*) Honey? (*She turns to him.*) Are you busy?
GIRL	Well, I am⋯⋯ but I could make a phone call.
HAPPY	Do that, will you, honey? And see if you can get a friend. We'll be here for a while. Biff is one of the greatest football players in the country.

GIRL	(*standing up*) Well, I'm certainly happy to meet you
HAPPY	Come back soon.
GIRL	I'll try.
HAPPY	Don't try, honey, try hard.

The Girl Exits. Stanley follows, shaking his head in be-wildered admiration.

HAPPY	Isn't that a shame now? A beautiful girl like that? That's why I can't get married. There's not a good woman in a thousand. New York is loaded with them, kid!
BIFF	Hap, look —
HAPPY	I told you she was on call!
BIFF	(*strangely unnerved*) Cut it out, will ya? I want to say something to you.
HAPPY	Did you see Oliver?
BIFF	I saw him all right. Now look, I want to tell Dad a couple of things and I want you to help me.
HAPPY	What? Is he going to back you?
BIFF	Are you crazy? You're out of your goddam head, you know that?
HAPPY	Why? What happened?
BIFF	(*breathlessly*) I did a terrible thing today, Hap. It's been the strangest day I ever went through. I'm all numb, I swear.
HAPPY	You mean he wouldn't see you?
BIFF	Well, I waited six hours for him, see? All day, Kept sending my name in. Even tried to date his secretary so she'd get me to him, but no soap.

HAPPY   Because you're not showin' the old confidence, Biff. He remembered you, didn't he?

BIFF   (*stopping Happy with a gesture*) Finally, about five o'clock, he comes out. Didn't remember who I was or anything. I felt like such an idiot, Hap.

HAPPY   Did you tell him my Florida idea?

BIFF   He walked away. I saw him for one minute. I got so mad I could've torn the walls down! How the hell did I ever get the idea I was a salesman there? I even believed myself that I'd been a salesman for him! And then he gave me one look and — I realized what a ridiculous lie my whole life has been! We've been talking in a dream for fifteen years. I was a shipping clerk.

HAPPY   What'd you do?

BIF   (*with great tension and wonder*) Well, he left, see. And the secretary went out. I was all alone in the waiting-room. I don't know what came over em, hap. The next thing I know I'm in his office-paneled walls, everything. I can't explain it. I—Hap, I took his fountain pen.

HAPPY   Did you tell him my Florida idea?

BIFF   He walked away. I saw him for one minute. I got so mad I could've torn the walls down! How the hll did I ever get the idea I was a salesman there? I even believed myself that I'd been a salesman for him! And then he gave me one look and—I realized what a ridiculous lie my whole life has been! We've been talking in a dream for fifteen years. I was a shipping clerk.

HAPPY   What'd you do?

BIFF   (*with great tension and wonder*) Well, he left, see. And the secretary went out. I was all alone in the waiting-room. I don't know what came over me, Hap. The next thing I know I'm in his office-paneled walls, everything. I can't explain it. I— Hap, I took his fountain pen.

HAPPY   Geez, did he catch you?

BIFF   I ran out. I ran down all eleven flights. I ran and ran and ran.

HAPPY   That was an awful dumb—what'd you do that for?

BIFF   (*agonized*) I don't know, I just—wanted to take something, I don't know. You gotta help me, Hap, I'm gonna tell Pop.

HAPPY   You crazy? What for?

BIFF   Hap, he's got to understand that I'm not the man somebody lends that kind of money to. He thinks I've been spiting him all these years and it's eating him up.

HAPPY   That's just it. You tell him something nice.

BIFF   I can't.

HAPPY   Say you got a lunch date with Oliver tomorrow.

BIFF   So what do I do tomorrow?

HAPPY   You leave the house tomorrow and come back at night and say Oliver is thinking it over. And he thinks it over for a couple of weeks, and gradually it fades away and nobody's the worse.

BIFF   But it'll go on forever!

HAPPY   Dad is never so happy as when he's looking forward to something!

Willy enters.

Hello, scout!

WILLY   Gee, I haven't been here in years!

Stanley has followed Willy in and sets a chair for him. Stanley starts off but Happy stops him.

HAPPY   Stanley!

Stanley stands by, waiting for an order.

BIFF   (*going to Willy with guilt, as to an invalid*) Sit down, Pop. You want a drink?

WILLY   Sure, I don't mind.

BIFF   Let's get a load on.

WILLY   You look worried.

세일즈맨의 죽음

해피   괜찮아.

스탠리   복권에 당첨이라도 되셨거나 무슨 좋은 일이 있으신 모양이죠?

해피   아니, 조촐한 축하일 뿐이야, 형님이― 오늘 큰 거래를 잘 해내셨을 거야, 함께 동업할 생각이야.

스탠리   참 좋으신 생각입니다. 그게 최상의 방법이죠. 집안 식구끼리 하는 사업 말이에요. 안 그렇습니까?

해피   내 생각도 그렇다네.

스탠리   달리 무슨 문제가 있겠어요? 식구 중에 누군가가 돈을 훔쳤다 해도, 그 돈은 집안에 있는 셈인걸요. 아시겠어요? (낮은 목소리로) 이곳 바텐더만 해도 그런걸요. 주인은 금전 등록기에 구멍이라도 생겼나 해서, 혈안이 되어 있죠. 그 속에 한번 돈을 집어넣으면, 꺼낼 순 없는 거죠.

해피   (고개를 들며) 쉬!

스탠리   왜 그러세요?

해피   좌우만 보지 않고, 뒤로도 볼 수 있다는 것 아나?

스탠리   몰라요.

해피   눈감고도 알 수 있어.

스탠리   뭘요?

해피   스트루델이 오고 있어.

스탠리   (말뜻을 알아듣고, 돌아본다) 없는데요. 오긴 누가 와요?

    (부드러운 털목도리를 하고, 사치스럽게 옷치장을 한 젊은 여자가 들어와 옆 식탁에 앉자, 갑자기 말을 끊는다. 시선들을 그녀 쪽으로 돌린다.)

스탠리	아니, 어떻게 알 수 있어요?
해피	난 전파 탐지기나 그와 유사한 것을 갖고 있거든. (그녀의 옆모습을 뚫어지게 응시하며) 여보게, 스탠리.
스탠리	저 여잔 손님에게 어울리겠는데요.
해피	저 입 좀 보게. 그리고 저 쌍안경.
스탠리	생기발랄한 것이 걸렸는데요.
해피	그녀를 모시도록 하게.
스탠리	(식탁으로 가서) 식단표를 드릴까요?
아가씨	누굴 기다리고 있지만, 우선 -.
해피	그걸 갖다 드리는 것이 어때? 실례합니다. 샴페인 장사를 하다보니까. 제가 만든 술 좀 맛보시죠. 스탠리, 샴페인 갖다 드리게.
아가씨	굉장히 친절하시군요.
해피	괜찮아. 어차피 회사 돈이니까.
아가씨	그런 것이 장사하기엔 멋진 물품이잖아요.
해피	다른 것과 매한가진걸. 장사는 장사니까.
아가씨	그렇겠군요.
해피	장사 해본 적 없지?
아가씨	없어요.
해피	초면에 인사말 좀 해도 괜찮겠소? 잡지 표지 인물로 나오지 않았소?
아가씨	(약간 장난기를 띠고 쳐다본다) 그런 적이 있죠.
	(스탠리, 샴페인 한 잔 들고 등장)
해피	이봐, 내 말이 맞잖아, 잡지 표지 인물로 나왔다고 하잖아.
스탠리	아, 그렇군요.
해피	(여자에게) 무슨 잡지였죠?
아가씨	많아요. (술잔을 들고) 고맙습니다.
해피	"샴페인이 피부미용에 좋은 음료"라고 프랑스 사람들이 말하는 걸

알고 있나? 형님!

(비프, 들어와 해피와 함께 앉는다)

비프   늦어서 미안하다.

해피   저도 방금 여기에 온 걸요. 저, 미스-.

아가씨   포사이드예요.

해피   형님이야.

비프   아버님 오셨니?

해피   형님 이름은 비프야. 이름 들어본 적이 있을 텐데, 유명한 미식축구 선수야.

아가씨   그래요? 무슨 팀이죠?

해피   미식축구를 좀 알고 있어?

아가씨   아뇨, 잘 모르거든요.

해피   형님은 뉴욕 자이언츠 팀의 쿼터백이야.

아가씨   참 훌륭하시군요. (마신다)

해피   건강을 빕니다.

아가씨   만나 뵙게 돼서 행복해요.

해피   해피는 내 이름인걸. 본명은 헤럴드인데, 육군사관학교에서 해피라고 불렀거든.

아가씨   (매우 감동되어) 그러세요! 처음 뵙겠어요. (얼굴을 옆으로 돌린다)

비프   아버진 안 오시니?

해피   저 여자 어때?

비프   난 싫어.

해피   전엔 결코 그렇지 않았잖아? 예전의 자신감은 어디로 갔지?

비프   방금 올리버를 만났다.

해피   잠깐만. 예전의 자신감을 다시 한 번 봐야만 되겠어. 마음에 들어? 형님한테 달려있으니까.

비프	난 싫다. (시선을 돌려, 여자를 쳐다본다)
해피	쉽다구. 잘 봐. (여자를 향해) 아가씨? (여자, 그를 향한다) 바빠요?
아가씨	그렇긴 하지만, 전화는 할 수 있어요.
해피	그렇게 해줄래요? 친구 하나도 부탁해. 한동안 여기에 있을 테니까. 비프 형님은 우리나라에서 훌륭한 미식축구 선수중의 한 사람 이야.
아가씨	(일어나며) 만나 뵙게 돼서 정말 기뻐요.
해피	금방 돌아와야 해.
아가씨	그렇게 해보죠.
해피	해볼께가 아니고, 꼭 해야 돼.
	(포사이드 나가고, 스탠리 어리둥절 하면서도 해피의 수완에 감탄해 얼떨 떨해 하면서 따라간다)
해피	그토록 아름다운 여자도 싫다니 창피하지도 않우? 내가 결혼 못하는 이유도 바로 그거라우. 청순한 여자라곤 천명에 하나나 있을까 말까 할 정도야. 뉴욕엔 저런 여자들로 득실거린다니깐.
비프	해피야ー.
해피	형님이 마음먹기에 달려 있다고 했잖아!
비프	(이상하게도 풀이 죽어) 집어치워! 하고 싶은 말이 있어.
해피	올리버 만났수?
비프	그럼 만났지. 헌데, 아버지께 드리고 싶은 말이 있어. 너도 나좀 도 와다오.
해피	뭔데? 올리버가 도와주겠다고 합디까?
비프	미쳤어? 당치 않은 생각이야.
해피	왜? 일이 어찌 됐는데?
비프	(숨 가쁘게) 오늘 끔찍스런 일을 저질렀어. 오늘처럼 이상한 날은 처 음이야. 몹시 정신이 얼얼하거든.
해피	올리버가 안 만나 주기라도 했단 말예요?

비프 여섯 시간이나 기다렸단다. 하루 종일 계속해서 만나게 해달라고 사무실 안으로 이름을 계속 댔지. 그의 비서가 들여보내 줄까 해서, 데이트 신청까지 해 봤지만, 만나 주지 않더군.

해피 예전처럼, 자신감을 보이지 않으니까 그렇지. 분명히 형을 기억하고 있겠지?

비프 (손짓으로 해피의 말을 막으며) 결국 다섯 시쯤 해서 그가 나오더군. 내가 누군지, 무엇인지도 기억하지 못하더군. 나는 백치가 된 기분이었어.

해피 내가 제안한 플로리다 계획 말했어?

비프 걸어 나가더군. 잠깐 보았을 뿐이야. 화가 몹시 치밀어서, 당장이라도 벽을 부숴버릴 수 있을 것 같더군. 어찌 내가 그 회사의 외판원이란 생각을 가질 수 있겠어? 올리버를 위한 외판원이라고까지 스스로 믿어 왔는걸. 그런데, 날 힐끗 쳐다보기만 하더군. 지금껏, 얼마나 어처구니없게 인생을 속아서 살아 왔는가를 깨달았던 거지, 우린 15년 동안 잠꼬대만 해온 것이거든. 난 외판원이 아니고, 단지 짐 발송 계원이었던 거야.

해피 무슨 일을 저질렀는데?

비프 (몹시 긴장하고, 어리둥절해 하며) 그 작자가 사무실을 나갔지. 비서도 가버렸고 해서, 혼자 응접실에 있었는데, 무슨 생각이 엄습해 왔는지는 모르지만, 그 다음에 사무실 안으로 들어간 거야ー. 널빤지를 댄 칸막이벽과 모든 것이 있더군, 뭐라 설명할 순 없지만, 올리버 만년필을 가지고 나온 거야.

해피 한데, 그 자가 낌새를 챘어?

비프 뛰어나왔지. 11층이나 되는 계단을 뛰어 내려온 거야. 달리고, 달리고, 계속 달렸지.

해피 정말 어리석구만ー 뭣 때문에 그런 짓을 해?

비프	(괴로워하며) 나도 몰라. 그냥 뭣이고 가져오고 싶었을 뿐이야, 날 좀 도와다오, 아버지께 말씀드리려고 해.
해피	미쳤수! 뭣 때문에?
비프	나한테 그처럼 많은 액수의 돈을 빌려줄 사람은 아무도 없다는 사실을 아버진 아셔야만 하거든. 아버진, 내가 요즘 몇 년 동안 괴롭혀 왔기에, 지친 것이라고 생각하시는 거야.
해피	그렇긴 하지만, 근사한 걸 말씀드려.
비프	할 수 없어.
해피	내일 올리버하고 점심 약속 있다고 말씀 드려.
비프	그럼, 내일은 어떻게 한담?
해피	내일 나갔다가, 저녁에 돌아와서, 올리버가 심사숙고 하겠다는 말을 했다고 말씀드리면, 2,3주일은 생각해 볼 것이고, 그러다 보면 점차 머릿속에서 사라져 버려, 서로가 괜찮아질 거야.
비프	영원히 지속될 텐데!
해피	아버진, 뭔가를 고대하고 계실 때가 가장 행복하시거든.
	(윌리 등장)
	아버지, 이곳이에요.
윌리	여러 해 만에 이곳에 와 보는구만!
	(스탠리, 윌리를 따라 들어와 의자 하나를 갖다 준다. 스탠리, 가려고 하자, 해피, 못 가게 막는다)
해피	이봐!
	(스탠리, 옆에 서서, 주문을 기다린다)
비프	(환자에게 가듯, 죄지은 듯이 아버지한테 가며) 앉으세요. 한잔 하시겠어요?
윌리	좋지.
비프	마음껏 마셔 보세요,
윌리	걱정이 있어 보이는데…….

7-2 A *The Streetcar Named Desire*

BLANCHE You're both mistaken. It's Della Robbia blue. The blue of the robe in the old Madonna picture. Are these grapes washed?

She fingers the bunch of grapes which Eunice had brought in.

EUNICE Huh?

BLANCHE Washed, I said. Are they washed?

EUNICE They're from the French Market.

BLANCHE That doesn't mean they've been washed.

(*The cathedral bells chime*) Those cathedral bells — they're the only clean thing in the Quarter. Well, I'm going now. I'm going ready to go.

EUNICE (*whispering*) She's going to walk out before they get here.

STELLA Wait, Blanche.

BLANCHE I don't want to pass in front of those men.

EUNICE Then wait'll the game brakes up.

STELLA Sit down and. . .

Blanche turns weakly, hesitantly about. She lets them push her into a chair.

BLANCHE I can smell the sea air. The rest of my time I'm going to spend on the sea. And when I die, I'm going to die on the sea. You know what I shall die of?

(*She plucks a grape*) I shall die of eating and an unwashed grape one day out on the ocean. I will die-with my hand in the hand of some nice-looking ship's doctor, a very young one with a small blond mustache and a big silver watch. "Poor lady," they'll say, "the quinine did her no good. That unwashed grape has transported her soul to heaven." (*The cathedral chimes are heard*) And I'll be buried at sea sewn up in a clean white sack and dropped overboard—at noon—in the blaze of summer-and into an ocean as blue as (*Chimes again*) my first lover's eyes!

A Doctor abd a Matron have appeared around the corner of the building and climbed the steps to the porch. The gravity of their profession is exaggerated-the unmistakable aura of the state institution with its cynical detachment. The Doctor rings the doorbell. The murmur of the game is interrupted.

EUNICE (*whispering to Stella*) That must be them.

Stella presses her fists to her lips.

BLANCHE (*rising slowly*) What is it?

EUNICE (*affectedly caused*) Excuse me while I see who's at the door.

STELLA Yes.

Eunice goes into the kitchen.

BLANCHE (*tensely*) I wonder if it's for me.

A whispered colloquy takes place at the door.

EUNICE (*returning, brightly*) Someone is calling for Blanche.

BLANCHE It is for me, then! (*She looks fearfully from one to the other and then to the portieres. The "Varsouviana" faintly plays.*)
Is it the gentleman I was expecting from Dallas?

EUNICE   I think it si, Blanche.

BLANCHE   I'm not quite ready.

STELLA   Ask him to wait outside.

BLANCHE   I······

Eunice goes back to the portieres. Drums sound very softly.

STELLA   Everything packed?

BLANCHE   My silver toilet articles are still out.

STELLA   Ah!

EUNICE   (*returning*) They're waiting in front of the house.

BLANCHE   They! Who's "they"?

EUNICE   There's a lady with him.

BLANCHE   I cannot imagine who this "lady" could be! How is she
           dressed?

EUNICE   Just— just sort of a—plain—tailored outfit.

BLANCHE   Possibly she's— (*Her voice dies our nervously.*)

STELLA   Shall we go, Blanche?

BLANCHE   Must we go though that room?

STELLA   I will go with you.

BLANCHE   How do I look?

STELLA   Lovely.

EUNICE   (*echoing*) Lovely.

*Blanche moves fearfully to the portieres. Eunice draws them open for
her. Blanche goes into the kitchen.*

BLANCHE   (*to the men*) Please don't get up. I'm only passing through.
           *She crosses quickly to outside door. Stella and Eunice follow. The
           poker players stand awkwardly at the table—all except Mitch, who*

remains seated, looking down at the table. Blanche steps out on a small porch at the side of the door. She stops short and catches her breath.

DOCTOR How do you do?

BLANCHE You are not the gentlemen I was expecting.

(She suddenly gasps and starts back up the steps. She stops by Stella, who stands just outside the door, and speaks in a frightening whisper) That man isn't Shep Huntleigh.

The "Varsouviana" is playing distantly.

Stella stares back at Blanche. Eunice is holding Stella's arm. There is a moment of silence-no sound but that of Stanley steadily shuffling the cards.

Blanche catches her breath again and slips back into the flat with a peculiar smile, her eyes wide and brilliant. As soon as her sister goes past her, Stella closes her eyes and clenches her hands. Eunice throws her arms comfortingly about her. Then she starts up to her flat. Blanche stops just inside the door. Mitch keeps staring down at his hands on the table, but the other men look at her curiously. At last she starts around the table toward the bedroom. As she does, Stanley suddenly pushes back his chair and rises as if to block her way. The Matron follows her into the flat.

STANLEY Did you forget something?

BLANCHE *(shrilly)* Yes! Yes, I forget something!

She rushes past him into the bedroom. Lurid reflections appears on the walls in odd, sinuous shapes. The "Varsouviana" is filtered into a weird distortion, accompanied by the cries and noises of the jungle. Blanche seizes the back of a chair as if ti defend herself.

STANLEY *(sotto voce)* Doc, you better go in.

DOCTOR   (*sotto voce, motioning to the Matron*) Nurse, bring her out.

The Matron advances on one side, Stanley on the other, Diversted of all the softer properties of womanhood, the Matron is a peculiarly sinister figure in her serve dress. Her voice is bold and toneless as a firebell.

MATRON   Hello, Blanche.

The greeting is echoed and re-echoed by other mysterious voices behind the walls, as is reverberated through a canyon of rock.

STANLEY   She says that she forget something.

The echo sounds in threatening whispers.

MATRON   That's all right.

STANLEY   What did you forget, Blanche?

BLANCHE   I— I—

MATRON   It don't matter. We can pick it up later.

STANLEY   Sure, We can send it along with the trunk.

BLANCHE   (*retreating in panic*) I don't know you—I don't know you. I want to be—left alone—please!

MATRON   Now, Blanche!

ECHOES   (*rising and falling*) Now, Blanche—now, Blanche-now, Blanche!

STANLEY   You left nothing here but spilt talcum and old empty perfume bottles-unless it's the paper lantern you want to take with you. You want the lantern?

He crosses to dressing table and seize the paper lantern, tearing it off the light bulb, and extends it toward her. She cries out as if the lantern was herself. The Matron steps boldly toward her. She screams and tries to break past the Matron. All the men spring to their feet. Stella runs out to the porch, with Eunice following to comfort her, simultaneously with the confused voices of the men in the kitchen. Stella rushes into Eunice's embrace on the porch.

STELLA   Oh, my God, Eunice help me! Don't let them do that to her don't let them hurt! Oh, God, oh, please God, don't hurt her! What are they doing to her? What are they doing? (*She tries to break from Eunice's arms.*)

EUNICE   No, honey, no, no, honey. Stanley here. Don't go back in there. Stay with me and don't look.

STELLA   What have I done to my sister? Oh, God, what have I done to my sister?

EUNICE   You done the right thing, the only thing you could do. She couldn't stay here; there wasn't no other place for her to go.

While Stella and Eunice are speaking on the porch the voices of the men in the kitchen overlap them. Mitch has started toward the bedroom. Stanley crosses to block him. Stanley pushes him aside. Mitch lunges and strikes at Stanley. Stanley pushes Mitch back. Mitch collapses at the table, sobbing.

During the preceding scenes, the Matron catches hold of Blanche's arm and prevents her flight. Blanche turns wildly and scratches at the Matron. The heavy woman pinions her arms. Blanche cries out hoarsely and slips to her knees.

MATRON   Theses fingernails have to be trimmed. (*The Doctor comes into the room and she looks at him.*) Jacket, Doctor?

DOCTOR   Not unless necessary.

He takes off his hat and now he becomes personalized. The unhuman quality goes. His voice is gentle and reassuring as he crosses to Blanche and crouches in front of her. As she speaks her name, her terror subsides a little. The lurid reflections fade from the walls, the inhuman cries and noises die out and her own hoarse crying is calmed.

DOCTOR   Miss DuBois.

She turns her face to him and stares at him with desperate pleading. He smiles; then he speaks to the Matron.

It won't be necessary.

BLANCHE   *(faintly)* Ask her to let go of me.

DOCTOR   *(to the Matron)* Let go.

The Matron releases her. Blanche extends her hands toward the Doctor. He draws her up gently and supports her with his arm and leads her through the portieres.

BLANCHE   *(holding tight to his arm)* Whoever you are-I have always depended on the kindness of strangers.

The poker players stand back as Blanche and the Doctor cross the kitchen to the front door. She allows him to lead her as if she were blind. As they go out on the porch, Stella cries out the sister's name from where she is crouched a few steps up on the stairs.

STELLA   Blanche! Blanche! Blanche!

Blanche walks on without turning, followed by the Doctor and the Matron. They go around the corner of the building.

Eunice descends to Stella and places the child in her arms. It is wrapped in a pale blue blanket. Stella accepts the child, sobbingly. Eunice continues downstairs and enters the kitchen where the men, except for Stanley, are returning silently to their places about the table. Stanley has gone out on the porch and stands at the foot of the steps looking at Stella.

STANLEY (*a bit uncertainly*) Stella?

> *She sobs with inhuman abandon. There is something luxurious in her complete surrender to crying now that her sister is gone.*

STANLEY (*voluptuously, soothingly*) Now, honey. Now, love. Now, now love. (*He kneels beside her and his fingers find the opening of her blouse*) Now, now, love. Now, love.

> *The luxurious sobbing, the sensual murmur fade away under the swelling music of the "blue piano" and the muted trumpet.*

STEVE This game is seven − card stud.

욕망이라는 이름의 전차

유니스   여행을 떠나신다죠.

스텔라   네, 그래요. 휴가를 떠나는 거예요.

유니스   아이 부러워라

블랑쉬   옷 입는 것 좀 도와 줘!

스텔라   (그녀의 옷을 건네주면서) 이게 바로 언니가―

블랑쉬   응 그거면 되! 여기서 빨리 나가고 싶어― 이곳은 올가미야

유니스   그 푸른 재킷 정말 이쁘기도 하구요

스텔라   엷은 자색이에요.

블랑쉬   두 사람 모두 틀렸어요. 그건 델라 로비아 청색이에요. 옛날 성모마
리아 그림에서 그분이 입고 계시던 푸른색의 옷 색깔 말예요. 이 포
도는 닦은 건가요?

            (그녀는 유니스가 가지고 온 포도를 손가락으로 만진다)

유니스   네?

블랑쉬   닦았다고 했어요. 이건 닦은 건가요?

유니스   그거 프렌치 마켓에서 샀어요.

블랑쉬   그렇다고 해서 그게 씻었다는 애기는 아니잖아요. (성당의 종소리가
울린다.)

            저 성당의 종소리― 쿼터 지역에선 저것만이 유일한 깨끗한 거예요.
그럼, 지금 떠나겠어. 갈 준비가 됐거든.

유니스   (속삭인다) 그 사람들이 오기 전에 밖으로 나가겠어.

스텔라   언니, 기다려.

블랑쉬   저 사람들 앞을 지나가고 싶지 않아.

유니스	그럼 판이 끝날 때까지 기다려요.
스텔라	앉아서...

(블랑쉬가 기운 없이 머뭇거리다가 돌아선다. 두 사람이 그녀를 밀어 의자에 앉힌다)

블랑쉬	바다의 냄새가 나는군. 여생을 바다에서 지내겠어. 그리고 죽을 때도, 바다에서 죽을 테야. 뭘로 죽을지 알아? (그녀가 포도 한 알을 딴다) 대양의 한가운데 어느 날 닦지 않은 포도를 먹고 죽을 거야. 난 죽을 거야— 아주 잘생기고 젊고, 금발 수염이 있으며, 커다란 은시계를 갖고 있는 의사의 손을 잡고서. 그들은 말하겠지-가엾은 숙녀, 키니네도 소용이 없었어. 그 닦지 않은 포도가 그녀의 영혼을 하늘나라로 보냈군. (성당의 종소리가 들린다.) 그리고는 깨끗하고 흰 부대에 싸여— 정오에— 여름 해살이 내리 쬘 때, 내 첫 연인의 눈처럼 (종소리가 다시 울린다.) 푸르디푸른 대양에 던져서 바다에 묻힐 거야!

(의사와 간호부장이 건물 모퉁이를 돌아서 현관으로 통하는 층계를 오른다. 직업에 대해 갖고 있는 진지함이 다소 과장되어 보인다— 전혀 감정이 없는 공공 단체의 분위기가 풍긴다. 의사가 초인종을 누른다. 포커판의 웅얼거림이 끊긴다.)

유니스	(스텔라에게 속삭인다.) 그 사람들이 온 게 분명해요

(스텔라가 주먹으로 입술을 누른다.)

블랑쉬	(천천히 일어나며) 왜 이러죠?
유니스	(아무 일도 아닌 듯) 밖에 누가 왔는지 좀 보고 올게요.
스텔라	그러세요.

(유니스가 부엌으로 간다.)

블랑쉬	(긴장을 하고) 날 보러 온 사람 같아

(문에서 낮은 음성으로 대화를 한다.)

유니스	(밝은 모습으로 돌아가면서) 누가 블랑쉬를 데리러 왔군요.

블랑쉬	그렇다면 저를 찾아온 거예요! (그녀가 두려운 듯 두 사람을 번갈아 쳐다 보다가 커튼 쪽을 본다. 「바아수비아나」곡이 희미하게 연주된다) 내가 기다리고 있던 달라스에서 오신 신사분이던가요?
유니스	그런 거 같아요. 블랑쉬.
블랑쉬	완전히 준비가 안됐는데
스텔라	밖에서 기다리라고 해주세요.
블랑쉬	난……
	(유니스가 커튼 쪽으로 돌아간다. 드럼 소리가 아주 부드럽게 들려온다.)
스텔라	짐은 다 꾸려졌어?
블랑쉬	내 은제 화장 도구들을 아직 넣지 않았는데 그래.
스텔라	아차!
유니스	(돌아온다) 그 사람들, 문밖에서 기다리고 있어요.
블랑쉬	그 사람들이라니! 그 사람들이 누구죠?
유니스	그는 한 숙녀와 같이 왔어요.
블랑쉬	그 숙녀가 누군지 짐작이 가질 않군요! 옷은 어떻게 입었던가요?
유니스	그저 – 그냥 – 그렇고 그런 평범한 옷이던데요.
블랑쉬	그렇다면 그 여자는 아마 – (그녀의 목소리가 불안한 듯 기어든다.)
스텔라	갈까, 언니?
블랑쉬	저 방을 꼭 지나가야만 되니?
스텔라	내가 같이 갈게.
블랑쉬	나 어떠니?
스텔라	예뻐.
유니스	(그대로 따라서) 예뻐요.
	(블랑쉬가 겁을 먹은 채 커튼 쪽으로 간다. 유니스가 그녀에게 커튼을 당겨 길을 터 준다. 블랑쉬가 부엌으로 들어간다.)
블랑쉬	(사내들에게) 일어나시지 마세요. 지나가기만 하면 되니까요.

(그녀가 재빨리 바깥문으로 간다. 스텔라와 유니스가 따라간다. 포커스꾼들이 엉거주춤 탁자에게 일어난다. ─미취만이 그대로 앉은 채 탁자를 내려다보고 있다. 블랑쉬가 문의 측면으로 해서 현관으로 나선다. 멈칫하고 서며 그녀의 숨이 멎는다.)

의사   안녕하세요.

블랑쉬   당신은 내가 기다리고 있던 분이 아니군요. (그녀가 갑자기 숨을 멈추며 층계를 되돌아 올라간다. 바로 문 밖에서 서있는 스텔라가 막아서자 놀란 듯한 작은 소리로 말한다.) 저 사람은 쉡 헌틀레이가 아냐.

(멀리서 「바아수비아나」 곡이 연주되고 있다.)

(스텔라가 블랑쉬를 돌아다본다. 유니스가 스텔라의 팔을 잡고 있다. 잠시 침묵이 흐른다─스탠리의 카드 섞어 치는 소리만 계속 들려온다.)

(블랑쉬가 다시 숨을 멈추고, 특유의 미소와 크고 광채가 나는 눈을 하고서 아파트 안으로 다시 슬쩍 들어온다. 언니가 그녀를 지나쳐 가자마자, 스텔라가 눈을 감으며 주먹을 꼭 쥔다. 유니스가 위로하듯 그녀를 껴안고 나서 자신의 아파트로 올라간다. 블랑쉬가 문에 들어서자마자 걸음을 멈춘다. 미취는 계속해서 탁자위에 놓여 있는 자기의 손을 내려다보고 있으며 다른 사내들은 호기심을 갖고 그녀를 쳐다본다. 마침내 그녀가 탁자를 돌아 침실로 가기 시작한다. 그러자 그녀를 막으려는 듯 스탠리가 의자를 뒤로 밀어 내고 일어난다. 간호부장이 그녀를 따라 아파트 안으로 들어온다.)

스탠리   뭘 잊었소?

블랑쉬   (째지는 듯한 목소리로) 네! 그래요, 잊은 게 있어요!

(그녀가 그를 지나쳐 재빨리 침실로 들어간다. 무시무시한 반사체가 기괴하고, 꾸불꾸불하게 벽 위에 나타난다. 「바아수비아나」 음악에 정글의 울음소리와 소음이 섞여 기괴한 소리의 변조가 흘러나온다. 블랑쉬가 자신을 방어하려 듯 의자의 등받이를 붙잡는다.)

스탠리   (낮은 목소리로) 의사 선생께서 들어가시는 게 좋겠소.

의사   (낮은 목소리로, 간호부장에게 몸짓을 하면서) 간호원. 데리고 나오시오.

(간호부장이 한쪽으로, 스탠리가 그 반대쪽으로 다가간다. 여성다운 부드러

움이라고는 하나도 없는 간호원은 수수한 옷을 입은 별나게 사학한 모습이다. 그녀의 목소리는 화재 때 울리는 벨소리처럼 두드러지고 음의 높낮이가 없다.)

간호부장 안녕, 블랑쉬

(그 인사말이 벽 뒤의 다른 이상한 소리들에 의해 마치 바위로 된 계곡에서 반향되듯 울리고 또 울린다.)

스탠리 잊은 게 있답니다.

(메아리가 위협적이고 나직하게 들린다.)

간호부장 괜찮아요.

스탠리 뭘 잊은 거요. 블랑쉬?

블랑쉬 난─ 난─

간호부장 그건 상관없어요. 나중에 우리가 가져갈 수도 있으니까요.

스탠리 맞아요. 옷 가방하고 그걸 함께 보낼 수도 있고 말이요.

블랑쉬 (공포에 질려 뒤로 물러나면서) 난 당신을 몰라요─ 난 당신을 모른단 말예요. 혼자 있고 싶고─ 싶어요. 제발!

간호부장 자, 블랑쉬!

메아리 (커졌다 작아졌다 한다.) 자, 블랑쉬─ 자, 블랑쉬─ 자, 블랑쉬!

스탠리 당신이 여기 남겨 놓은 거라고는 여기 저기 흘려 놓은 분가루하고 빈 향수가 전부야. 가져가려고 하는 게 호롱만 아니라면 말야. 호롱을 줄까?

(그가 화장대로 가서 호롱을 잡아 전구에서 뜯어 그녀에게 내민다. 그녀는 자신이 마치 호롱인 양 소리를 지른다. 간호부장이 도전적으로 블랑쉬에게 다가선다. 그녀가 비명을 지르며 간호 부장을 밀치고 지나가려한다. 사내들이 모두 자리에서 벌떡 일어난다. 스텔라가 현관으로 뛰어 나가고, 유니스가 그녀를 위로하기 위해 뒤따라 나간다. 그와 동시에 부엌에서 사내들이 당황해 두런거리는 소리가 들린다. 현관에서는 스텔라가 유니스에게 달려가 안긴다.)

스텔라   아아, 어쩌면 좋아, 저 좀 도와줘요, 유니스! 언니에게 저러지들 못
하게 해줘요, 언니를 해치지 못하게 좀 해주세요! 아아 하나님, 아아
하나님. 제발 언니를 해치지 마세요! 저 사람들 언니에게 무슨 짓들
을 하고 있는 거죠?

(그녀가 유니스의 팔에서 벗어나려 한다.)

유니스   안돼요, 안 돼, 안 돼. 여기 그냥 있어요. 안으로 들어가지 마세요.
나하고 있도록 해요. 보지 마.

스텔라   언니한테 무슨 짓을 한 거죠? 아아, 어쩌면 좋아, 내가 언니한테 무
슨 짓을 한 거죠?

유니스   옳은 일을 한 거예요. 그것밖엔 달리 방법이 없었잖우. 언니는 이곳
에 있을 수가 없었고 게다가 갈 만한 곳도 있는 게 아니잖아.

(스텔라와 유니스가 현관에서 얘기하는 동안 부엌에서 나는 사내들의 목소리
가 겹쳐진다. 미취가 침실 쪽으로 움직이기 시작한다. 스탠리가 그를 막기 위
해 간다. 스탠리가 그를 옆으로 밀친다. 미취가 달려들어 스탠리를 때린다.
스탠리가 미취를 밀어 젖힌다. 미취가 탁자에 엎드려 흐느낀다.)

(그동안 간호부장은 블랑쉬의 팔을 잡고 도망하지 못하게 한다. 블랑쉬가 다
짜고짜 돌아 서더니 간호부장을 할퀸다. 육중한 여인이 그녀를 꽉 붙잡는다.
블랑쉬가 쉰 목소리로 소리를 지르면서 주저앉는다.)

간호부장   이 손톱들을 좀 깎아야겠군, 그래. (의사가 방으로 들어온다. 그녀가 그
를 쳐다본다.) 재킷을 입힐까요, 선생님?

의사   필요하지 않으면 하지 말아요.

(그가 모자를 벗자 비인간적인 모습은 사라지고 인간다워진다. 블랑쉬에게
다가가 그 앞에서 몸을 굽히고 부드럽고 마음 놓게 하는 목소리로 말을 한
다. 그가 그녀의 이름을 부르자, 갖고 있던 두려움이 다소 가라앉는다. 무시
무시한 반사체가 벽 위에서 점점 흐려지고, 비인간적인 외침과 시끄러운 소
리들이 사라지고 그녀 자신의 목 쉰 외침도 조용해진다.)

의사   드보와 양. (그녀가 얼굴을 그에게 돌리고는 애원하는 듯한 눈초리로 그를

쳐다본다. 그가 웃고 나서 간호부장에게 말한다.) 그럴 필요까지는 없어.

블랑쉬 (약하게) 절 놓아 주라고 하세요.

의사 (간호부장에게) 놓아 줘요.

(간호부장이 그녀를 놓아 준다. 블랑쉬가 의사에게 손을 내민다. 그가 살그머니 그녀를 일으켜 부축해서는 커튼을 지나 데리고 간다.)

블랑쉬 (그의 팔을 꼭 잡고) 당신이 누구든 전 늘 낯선 사람들의 호의에 의존해서 살아 왔거든요.

(블랑쉬와 의사가 부엌을 지나 앞문으로 나갈 때 포커꾼들이 뒤로 물러난다. 그녀는 자신이 장님인 척 그가 인도하도록 내버려 둔다. 그들이 현관을 나설 때 스텔라가 몇 계단 위에 웅크리고 앉아 그녀 이름을 크게 부른다.)

스텔라 블랑쉬! 블랑쉬! 블랑쉬!

(블랑쉬가 스텔라가 있는 곳으로 내려와 아기를 그녀의 팔에 놓아준다. 아기는 엷은 청색 담요에 싸여 있다. 스텔라가 흐느끼며 아기를 받는다. 유니스가 아래층으로 내려가 부엌으로 들어간다. 그곳에서는 스탠리를 제외한 다른 사내들이 조용히 탁자의 자기 자리로 돌아가고 있다. 스탠리가 현관으로 나가 스탠리를 쳐다보면서 층계 최하단에 선다.)

스탠리 (약간 주저하면서) 스텔라?

(그녀가 거리낌 없이 울어댄다. 언니가 갔으므로 그녀가 완전히 울음에 빠져 있는 것은 사치스러운 면이 있다.)

스탠리 (관능적으로, 달래듯) 자, 여보. 자, 여보. 자, 자, 자, 사랑 (그가 그녀의 옆에 무릎을 꿇고 그의 손은 그녀의 블라우스에 열린 부분을 찾고 있다.) 자, 자. 사랑.

(사치스러운 울음과 관능적인 웅얼거림이 점점 커지는 블루스 음악과 약음기를 단 트럼펫 소리에 눌려 점점 작아진다.)

스티브 이번에는 세븐카드 스터드야

7-3. Our Town

ACT THREE

EMILY (*With mounting urgency.*) Oh, Mama, just look at me one minute as though you really saw me. Mama, fourteen years have gone by. I'm dead. You're a grandmother, Mama. I married George Gibbs, Mama. Wally's dead, too. Mama, his appendix burst on a camping trip to North Conway. We felt just terrible about it don't you remember? But, just for a moment now we're all together. Mama, just for a moment we're happy. Let's look at one another.

MRS. WEBB That in the yellow paper is something I found in the attic among your grandmother's things. You're old enough to wear it now, and I thought you'd like it.

EMILY And this is from you. Why, Mama, it's just lovely and it's just what I wanted. It's beautiful!

(*She flings her arms around her mother's neck. Her MOTHER goes on with her cooking, but is pleased.*)

MRS. WEBB Well, I hoped you'd like it. Hunted all over. Your Aunt Norah couldn't find one in Concord, so I had to send all the way to Boston.

(*Laughing.*)

Wally has something for you, too. He made it at natural

training class and he's very proud of it. Be sure you make a big fuss about it. Your father has a surprise for you, too; don't know what it is myself. Sh, here he comes.

MR. WEBB (*Off stage.*) Where's my girl? Where's my birthday girl?

EMILY (*In a loud voice to the stage manager.*) I can't. I can't go on. It goes so fast. We don't have time to look at one another.

(*She break? down sobbing. The lights dim on the left half of the stage. MRS. WEBB disappears.*)

I didn't realize. So all that was going on and we never noticed. Take me back up the hill to my grave. But first Wait! One more look.

Good-by, Good-by, world. Good-by, Grover's Corners······ Mama and Papa. Good-by to clocks ticking······ and Mama's sunflowers. And food and coffee. And new-ironed dresses and hot baths ·····and sleeping and waking up. Oh, earth, you're too wonderful for anybody to realize you.

(*She looks toward the stage manager and asks abruptly, through her tears:*)

Do any human beings ever realize life while they live it? every, every minute?

STAGE MANAGER No.

(*Pause.*)

The saints and poets, maybe they do some.

EMILY I'm ready to go back.

(*She returns to her chair beside Mrs. Gibbs. Pause.*)

MRS. GIBBS Were you happy?

EMILY   No I should have listened to you. That's all human beings are! Just blind people.

MRS. GIBBS   Look, it's clearing up. The stars are coming out.

EMILY   Oh, Mr. Stimson, I should have listened to them.

SIMON STIMSON   (*With mounting violence; bitingly.*) Yes, now you know. Now you know! That's what it was to be alive. To move about in a cloud of ignorance; to go up and down trampling on the feelings of those ·····of those about you. To spend and waste time as though you had a million years. To be always at the mercy of one self-centered passion, or another. Now you know that's the happy existence you wanted to go back to. Ignorance and blindness.

MRS. GIBBS   Spiritedly.

Simon Sdmson, that ain't the whole truth and you know it. Emily, look at that star. I forget its name.

A MAN AMONG THE DEAD   My boy Joel was a sailor, knew 'em all. He'd set on the porch evenings and tell 'em all by name. Yes, sir, wonderful!

ANOTHER MAN AMONG THE DEAD   A star's mighty good company.

A WOMAN AMONG THE DEAD   Yes. Yes, 'tis.

SIMON STIMSON   Here's one of them coming.

THE DEAD   That's funny. Tain't no time for one of them to be here. Goodness sakes.

EMILY   Mother Gibbs, it's George.

MRS. GIBBS   Sh, dear. Just rest yourself.

EMILY   It's George.

(*GEORGE enters from the left, and slowly comes toward them.*)

A MAN FROM AMONG THE DEAD   And my boy, Joel, who knew the stars he used to say it took millions of years for that speck o' light to git to the earth. Don't seem like a body could believe it, but that's what he used to say millions of years.

(*GEORGE sinks to his knees then falls full length at Emily's feet.*)

A WOMAN AMONG THE DEAD   Goodness! That ain't no way to behave!

MRS. SOAMES   He ought to be home.

EMILY   Mother Gibbs?

MRS. GIBBS   Yes, Emily?

EMILY   They don't understand, do they?

MRS. GIBBS   No, dear. They don't understand.

(*The STAGE MANAGER appears at the right, one hand on & dark curtain which he slowly draws across the scene. In the distance a clock is heard striking the hour very faintly.*)

STAGE MANAGER   Most everybody's asleep in Grover's Corners. There are a few lights on Shorty Hawkins, down at the depot, has just watched the Albany train go by. And at the livery stable somebody's setting up late and talking. Yes, it's clearing up. There are the stars doing their old, old crisscross journeys in the sky. Scholars haven't settled the matter yet, but they seem to think there are no living beings up there. Just chalk ····· or fire. Only this one is straining away, straining away all the time to make something of itself. The strain's so bad that every sixteen hours everybody lies down and gets a rest.

(*He winds his watch.*)

Hm······ Eleven o'clock in Grover's Corners. You get a good rest, too. Good night.

−THE END−

우리 읍내

에밀리　(점점 다급하게) 엄마, 잠깐 저 좀 보세요. 옛날처럼요. 벌써 14년이 흘렀어요. 전 죽었어요. 엄만 손주를 보셨고요. 전 조오지하고 결혼했어요. 월리도 죽었어요. 캠핑 갔다 맹장이 터져서요. 그때 얼마나 들 놀랬어요? 하지만 잠시 이렇게 다시 모였어요. 엄마, 잠시 동안 행복한 거예요. 그러니 서로 좀 쳐다보고 있자고요.

웹 부인　그 노란 종이로 싼 건 다락방에서 나온 건데 할머니가 입으시던 거야. 너한테 인제 맞을 거다. 어때, 맘에 들지?

에밀리　그리고 이건 엄마가 주시는 거죠? 얼마나 갖고 싶었다고요. 너무 예뻐요. (두 팔로 어머니의 목을 안는다. 웹 부인은 음식 만들기를 계속하면서도 기쁜 표정이다)

웹 부인　그래. 그럴 줄 알았다. 가게마다 온통 다 뒤졌지. 콩코드에 없어서 보스톤까지 갔다 왔어. 노라 아줌마가. (웃으며) 월리 선물도 있다. 공작 시간에 만들었다고 얼마나 자랑인지. 아빠도 뭘 사오셨는데, 뭔진 모르겠다. 쉿, 오신다.

웹　(무대 밖에서) 얘, 우리 이쁜이 어딨니?

에밀리　(무대감독에게 큰 소리로) 도저히, 더는 도저히, 너무 빨라요. 서로 쳐다볼 시간도 없어요.

（울음이 터진다. 왼쪽 무대 조명이 서서히 어두워진다. 웹 부인이 사라진다.）
몰랐어요. 모든 게 그렇게 지나가는데, 그걸 몰랐던 거예요. 데려다 주세요. 산마루 제 무덤으로요. 아, 잠깐만요. 한 번만 더 보고요. 안녕, 이승이여, 안녕. 우리 읍내도 잘 있어. 엄마, 아빠, 안녕히 계세요. 째깍거리는 시계도, 해바라기도 잘 있어. 맛있는 음식도, 커피도, 새 옷도, 따뜻한 목욕탕도, 잠자고 깨는 것도. 아, 너무나 아름다워 그 진가를 몰랐던 이승이여, 안녕.

(눈물을 흘리며 무대감독을 향해 불쑥 묻는다.)

무대감독 없죠.

(사이)

글쎄요, 성인들이나 시인들이라면 아마.

에밀리 자, 데려다 주세요.

(깁스 부인 옆의 자기 의자로 돌아간다.)

(사이)

깁스 부인 괜찮았니?

에밀리 아뇨······말씀을 들을 걸 그랬어요. 산다는 게, 다들 장님이더군요.

깁스 부인 날이 개는구나. 별 좀 보렴.

에밀리 (싸이먼에게) 괜히 갔었어요.

싸이먼 스팀슨 (점점 격렬하고 신랄하게) 그래요. 이제 아셨군. 산다는 게 그런 거였소. 무지의 구름 속을 헤매면서, 괜히 주위 사람들 감정이나 짓밟고, 마치 백만 년이나 살 듯 시간을 낭비하고, 늘 이기적인 정열에 사로잡히고. 그래, 행복한 생활이란 게, 다시 가보니 어떻습디까? 무지와 맹목과······

깁스 부인 (힘차게) 꼭 그렇지만도 않아요. 얘, 에미야, 저 별 좀 보렴. 이름이 뭐더라?

죽은 사람 중의 남자 우리 아들은 선원이었는데, 별이라면 훤했죠. 밤이면 문가에 앉아서 별 이름을 외곤 했어요. 굉장했답니다.

죽은 사람 중의 다른 남자 별만큼 좋은 친구도 없죠.

죽은 사람 중의 여자 그럼요.

싸이먼 스팀슨 산 인간이 또 하나 오는군.

죽은 사람　거 참, 이 시간에 웬일이람.

에밀리　어머니, 애비예요.

깁스 부인　쉬, 가만있어.

에밀리　애비요.

(조오지가 왼쪽에서 들어와 천천히 죽은 이들 쪽으로 다가온다.)

죽은 사람 중의 남자　우리 아들이 그러는데, 저 깜빡이는 빛이 지구까지 오려면 수백만 년이 걸린다는 거예요. 도무지 믿어지지 않는 얘기지만 그애 말이라니까요. 수백만 년이래요.

(조오지는 무릎을 꿇더니 에밀리 발 앞에 엎어진다.)

죽은 사람 중의 여자　세상에, 저게 무슨 짓이람.

쏘움즈 부인　집에 있지 않고.

에밀리　어머니.

깁스 부인　그래.

에밀리　다들 남의 맘을 몰라주는군요.

깁스 부인　그래. 그렇단다.

(무대 감독이 오른쪽에 나타나 한 손으로 검은 막을 잡고 천천히 무대를 가로지른다. 멀리서 시계 종소리가 희미하게 들린다.)

무대감독　우리 읍내에선 거의 다 잠이 들었습니다.

몇 군데만 불이 켜져 있군요.

기차역에선 자그마한 호킨스 씨가 올바니행 열차를 기다리는 중이고, 마차 세놓은 집에선 몇몇이 앉아 두런대고 있습니다.

네, 날이 갰습니다.

하늘엔 별이 총총합니다. 옛날부터 저 별들은 하늘을 이리저리 오가고 있습니다. 학자들도 아직 정확이 규명은 못했습니다만, 저 별들엔 생물이 안 산다고 믿는 것 같습니다. 그저 돌덩어리거나 ········아니면 불덩어리거나요.

하지만 이 지구만은 뭔가를 해보려고 쉬지 않고 움직입니다. 그게 너무 과해서 열여섯 시간이 지나면 꼭 한 번 누워서 쉬어야 하고 말입니다.

(시계의 태엽을 감는다.)

음, 벌써 열한 시가 됐습니다.

자, 여러분도 이제 쉬셔야죠. 안녕히들 돌아가십시오.

7-4. *Long Day's Journey into Night*

TYRONE   I'll kick you out in the gutter tomorrow, so help me God. (*But Jamie's sobbing breaks his anger, and he turrns and shakes his shoulder, pleading.*) Jamie, for the love of God, stop it!

Then Mary speaks, and they freeze into silence again, staring at her. She has paid no attention whatever to the incident. It is simply a part of the familiar atmosphere of the room, a background which does not touch her preoccupation; and she speaks aloud to herself, not to them.

MARY   I play so badly now, I'm all out of practice. Sister Theresa will give me a dreadful scolding. She'll tell me it isn't fair to my father when he spends so much money for extra lessons. She's quite right, it isn't fair, when he's so good and generous, and so proud of me. I'll practice everyday from now on. But something horrible has happened to my hands. The fingers have gotten so stiff—(*She lifts her hands to examine them with a frightened puzzlement.*) The knuckles are all swollen. They're so ugly. I'll have to go to the Infirmary and show Sister Martha. (*With a sweet smile of affectionate trust.*) She's old and a little cranky, but I love her just the same, and she has things in her medicine chest that'll cure anything. She'll give me something to rub on my hands, and tell me to pray to the Blessed Virgin, and they'll be well again in no time. (*She forgets her hands and comes into the room, the wedding gown trailing on the floor. She glances around vaguely, her forehead puckered again.*) Let me see. What did I come here to find? It's terrible, how absentminded I've become. I'm always dreaming and forgetting.

TYRONE (*In a stifled voice.*) What's that she's caring, Edmund?

EDMUND (*Dully.*) Her wedding gown, I suppose.

TYRONE Christ! (*He gets to his feet and stands directly in her path — in anguish.*)

Mary! Isn't it bad enough —? (*Controlling himself — gently persuasive.*) Here, let me take it, dear. You'll only step on it and tear it and get it dirty dragging it on the floor. Then you'd be sorry afterwards.

She lets him take it, regarding him from somewhere far away within herself, without recognition, without either affection or animosity.

MARY (*With the shy politeness of a well-bred young girl toward an elderly gentleman who relieves her of a bundle.*) Thank you. You are very kind. (*She regards the wedding gown with a puzzled interest.*) It's a wedding gown. It's very lovely, isn't it? (*A shadow crosses her face and she looks vaguely uneasy.*) I remember now. I found it in the attic hidden in a trunk. But I don't know what I wanted it for. I'm going to be a nun — that is, if I can only find — (*She looks around room, her forehead puckered again.*) What is it I'm looking for? I know it's something I lost. (*She moves back from Tyrone, aware of him now only as some obstacle in her path.*)

TYRONE (*In hopeless appeal.*) Mary! (*But it cannot penetrate her preoccupation. She doesn't seem to hear him. He gives up helplessly, shrinking into himself., even his defensive drunkeness taken from him, leaving him sick and sober. He sinks back on his chair, holding the wedding gown in his arms with unconscious clumsy, protective gentleness.)*

JAMIE *(Drops his hand from his face, his eyes on the table top. He has suddenly sobered up, too-dully.)* It's no good, Papa. *(He recites from Swinburne's "A Leave-taking" and does it well, simply but with a bitter sadness.)*

> "Let us rise up and part; she will not know.
>
> Let us go seaward as the great winds go,
>
> Full of blown sand and foam; what help is here?
>
> There is no help, for all these things are so,
>
> And all the world is bitter as a tear.
>
> And how these things are, though ye strove to show,
>
> She would not know."

MARY *(Looking around her.)* Something I miss terribly. It can't be altogether lost. *(She starts to move around in back of Jamie's chair.)*

JAMIE *(Turns to look up into her face — and cannot help appealing pleadingly in his turn.)* Mama! *(She does not seem to hear. He looks away hopelessly.)* Hell! What's the use? It's no good. *(He recites from "A Leave-taking" again with increased bitterness.)*

> "Let us go hence, my songs; she will not hear.
>
> Let us go hence together without fear;
>
> Keep silence now, for singing-time is over,
>
> And over all old things and all things dear.

> She loves not you nor me as all we love her.
>
> Yea, though we sang as angels in her ear,
>
> She would not hear."

MARY (*Looking around her.*) Something I need terribly. I remember when I had it I was never lonely nor afraid. I can't have lost it forever, I would die if I thought that. Because then there would be no hope. (*She moves like a sleepwalker, around the back of Jamie's chair, then forward toward left front, passing behind Edmund.*)

EDMUND (*Turns impulsively and grabs her arm. As he pleads he has the quality of a bewilderedly hurt little boy.*) Mama! It isn't a summer cold! I've got consumption!

MARY (*For a second he seems to have broken through to her. She trembles and her expression becomes terrified. She calls distractedly, as if giving a command to herself.*) No! (*And instantly she is far away again. She murmurs gently but impersonally.*) You must not try to touch me. You must not try to hold me. It isn't right, when I am hoping to be a nun.

He lets his hand drop from her arm. She moves left to the front end of the sofa beneath the windows and sits down, facing front, her hands folded in her lap, in a demure school girlish pose.

JAMIE (*Gives Edmund a strange look of mingled pity and jealous gloating.*) You damned fool. It's no good. (*He recites again from the Swinburne poem.*)

> "Let us go hence, go hence; she will not see.
>
> Sing all once more together; surely she,

She too, remembering days and words that were,

Will turn a little toward us, sighing; but we,

We are hence, we are gone, as though we had not

been there.

Nay, and though all men seeing had pity on me,

She would net see."

TYRONE (*Trying to shake off his hopeless stupor.*) Oh, we're fools to pay any attention. It's the damned poison. But I've never known her to drown herself in it as deep as this.

Gruffly Pass me that bottle, Jamie. And stop reciting that damned morbid poetry. I won't have it in my house!

Jamie pushes the bottle toward him. He pours a drink without disarranging the wedding gown the holds carefully over his other arm and on his lap, and shoves the bottle back. Jamie pours his and passes the bottle to Edmund, who, in turn, pours one. Tyrone lifts his glass and his sons follow suit mechanically, but before they can drink Mary speaks and they slowly lower their drinks to the table, forgetting them.

MARY (*Staring dreamily before her. Her face looks extraordinarily youthful and innocent. The shyly eager, trysting smile is on her lips as she talks aloud to herself.*) I had a talk with Mother Elizabeth. She is so sweet and good. A saint on earth. I love her dearly. It may be sinful of me but I love her better than my own mother. Because she always understands, even before you say a sord. Her kind blue eyes look right into your heart. You can't keep any secrets from her. You couldn't deceive her, even if you were mean enough to want to.

She gives a little rebellious toss of her head

    —with girlish pique.

All the same, I don't think she was so understanding this time. I told her I wanted to be a nun. I explained how sure I was of my vocation, that I had prayed to the Blessed Virgin to make me sure, and to find me worthy. I told Mother I had had a true vision when I was praying in the shrine of Our Lady of Lourdes, on the little island in the lake. I said I knew, as surely as I knew I was kneeling there, that the Blessed Virgin had smiled and blessed me with her consent. But Mother Elizabeth told me I must be more sure than that, even, that I must prove it wasn't simply my imagination. She said, if I was so sure, then I wouldn't mind putting myself to a test by going home after I graduated, and living as other girls lived, going out to parties and dances and enjoying myself; and then if after a year or two I still felt sure, I could come back to see her and we would talk it over again. (*She tosses her head—indignantly.*) I never dreamed Holy Mother would give me such advice! I was really shocked. I said, of course, I would do anything she suggested, but I knew it was simply a waste of time. After I left her, I felt all mixed up, so I went to the shrine and prayed to the Blessed Virgin and found peace again because I knew she heard my prayer and would always love me and see no harm ever came to me so long as I never lost my faith in her. (*She pauses and a look of growing uneasiness comes over her face. She passes a hand over her forehead as if brushing cobwebs from her brain—vaguely.*) That was in the winter of senior year. Then in the spring something happened to me. Yes, I remember. I fell in love with James Tyrone and was so happy for a time.

She stares before her in a sad dream. Tyrone stirs in his chair. Edmund and Jamie remain motionless.

— CURTAIN —

Tao House
September 20, 1940

밤으로의 긴 여로

티론　　내일이라도 당장 내쫓을 테니 그리 알아라. (그러나 제이미가 우는 것을 보고는 노여움을 삭히고 어깨를 흔들며 애원한다) 제발, 울지 마라! (이때 메어리가 입을 연다. 세 부자는 일제히 놀라서 입을 다물고 그녀를 쳐다본다. 그녀는 그때까지 일어났던 일에는 관심이 없다. 언제나 이 방에서 보는 광경의 하나로밖에 생각지 않는다. 말하자면 배경, 음악 같은 것이어서 자신을 잊어버리고 있는 그녀의 상태에는 영향을 미치지 않는 것이다. 마음속의 것을 세 사람에게 말하는 것이 아니라 자기 자신을 향해 말한다.)

메어리　　피아노가 많이 서툴러졌어. 연습을 통 했어야 말이지. 테레사 자매에게 야단맞겠어. 과외 레슨비로 많은 돈을 쓰시는 아버지한테 미안하지도 않느냐고 할 거야. 사실 그래. 얼마나 자상하시고 너그러우시고 나를 사랑하시는 아버지라고! 그분한테 미안해. 오늘부터는 매일같이 연습을 해야겠어. 하지만 정말 무서운 일이 생겼어. 내 손가락이 이렇게 딱딱해지다니······ (두 손을 들어 올려 난처한 듯이 불안하게 들여다본다) 보기 흉하게 관절이 다 부었어. 의무실에 가서 마서 자매에게 보여야지. (상냥한 미소 속에 신뢰의 감정을 품고) 연세가 많아 좀 이상한 분이지만 난 그 분이 좋아. 약상자 속에는 어떤 병이든지 고칠 수 있는 약을 항상 넣어 두고 계시거든. 손에 바르는 약을 주시곤 '자, 이제 마리아님께 기도해요, 그러면 금방 나을 테니' 이렇게 말씀하실 거야. (손에 관해서는 잊어버리고 옷을 끌면서 방안으로 들어온다. 여전히 뭔가를 골똘히 생각하느라 이마에 주름을 짓고 멍하니 돌아본다) 뭘 찾으러 왔더라? 왜 이렇게 정신이 흐려질까? 큰일이야. 밤낮 꿈만 꾸고 잊어버리기가 일쑤거든.

티론　　(숨 막히는 듯한 목소리로) 에드먼드야, 네 어머니 손에 들려 있는 게 뭐냐?

에드먼드 (힘없이) 웨딩드레스일 테죠.

티론 맙소사! (일어나서 아내의 길을 막고서 괴로워하며) 여보, 몸도 불편한데 이렇게······? (감정을 억제하며 부드럽게 타이른다) 자, 그걸 이리 줘요, 그렇게 질질 끌고 다니다간 밟혀서 찢어지기 십상이지 않소? 그러면 나중에 얼마나 서운하겠소.

(메어리는 보고도 알아보지 못한 듯 애정이나 증오도 없이 마음 속 깊은 곳을 바라보는 듯한 표정으로 잠자코 드레스를 남편에게 건네준다.)

메어리 (교양 있는 규수가 짐을 들어준 중년 신사에게 인사하듯이 수줍고 고분고분하게) 고맙습니다. 이렇게까지····· (신기한 눈빛으로 바라보며) 웨딩드레스, 정말 예쁘죠? (표정이 어두워진다. 웬지 모르게 불안한 표정이 된다) 생각해냈어요. 지붕 밑 방 트렁크 속에 있었어요. 하지만 뭐에 쓸지 나도 모르겠군요. 난 수녀가 돼요····· 그런데 그게 어디 있는지 눈에 띄지 않는군요. (다시 이맛살을 찌푸리며 방안을 돌아본다) 내가 뭘 찾고 있었더라? 뭘 잃어버린 것 같은데·····(티론을 보자 뒤로 물러난다. 그러나 자기가 가는 길 앞에 가로 놓인 장애물 정도로 밖에 생각지 않는다)

티론 (절망적으로 애원하며) 여보! (그러나 그의 목소리도 스스로 잊은 아내의 상태를 깨뜨리지 못한다. 그녀에게는 누구의 소리도 들리지 않는 것 같다. 티론은 할 수 없이 단념하고 자신을 엄호하던 취기에서 깨어나 움츠러든다. 어색하긴 하지만 아주 소중하게 두 손으로 드레스를 안고 의자에 푹 주저앉는다)

제이미 (얼굴을 가리고 있던 손을 떼고 테이블 위를 응시한다. 그 역시 술이 완전히 깨었다―힘없이) 아무 소용없어요, 아버지. (스원번의 〈이별〉이라는 시를 침통하게 읊는다.)

　　　　우리 모두 일어나 이별하세

　　　　그 여인 알지 못하니.

　　　　큰 바람인 듯이 우리 모두 바다로 가세

휘날리는 모래 있고, 거품 이는 바다로.

우리 무엇하러 여기 머무는가

인간만사가 그렇듯 모든 게 허사인데

이 세상 눈물처럼 밉도다.

세상 일 어찌하여 이러한지 가르친들 소용없도다.

그 여인 알고자 하지 않거늘.

메어리 (주의를 둘러보며) 큰일 났네, 그걸 잊어 버렸으니, 없어졌을 리가 없을 텐데. (제이미의 의자 뒤를 돌아보며 걷는다.)

제이미 (어머니의 얼굴을 돌아본 그도 아버지처럼 애원하지 않을 수 없다) 어머니! (어머니에겐 들리지 않는 듯하다. 제이미는 포기하고 외면해 버린다) 빌어먹을, 아무 소용없어! (아까보다 더 비통하게 〈이별〉의 노래를 계속 읊는다.)

우리 모두 이별하세

그 여인 듣지 않나니.

두려워하지 말고 우리 같이 떠나세.

노래 시간 끝났으니 입을 다물고,

지난 일과 그리운 일 끝났으니.

우리가 사랑하는 것처럼 그 여인 우리를 사랑하지 않노라.

정녕 그 여인의 귀에 천사처럼 노래했건만

그 여인 들으려 하지 않는도다.

메어리 (둘러보며) 꼭 있어야 할 텐데. 그것이 있을 땐 외롭지도 않고 불안하지도 않았어. 영원히 없어졌을 리는 없을 거야. 만일 그렇다면 죽어 버리고 싶어. 희망이 없어질 테니까. (제이미의 의자 뒤를 돌아 에드먼드의 뒤로 해서 좌측 앞으로 나온다. 마치 몽유병자 같은 걸음걸이다)

에드먼드 (충동적으로 몸을 돌려 어머니의 팔을 잡는다. 애원하는 그의 목소리에는 어리광을 피우려 화를 내는 소년 같은 데가 있다) 어머니, 여름 감기가 아녜요, 난 폐병이란 말예요.

메어리　(그 순간, 아들의 말소리가 마음을 찌른 것 같이 보인다. 몸이 떨리면서 두려움에 사로잡힌 듯한 표정이 된다. 자신에게 들려주듯이 마구 소리친다) 그렇지 않아! 그럴 리 없어. (그러나 갑자기 그녀의 마음은 멀어진다. 부드럽기는 하나 서먹서먹하게 속삭인다) 내 몸에서 손을 떼라. 날 잡으면 안 돼. 난 수녀가 되고 싶으니까 그러면 못쓴다. (에드먼드는 어머니의 팔에서 손을 뗀다. 어머니는 왼쪽 창 밑의 소파 끝에 가 앉아서 새침데기 여학생처럼 무릎 위에 두 손을 포갠채 앞쪽을 응시한다)

제이미　(시기심에 꼴좋다는 듯이, 그러나 곧 동정에 찬 눈길로 동생을 바라본다) 바보야. 소용없다니까. (다시 스윈번의 시를 읊는다)

우리 모두 가세 이별하세

그 여인에겐 보이지 않나니.

우리 한 번 더 노래하세

그 여인도 지난날과 옛 추억 떠올리고

우리를 향하여 한숨지으리니.

그러나 우리 모두 아무 일 없었던 듯 떠나가세, 사라지세.

모든 사람 우릴 불쌍히 여기거늘

그 여인 우릴 보려고도 하지 않네.

티론　(절망적인 기분을 털어 버리려고) 애써봤자 소용없다. 그놈의 마약 때문이야. 아무리 그렇다고 해도 이렇게 깊숙이 환상 속에 잠기다니, 처음 있는 일이구나. (무뚝뚝하게) 제이미야, 그 술병을 이리다오. 그리고 그 퇴폐적인 시는 그만 읊어. 이 집에선 금물이야.

(제이미는 아버지에게 술병을 밀어 준다. 티론은 한 팔과 무릎 위에 웨딩드레스를 조심스레 올려놓은 채 위스키를 따르고는 병을 다시 밀어놓는다. 제이미가 따르고 에드먼드에게 돌리자 에드먼드도 자기 몫을 따른다. 티론이 잔을 들어 올리자 두 아들도 따라서 올린다. 그러나 메어리가 말을 꺼내기 시작하자 세 부자는 차츰 잔을 내려 테이블 위에 놓는다.)

메어리　(몽롱한 눈빛으로 앞을 응시한다. 신기하게도 젊고 순진한 표정이 된다. 마음

속에 간직하고 있던 것을 말로 옮길 때 그녀의 입술에는 수줍고도 열성적인, 그리고 신뢰의 미소가 떠오른다) 자상하시고 친절하신 엘리자베드 원장님하고 상의했어요. 그분은 지상의 성자예요. 난 그분을 진심으로 사모해요. 죄가 될지도 모르지만 어머니보다도 더 사모해요. 글쎄 그분은 언제나 제가 말도 하기 전에 다 이해해 주시는 걸요. 그분의 푸른 눈은 마음속까지 들여다보시기 때문에 비밀을 숨겨둘 수가 없다구요. 아무리 비겁한 방법으로 속이려 해도 속일 수가 없어요. (약간 반항조로 머리를 흔들고 처녀같이 발끈하여) 그런데 이번엔 알아주시는 것 같지 않아요. 전 수녀가 되고 싶다고 말씀드렸어요. 천주님의 부르심을 믿는다고요. 자신이 생기도록, 가치 있는 사람이 되도록 마리아님께 기도했다고 말씀드렸어요. 호수 가운데의 조그만 섬에 있는 로데스 성당에서 기도했을 때 정말로 환영을 봤다고 원장님께 말씀드렸죠. 마리아님께서 미소를 지으시고 동의하시며 축복해 주셨다고요. 제가 무릎 꿇고 있었던 것을 분명히 기억하고 있는 것과 마찬가지로 그것을 확신한다고 말씀드렸죠. 그랬더니 원장님은, 단순한 공상이어서는 안 된다고 하시더군요. 그리고는 이렇게 말씀하셨어요······ '그렇게 자신이 있거든 졸업하고 집으로 돌아가서 다른 친구들과 같이 생활하고 파티나 무도회에도 참석해서 즐겁게 지내는 가운데 마음을 시험해 봐. 그렇게 일이년을 지내고 나서도 자신이 있거든 돌아와. 그때 다시 의논 하자꾸나' (고개를 번쩍 들고-흥분하여) 원장님께서 그렇게 말리지 않고 시키는 대로 다 하겠다고 다시 한 번 말씀드렸죠. 그렇지만 소용없다는 걸 알았어요. 원장님하고 작별하고 나서 머릿속이 뒤죽박죽이 되어 성당에 가서 마리아님께 기도했어요. 그랬더니 마음이 안정되더군요. 그건 물론 마리아님께서 내 기도를 들어주신 증거죠. 마리아님께 바치는 내 신앙이 없어지지 않는 한 그분은 언제나 날 사랑해 주시고 절대로

화를 당하지 않도록 돌보아 주시리라 확신했어요. (잠깐 사이, 불안한 기색이 차츰 얼굴에 드리워진다. 머리의 거미줄이라도 치워버리려는 듯이 한쪽 손으로 이마를 쓸고는-멍하니) 이건 졸업하는 해 겨울의 일이었어요. 그리고 봄이 되자 어떤 사건이 생겼어요. 그래요. 생각나는군요. 제임스 티론과 사랑에 빠져 얼마 동안은 행복했어요.

(그녀는 슬픈 꿈을 꾸듯 앞을 응시한다. 티론은 앉은 채 몸을 조금 꿈틀거린다. 에드먼드와 제이미는 움직이지 않는다.)

8 | 영국의 드라마

8-1. *Waiting for Godot*

ESTRAGON (*wild gestures, incoherent words. Finally.*) Why will you never let
me sleep?

VLADIMIR I felt lonely.

ESTRAGON I was dreaming I was happy.

VLADIMIR That passed the time.

ESTRAGON I was dreaming that—

VLADIMIR (*violently*). Don't tell me! (*Silence.*) I wonder is he really blind.

ESTRAGON Blind? Who

VLADIMIR Pozzo.

ESTRAGON Blind?

VLADIMIR He told us he was blind.

ESTRAGON Well what about it?

VLADIMIR It seemed to me he saw us.

ESTRAGON You dream it. (*Pause.*) Let's go. We can't. Ah! (*Pause.*) Are you srer it wasn't him?

VLADIMIR Who?

ESTRAGON Godot.

VLADIMIR But who?

ESTRAGON Pozzo.

VLADIMIR Not at all! (*Less sure*) Not at all! (*Still less sure.*) Not at all!

ESTRAGON I suppose I might as well get up. (*He gets up painfully.*) Ow! Didi!

VLADIMIR I don't know what to think any more.

ESTRAGON My feet! (*He sits down again and tries to take off his boots.*) Help me!

VLADIMIR Was I sleeping, while the others suffered? Am I sleeping now? To-morrow, when I wake, or think I do, what shall I say of to-day? That with Estragon my friend, at this place, until the fall of night, I waited for Godot? That Pozzo passed, with his carrier, and that he spoke to us? Probably. But in all that what truth will there be? (*Estragon, having struggled with his boots in vain, is dozing off again. Vladimir looks at him.*) He'll know nothing. He'll tell me about the blows he received and I'll give him a carrot. (*Pause.*) Astride of a grave and a difficult birth. Down in the hole, lingeringly, the grave-digger puts on the forceps. We have time to grow old. The air is full of our cries. (*He listens.*) But habit is a great deadener. (*He looks again at Estragon.*) At me too someone is looking, of me too someone is saying, He is sleeping, he knows nothing, let him sleep on. (*Pause.*) I can't go on! (*Pause.*) What have I said? (*He goes feverishly to and fro, halts finally at extreme left, broods. Enter Boy right. He halts. Silence.*)

BOY   Mister······ (*Vladimir turns.*) Mister Albert······

VLADIMIR   Off we go again. (*Pause.*) Do you not recognize me?

BOY   No Sir.

VLADIMIR   It wasn't you came yesterday.

BOY   No Sir.

VLADIMIR   This is your first time.

BOY   Yes Sir.

          Silence.

VLADIMIR   You have a message from Mr, Godot.

BOY   Yes Sir.

VLADIMIR   He won't come this evening.

BOY   No Sir.

VLADIMIR   But he'll come to-morrow.

BOY   Yes Sir.

VLADIMIR   Without fail.

BOY   Yes Sir

          Silence.

VLADIMIR   Did you meet anyone?

BOY   No Sir.

VLADIMIR Two other ·····(*he hesitates*)·····men?

BOY   I didn't see anyone, Sir.

         Silence.

VLADIMIR What does he do, Mr. Godot? (*Silence.*) Do you hear me?

BOY   Yes Sir.

VLADIMIR Well?

BOY   He does nothing, Sir.

         Silence.

VLADIMIR How is your brother?

BOY   He's sick, Sir.

VLADIMIR Perhaps it was he came yesterday.

BOY   I don't know, Sir.

         Silence.

VLADIMIR (*softly*). Has he a beard, Mr. Godot?

BOY   Yes Sir.

VLADIMIR Fair or·····(*he hesitates*)·····or black?

BOY   I think it's white, Sir.

         Silence.

VLADIMIR Christ have mercy on us!

         Silence.

BOY   What am I to tell Mr. Godot, Sir?

VLADIMIR Tell him·····(*he hesitates*)·····tell him you saw me and that
         ·····(*he hesitates*)·····that you saw me. (*Pause. Vladimir
         advances, the Boy recoils. Vladimir halts, the Boy halts. With sudden
         violence.*) You're sure you saw me, you won't come and tell

me to-morrow that you never saw me!

(*Silence. Vladimir makes a sudden spring forward, the Boy avoids him and exit running. Silence. The sun sets, the moon rises. As in Act I. Vladimir stands motionless and bowed. Estragon wakes, takes off his boots, gets up with one in each hand and goes and puts them down center front, then goes towards Vladimir.*)

ESTRAGON What's wrong with you?

VLADIMIR Nothing.

ESTRAGON I'm going.

VLADIMIR So am I.

ESTRAGON Was I long asleep?

VLADIMIR I don't know.

Silence.

ESTRAGON Where shall we go?

VLADIMIR Not far.

ESTRAGON Oh yes, let's go far away from here.

VLADIMIR We can't.

ESTRAGON Why not?

VLADIMIR We have to come back to-morrow.

ESTRAGON What for?

VLADIMIR To wait for Godot.

ESTRAGON Ah! (*Silence.*) He didn't come?

VLADIMIR No.

ESTRAGON And now it's too late.

VLADIMIR Yes, not it's night.

ESTRAGON And if we dropped him? (*Pause.*) If we dropped him?

VLADIMIR He'd punish us. (*Silence. He looks at the tree.*) Everything's
dead but the tree.

ESTRAGON (*looking at the tree.*) What is it?

VLADIMIR It's the tree.

ESTRAGON Yes, but what kind?

VLADIMIR I don't know. A willow.

> (*Estragon draws Vladimir towards the tree. They stand motionless
> before it. Silence.*)

ESTRAGON Why don't we hang ourselves?

VLADIMIR With what?

ESTRAGON You haven't got a bit of rope?

VLADIMIR No.

ESTRAGON Then we can't.

> *Silence.*

VLADIMIR Let's go.

ESTRAGON Wait, there's my belt.

VLADIMIR It's too short.

ESTRAGON You could hang on to my legs.

VLADIMIR And who'd hang on to mine?

ESTRAGON True.

VLADIMIR Show all the same. (*Estragon loosens the cord that holds up his
trousers which, mush too big for him, fall about his ankles. They look
at the cord.*) It might do at a pinch. But is it strong enough?

ESTRAGON We'll soon see. Here.

> (*They each take an end of the cord and pull. It vreaks. They almost
> fall.*)

VLADIMIR Not worth a curse.

   Silence.

ESTRAGON You say we have to come back to-morrow?

VLADIMIR Yes.

ESTRAGON Then we can bring a good bit of rope.

VLADIMIR Yes.

   Silence.

ESTRAGON Didi.

VLADIMIR Yes.

ESTRAGON I can't go on like this.

VLADIMIR That's what you think.

ESTRAGON If we parted? That might be better for us.

VLADIMIR We'll hang ourselves to-morrow. (*Pause.*) Unless Godot
   comes.

ESTRAGON And if he comes?

VLADIMIR We'll be saved.

   (*Vladimir takes off his hat (Lucky's), peers inside it, feels about
   inside it, shakes it, knocks on the crown, puts it on again.*)

ESTRAGON Well? shall we go?

VLADIMIR Pull on your trousers.

ESTRAGON What?

VLADIMIR Pull on your trousers.

ESTRAGON You want me to pull off my trousers?

VLADIMIR Pull ON your trousers.

ESTRAGON (*realizing his trousers are down.*) True.

   (*He pulls up his trousers.*)

VLADIMIR Well? Shall we go?

ESTRAGON Yes, let's go. (*They do not move.*)

−Curtain−

고도를 기다리며

에스트라곤 (거칠게 몸짓을 하며, 알 수 없는 말을 한다. 마침내) 왜 나를 자게 내버려
두지 않는 건가?

블라디미르 외로워서.

에스트라곤 행복한 꿈을 꾸었네.

블라디미르 그렇게 해서 시간을 보냈군.

에스트라곤 꿈을 꾸었네.

블라디미르 (격렬하게) 나에게 말 걸지 마! (침묵) 저 사람이 정말 장님일까 궁금
하네.

에스트라곤 장님이라고? 누가?

블라디미르 포조.

에스트라곤 장님이라고?

블라디미르 장님이라고 우리에게 말했네.

에스트라곤 그래서 어쨌단 말인가?

블라디미르 우리를 보는 것 같던데.

에스트라곤 자네 꿈을 꾸었군. (잠시 뒤에) 가세. 아, 갈 수 없네. (잠시 뒤에) 그
사람이 그이가 아닌 것이 확실한가?

블라디미르 누가?

에스트라곤 고도가.

블라디미르 그러나 누구?

에스트라곤 포조.

블라디미르 천만에 (자신이 없어지며) 천만에! (자신이 점점 없어지며) 천만에!

에스트라곤 나는 일어나 보겠네. (그는 고통스러워하며 일어난다.) 아흐! 디디!

블라디미르　더 이상 무슨 생각을 해야 할지 모르겠네.

에스트라곤　내 발! (그는 다시 앉아서 장화를 벗으려 한다.) 나 좀 도와주게！

블라디미르　다른 사람들이 고통 받고 있을 동안에 내가 잠을 잤었나? 내가 지금
　　　　　도 자고 있나? 내일 잠이 깨면 깬다고 생각한다면 오늘 일에 대해
　　　　　뭐라고 말하지? 내 친구인 에스트라곤과 함께 이 장소에서 밤이 올
　　　　　때까지 고도를 기다렸다고 할까? 포조가 하인을 데리고 길을 지나갔
　　　　　다고 할까? 그이가 우리에게 말을 걸었다고 할까? 아마 그렇게 얘기
　　　　　하겠지. 그러나 이 모든 것에 어떤 진실이 있을까? (에스트라곤은 장화
　　　　　를 가지고 헛수고를 한 후에 다시 졸고 있다. 블라디미르가 그를 쳐다본다.)
　　　　　저 친구는 아무것도 모를 거야. 저 친구는 내가 맞은 이야기를 할 것
　　　　　이고 내게 당근을 주겠지. (잠시 뒤에) 무덤 위에 걸터앉은 채 어렵게
　　　　　태어났지. 구멍 아래로 내려갈까 망설이는 무덤 파는 사람이 족집게
　　　　　를 갖고 있군. 우리는 늙으려면 아직 시간이 있어. 공중에 우리의 울
　　　　　음소리가 가득 차 있고. (그는 귀를 기울여 듣는다.) 그러나 습관이라고
　　　　　하는 것은 무지막지한 무감각 작용제지. (그는 다시 에스트라곤을 바라
　　　　　본다.) 누군가 나를 보기도 하고 나에 대해 이야기도 하는군. 그는 잠
　　　　　이 들고 아무것도 모르는군. 자게 내버려두어야지. (잠시 뒤에) 나는
　　　　　갈 수 없어! (잠시 뒤에) 내가 뭐라고 했지?
　　　　　(그는 흥분해서 왔다 갔다 한다. 마침내 무대 왼쪽 끝에서 멈춰 서서 생각한
　　　　　다. 소년이 오른쪽으로 입장한다. 멈춘다. 침묵)

소년　　　여보세요. (블라디미르가 돌아선다.) 알버트 씨.

블라디미르　다시 시작이군. (잠시 뒤에) 나를 알아보지 못하겠니?

소년　　　예.

블라디미르　어제 온 게 네가 아니었구나.

소년　　　예.

블라디미르　이번이 처음이구나.

소년   예.

블라디미르 그 분이 오늘밤에 오지 않는다던.

소년   예.

블라디미르 그러나 내일은 오시겠구나.

소년   예.

블라디미르 틀림없어.

소년   예.

(침묵.)

블라디미르 누구를 만났니?

소년   아니오.

블라디미르 다른 두- (그가 머뭇거린다.) - 사람?

소년   아무도 못 봤습니다.

(침묵)

블라디미르 고도 선생은 무얼 하고 계시니? (침묵) 내 이야기를 듣고 있는 거니?

소년   예.

블라디미르 그런데?

소년   아무 일도 안하십니다.

(침묵)

블라디미르 네 형은 어떠냐?

소년   아파요.

블라디미르 어제 온 게 아마 네 형이겠구나.

소년   모르겠습니다.

(침묵)

블라디미르 고도 선생은 수염을 기르니?

소년   예.

블라디미르 금색이냐-(머뭇거린다.)- 검은색이냐?

소년   흰색 같아요.

(침묵)

블라디미르   주여 우리에게 자비를 베푸소서!

(침묵)

소년   고도 선생님께 뭐라고 전할까요?

블라디미르   그분에게 – (머뭇거린다.) – 그분에게 나를 보았다고 전해라. – (머뭇거린다.) – 나를 보았다고. (잠시 뒤에 블라디미르는 앞으로 나가고 소년은 물러선다. 블라디미르가 멈추고 소년도 멈춘다. 갑자기 격렬하게) 너 나를 확실히 보았지, 내일 와서 나를 보지 못했다고 말 못하겠지 !

(침묵. 블라디미르는 갑자기 튀어나온다. 소년은 그를 피해서 뛰어서 퇴장한다. 침묵. 해가 지고 달이 뜬다. 1막에서처럼 블라디미르는 고개를 숙이고 움직이지 않는다. 에스트라곤은 잠이 깨서 장화를 벗는다. 한 손에 장화 하나씩을 들고 일어나서 무대 중앙 앞쪽에 장화를 내려놓는다. 그리고 블라디미르에게 간다.)

에스트라곤   어디 아픈가?

블라디미르   아닐세.

에스트라곤   나는 가겠네.

블라디미르   나도.

에스트라곤   내가 오래 잠잤나?

블라디미르   모르겠네.

(침묵)

에스트라곤   어디로 갈까?

블라디미르   멀지 않은 곳.

에스트라곤   됐네, 여기서 멀리 가버리세.

블라디미르   안 되네.

에스트라곤   왜?

블라디미르 내일 돌아와야만 하네.

에스트라곤 무슨 일 때문에?

블라디미르 고도를 기다리러.

에스트라곤 아! (침묵) 그이가 오지 않았나?

블라디미르 그래.

에스트라곤 이젠 너무 늦었네.

블라디미르 맞네. 지금은 밤이야.

에스트라곤 우리가 그이를 단념한다면? (잠시 뒤에) 우리가 그이를 단념한다면?

블라디미르 벌 받을 거야. (침묵. 그는 나무를 본다.) 나무 말고는 다 죽었어.

에스트라곤 (나무를 바라보며) 저것이 무엇인가?

블라디미르 나무야.

에스트라곤 그래, 그러나 어떤 종류의 나무인가?

블라디미르 잘 모르겠네. 버드나무.

      (에스트라곤은 블라디미르를 나무 있는 곳으로 이끈다. 그들은 나무 앞에서
      움직이지 않고 선다. 침묵)

에스트라곤 우리 목매달까?

블라디미르 무얼로?

에스트라곤 자네 끈 좀 가지고 있지 않나?

블라디미르 없어.

에스트라곤 그렇다면 목매달 수 없군.

      (침묵)

블라디미르 가세.

에스트라곤 잠깐만, 내 허리띠가 있네.

블라디미르 그것은 너무 짧네.

에스트라곤 자네는 내 다리에 매달리면 되네.

블라디미르 그러면 내 다리에는 누가 매달리지?

에스트라곤 참, 그래.

블라디미르 어쨌든 보여주게. (에스트라곤은 그에게 너무 커 보이는 바지를 매고 있는 끈을 푼다. 바지를 발목까지 내린다. 그들은 허리끈을 본다.) 위급한 상황에서는 충분하겠는데. 그러나 과연 튼튼할까?

에스트라곤 곧 알 수 있겠지, 자.

　　　　　　(그들은 끈을 양쪽에서 잡고 잡아당긴다. 끈이 끊어지며 그들은 넘어질 뻔한다.)

블라디미르 전혀 쓸모가 없군.

　　　　　　(침묵)

에스트라곤 내일 우리가 다시 돌아와야 한다고 했나?

블라디미르 그렇네.

에스트라곤 그때에 좋은 끈을 갖고 올 수 있겠지.

블라디미르 그래.

　　　　　　(침묵)

에스트라곤 디디.

블라디미르 응.

에스트라곤 나는 계속 이렇게는 살 수 없네.

블라디미르 그것은 자네 생각이네.

에스트라곤 우리가 헤어진다면? 그것은 우리에겐 더 나은 일일 걸세.

블라디미르 우리 내일 목매세. (잠시 뒤에) 고도가 오지 않는다면.

에스트라곤 그이가 온다면?

블라디미르 구원받겠지.

　　　　　　(블라디미르는 그가 쓰고 있던 럭키의 모자를 벗어서 안을 들여다보고 안쪽을 만지고 흔들고 모자 춤을 툭툭 건드리고 다시 모자를 쓴다.)

에스트라곤 그런데? 우리 갈까?

블라디미르 바지나 치키게.

에스트라곤 뭐라고?

블라디미르 바지나 치키라고.

에스트라곤 자네는 내가 바지를 벗었으면 하고 바라나?

블라디미르 바지를 치키라니까.

에스트라곤 (바지가 내려간 것을 깨닫고) 그래.

(그는 바지를 치킨다.)

블라디미르 그런데? 우리 갈까?

에스트라곤 그래, 가세. (그들은 움직이지 않는다.)

8-2. *As You Like It*

Act 4. Scene 1.

The forest.

Enter ROSALIND, CELIA, and JAQUES

JAQUES   I prithee, pretty youth, let me be better acquainted with thee.

ROSALIND They say you are a melancholy fellow.

JAQUES   I am so; I do love it better than laughing.

ROSALIND Those that are in extremity of either are abominable fellows and betray themselves to every modern censure worse than drunkards.

JAQUES   Why, 'tis good to be sad and say nothing.

ROSALIND Why then, 'tis good to be a post.

JAQUES   I have neither the scholar's melancholy, which is emulation, nor the musician's, which is fantastical, nor the courtier's, which is proud, nor the soldier's, which is ambitious, nor the lawyer's, which is politic, nor the lady's, which is nice, nor the lover's, which is all these but it is a melancholy of mine own, compounded of many simples, extracted from many objects, and indeed the sundry's contemplation of my travels, in which my often rumination wraps me m a most humorous sadness.

ROSALIND A traveller! By my faith, you have great reason to be sad I fear you have sold your own lands to see other men's; then, to have seen much and to have nothing, is to have rich eyes and poor hands.

JAQUES Yes, I have gained my experience.

ROSALIND And your experience makes you sad I had rather have a fool to make me merry than experience to make me sad; and to travel for it too!

Enter ORLANDO

ORLANDO Good day and happiness, dear Rosalind!

JAQUES Nay, then, God be wi' you, an you talk in blank verse.

Exit

ROSALIND Farewell, Monsieur Traveller look you lisp and wear strange suits, disable all the benefits of your own country, be out of love with your nativity and almost chide God for making you that countenance you are, or I will scarce think you have swam in a gondola. Why, how now, Orlando! where have you been all this while? You a lover! An you serve me such another trick, never come in my sight more.

ORLANDO My fair Rosalind, I come within an hour of my promise.

ROSALIND Break an hour's promise in love! He that will divide a minute into a thousand parts and break but a part of the thousandth part of a minute in the affairs of love, it may be said of him that Cupid hath clapped him o' the shoulder, but I'll warrant him heart-whole.

ORLANDO Pardon me, dear Rosalind.

ROSALIND Nay, an you be so tardy, come no more in my sight I had as lief be wooed of a snail.

ORLANDO Of a snail?

ROSALIND Ay, of a snail; for though he comes slowly, he carries his house on his head; a better jointure, I think, than you make a woman besides he brings his destiny with him.

ORLANDO What's that?

ROSALIND Why, horns, which such as you are fain to be beholding to your wives for but he comes armed in his fortune and prevents the slander of his wife.

ORLANDO Virtue is no horn-maker; and my Rosalind is virtuous.

ROSALIND And I am your Rosalind.

CELIA It pleases him to call you so; but he hath a Rosalind of a better leer than you.

ROSALIND Come, woo me, woo me, for now I am in a holiday humour and like enough to consent. What would you say to me now, an I were your very very Rosalind?

ORLANDO I would kiss before I spoke.

ROSALIND Nay, you were better speak first, and when you were gravelled for lack of matter, you might take occasion to kiss. Very good orators, when they are out, they will spit; and for lovers lacking—God warn us!—matter, the cleanliest shift is to kiss.

ORLANDO How if the kiss be denied?

ROSALIND Then she puts you to entreaty, and there begins new
matter.

ORLANDO Who could be out, being before his beloved mistress?

ROSALIND Marry, that should you, if I were your mistress, or I should
think my honesty ranker than my wit.

ORLANDO What, of my suit?

ROSALIND Not out of your apparel, and yet out of your suit. Am not
I your Rosalind?

ORLANDO I take some joy to say you are, because I would be talking
of her.

ROSALIND Well in her person I say I will not have you.

ORLANDO Then in mine own person I die.

ROSALIND No, faith, die by attorney. The poor world is almost six
thousand years old, and in all this time there was not any
man died in his own person, videlicit, in a love-cause.
Troilus had his brains dashed out with a Grecian club; yet
he did what he could to die before, and he is one of the
patterns of love. Leander, he would have lived many a fair
year, though Hero had turned nun, if it had not been for a
hot midsummer night; for, good youth, he went but forth
to wash him in the Hellespont and being taken with the
cramp was drowned and the foolish coroners of that age
found it was 'Hero of Sestos.' But these are all lies men

have died from time to time and worms have eaten them, but not for love.

ORLANDO I would not have my right Rosalind of this mind, for, I protest, her frown might kill me.

ROSALIND By this hand, it will not kill a fly. But come, now I will be your Rosalind in a more coming-on disposition, and ask me what you will. I will grant it.

ORLANDO Then love me, Rosalind.

ROSALIND Yes, faith, will I, Fridays and Saturdays and all.

ORLANDO And wilt thou have me?

ROSALIND Ay, and twenty such.

ORLANDO What sayest thou?

ROSALIND Are you not good?

ORLANDO I hope so.

ROSALIND Why then, can one desire too much of a good thing? Come, sister, you shall be the priest and marry us. Give me your hand, Orlando. What do you say, sister?

ORLANDO Pray thee, marry us.

CELIA I cannot say the words.

ROSALIND You must begin, 'Will you, Orlando —'

CELIA Go to. Will you, Orlando, have to wife this Rosalind?

ORLANDO I will.

ROSALIND Ay, but when?

ORLANDO Why now; as fast as she can marry us.

ROSALIND Then you must say 'I take thee, Rosalind, for wife.'

ORLANDO I take thee, Rosalind, for wife.

ROSALIND I might ask you for your commission; but I do take thee, Orlando, for my husband there's a girl goes before the priest; and certainly a woman's thought runs before her actions.

ORLANDO So do all thoughts; they are winged.

ROSALIND Now tell me how long you would have her after you have possessed her.

ORLANDO For ever and a day.

ROSALIND Say 'a day,' without the 'ever.' No, no, Orlando; men are April when they woo, December when they wed: maids are May when they are maids, but the sky changes when they are wives. I will be more jealous of thee than a Barbary cock-pigeon over his hen, more clamorous than a parrot against rain, more new-fangled than an ape, more giddy in my desires than a monkey I will weep for nothing, like Diana in the fountain, and I will do that when you are disposed to be merry; I will laugh like a hyen, and that when thou art inclined to sleep.

ORLANDO But will my Rosalind do so?

ROSALIND By my life, she will do as I do.

ORLANDO O, but she is wise.

ROSALIND Or else she could not have the wit to do this the wiser, the waywarder make the doors upon a woman's wit and it will out at the casement; shut that and 'twill out at the key-hole; stop that, 'twill fly with the smoke out at the chimney.

ORLANDO A man that had a wife with such a wit, he might say 'Wit, whither wilt?'

ROSALIND Nay, you might keep that cheque for it till you met your wife's wit going to your neighbour's bed.

ORLANDO And what wit could wit have to excuse that?

ROSALIND Marry, to say she came to seek you there. You shall never take her without her answer, unless you take her without her tongue. O, that woman that cannot make her fault her husband's occasion, let her never nurse her child herself, for she will breed it like a fool!

ORLANDO For these two hours, Rosalind, I will leave thee.

ROSALIND Alas! dear love, I cannot lack thee two hours.

ORLANDO I must attend the duke at dinner by two o'clock I will be with thee again.

ROSALIND Ay, go your ways, go your ways; I knew what you would prove my friends told me as much, and I thought no less that flattering tongue of yours won me 'tis but one cast away, and so, come, death! Two o'clock is your hour?

ORLANDO Ay, sweet Rosalind.

ROSALIND By my troth, and in good earnest, and so God mend me, and by all pretty oaths that are not dangerous, if you break one jot of your promise or come one minute behind your hour, I will think you the most pathetical break-promise and the most hollow lover and the most unworthy of her you call Rosalind that may be chosen out of the gross band of the unfaithful therefore beware my censure and keep your promise.

ORLANDO With no less religion than if thou wert indeed my Rosalind so adieu.

ROSALIND Well, Time is the old justice that examines all such offenders, and let Time try adieu.

Exit ORLANDO

CELIA You have simply misused our sex in your love-prate: we must have your doublet and hose plucked over your head, and show the world what the bird hath done to her own nest.

ROSALIND O coz, coz, coz, my pretty little coz, that thou didst know how many fathom deep I am in love! But it cannot be sounded my affection hath an unknown bottom, like the bay of Portugal.

CELIA Or rather, bottomless, that as fast as you pour affection in, it runs out.

ROSALIND No, that same wicked bastard of Venus that was begot of thought, conceived of spleen and born of madness, that blind rascally boy that abuses every one's eyes because his own are out, let him be judge how deep I am in love. I'll tell thee, Aliena, I cannot be out of the sight of Orlando I'll go find a shadow and sigh till he come.

CELIA And I'll sleep.

Exeunt

당신 좋으실 대로

제4막 1장

숲 속
로잘린드, 실리아, 제이퀴스 등장.

제이퀴스 여봐, 아름다운 청년, 나와 좀 친히 지내보자고.

로잘린드 당신은 우울한 분이라고들 하던데요.

제이퀴스 사실이야. 웃는 것보다 우울한 것이 난 더 좋거든.

로잘린드 어느 쪽도 지나친 분은 밉살스럽고, 주정꾼보다 더한 악평을 받는 법이예요.

제이퀴스 하지만 슬퍼하고 침묵을 지키는 건 좋은 건데.

로잘린드 그렇다면 기둥이 되는 것도 좋게요.

제이퀴스 내 우울증은 경쟁에서 오는 학자의 우울증은 아냐. 음악가의 미치광이 같은 그것도 아니오, 벼슬아치의 거만한 그것도 아니오, 군인의 야심적인 그것도 아니오, 변호사의 술책적인 그것도 아니오, 귀부인의 뾰로퉁한 그것도 아니오, 애인의 이 모든 것을 뒤범벅한 그것도 아니라, 온갖 물건에서 뽑아내 가지고 여러 요소로 되어 있는 나의 독특한 우울증인데, 사실 인생 여로의 갖가지 명상이랄까, 그 안에서 돌이켜 생각하면 난 곧잘 슬프디 슬픈 우울증에 쌓이고 만단 말이야.

로잘린드 나그네랄까요! 정말 당신은 슬퍼하실 이유가 많이 있어요. 당신은 자기 토지는 팔아 버리고 남의 토지나 바라보고 있는 사람 같아요.

그런데 바라만 보고 자기 것이 없어서는, 눈요기만 되고 손은 가난하지 뭐예요.

제이퀴스 아무렴, 덕분에 경험만 풍부해졌어.

올렌도가 다가온다.

로잘린드 글쎄 그 경험이 당신을 슬프게 해 놓은 거예요. 나 같으면 경험 때문에 슬퍼지느니보다는 차라리 바보라도 곁에 놔두고 쾌활해져 보고 싶어요…… 더구나 여행까지 해서 슬픔을 사다니!

올렌도 안녕하십니까, 잘 있었소. 로잘린드! (로잘린드가 아는 체하지 않는다.)

제이퀴스 아니 당신이 노래조로 말을 한다면 난 그만 하직하겠소. (제이퀴스는 돌아선다.)

로잘린드 안녕히 가세요, 나그네 양반. 말은 외국어조로 하고 옷은 기묘한 것을 입으시구료. 그리고 제 나라의 좋은 점을 실컷 욕이나 하고, 모국에 태어난 일을 한탄하고, 자기 생김새에 대해서 하느님까지라도 욕을 하시구료. 안 그러면 곤돌라에 타 보셨다는 인정을 안 해 드릴 테니까요…… (이젠 멀어져 제이퀴스 귀에는 들리지 않는다.) 어머, 올렌도 님이시네!

그동안 어디에 가 있었어요? 그래도 애인이라고요! 한번만 더 이렇게 나를 끓려 주시려거든, 다신 눈앞에 나타나지 말아요.

올렌도 아름다운 로잘린드, 약속보다 채 한 시간도 늦지 않았소.

로잘린드 사랑의 약속을 한 시간이나 어기시다뇨? 일 분을 천으로 나누어 가지고, 그 천분의 일분이라도 사랑의 일에서 어기는 남자라면 쿠피드한테 어깨를 맞았을 정도지, 정말이지 심장은 멀쩡한 거예요.

올렌도 용서해 달라, 로잘린드.

로잘린드 싫어요. 그렇게 늦게 오시려거든, 이젠 눈앞에 나타나지 말아요. 차라리 달팽이한테 구애받는 편이 나으니까요.

올렌도 달팽이한테?

로잘린드　그래요, 달팽이한테요. 달팽인 오는 건 느리지만 머리에 집을 이고 오잖아요. 글쎄 그건, 당신이 여자에게 해 주는 재산보다 나을 것 같아요. 게다가 달팽인 제 운명까지 가지고 오거든요.

올렌도　아니, 뭐 말이지? (로잘린드는 앉는다.)

로잘린드　글쎄 말뿐이에요. 당신 같은 분이 부실한 부인 덕택에 돋쳐 가지고 좋아하실 물건 말예요. 그러나 달팽인 제 운명을 미리 지니고 오니까, 아내 때문에 욕을 볼 것도 없지요.

올렌도　정숙한 여자는 뿔을 돋치게 하지 않아. (생각에 잠겨서) 글쎄 내 로잘린드는 정숙하거든.

로잘린드　음, 내가 당신의 로잘린드예요. (올렌도의 목을 감는다.)

실리아　저분은 정말 로잘린드라고 불러보고 싶을 거예요. 하지만 저분의 로잘린드는 좀 더 잘생겼어요.

로잘린드　자, 그럼 구애해 보세요, 네. 난 지금 기분이 참 좋고, 금방 응할 것만 같아요……

만약 내가 정말 당신의 로잘린드라면, 무슨 말부터 하시겠어요.

올렌도　말보다 먼저 키스를 할 테야.

로잘린드　아녜요. 먼저 말을 하시는 게 좋을 거예요. 그리고 할 얘기가 없어 난처해지면 그 기회에 키스를 하실 수 있잖아요. 훌륭한 웅변가는 말문이 막히면 침을 뱉는답니다. 연인들이…… 하느님, 보호해 주십시오!…… 말문이 막히면, 키스를 하는 것이 가장 좋은 모면책이에요.

올렌도　만약 키스를 거절당하면?

로잘린드　그러면 당신은 애원하게 될 것이고, 따라서 새로 할 말이 생기지요.

올렌도　애인 앞에서 말문이 막히는 남자도 있을까?

로잘린드　글쎄 내가 당신 애인이라 치고, 당신이 그래 주었으면 싶어요. 안 그러시면 내 지혜가 내 얌전함에게 지는 셈이 될 테니까요.

올렌도   그런데 내 의향은?

로잘린드   의복은 근사하셔도 사랑의 의향은 좀 난처해요……그래 난 당신의
              로잘린드가 아닌가요?

올렌도   그렇다고 해 두는 것도 조금은 기쁘지, 그녀 얘기를 하는 것이 되니
              말이오.

로잘린드   천만의 말씀, 죽으시려거든 대신 죽으세요. 이 가엾은 세상은 개벽
              이래 거의 육천 년이나 됐지만 그 동안 당사자가 사랑 때문에 죽은
              일은 한 번도 없었어요, 글쎄 사랑 때문에 죽은 일은 말예요. 트로일
              러스는 크레시더에 대한 실연 때문에 죽은 것이 아니라 희랍인의 몽
              둥이에 맞아 죽은 것이에요. 그래도 그분은 죽어도 좋을 만큼 할 짓
              은 했으니까, 연애의 표본은 한사람인 거예요. 리앤더를 보더라도
              그 무더운 여름밤만 아니었더라면, 히로우가 수녀가 되건 말건 더
              오래 살았을 거예요. 글쎄, 그 젊은이는 헬레스폰트에 수영을 하러
              가서 쥐가 나서 죽은 것인데, 당대의 어리석은 역사가들은 '세스토스
              의 히로우' 때문에 죽었다고 해 놨거든요……하지만 다 거짓말이에
              요. 자고로 남자들이 죽어서 구더기의 밥이 되어 왔지만 사랑 때문
              에 죽은 남자는 한 명도 없어요.

올렌도   나의 진짜 로잘린드는 그런 마음이 아니길 바라오. 정말이지 그녀가
              얼굴만 찌푸려도 난 죽을 것이니 말이야.

로잘린드   이 손에 두고 맹세하지만, 얼굴을 찌푸려도 파리 한 마리 죽지 않아
              요…… (바싹 다가오면서) 그럼, 이제 좀 더 은근한 기분의 로잘린드
              가 돼 드릴게요. 자 뭐든 청하세요, 들어 드리겠어요.

올렌도   그럼 나를 사랑해 주오, 로잘린드.

로잘린드   예, 사랑해 드리죠. 금요일이나 토요일이나 어느 날에나.

올렌도   그리고 나를 남편으로 삼아 주시겠소?

로잘린드   예, 스무 명 분이라도요.

올렌도	뭐라고요?
로잘린드	당신은 좋은 분 아니신가요?
올렌도	그렇게 생각하고 있습니다만.
로잘린드	좋은 분이시라면 얼마든지 탐내도 괜찮을 것 아녜요? (일어서면서 실리아 보고) 얘, 동생아, 네가 목사님 대신 주례를 좀 서다오…… 손을 이리 주세요, 올렌도…… 왜 그러니, 동생아?
올렌도	제발 주례 좀 서 주시오.
실리아	영 말이 안 나오는 걸요.
로잘린드	'올렌도, 그대는'…… 하고 시작하면 돼.
실리아	자, 그럼…… 올렌도, 그대는 이 로잘린드를 아내로 맞이하겠는가?
올렌도	예.
로잘린드	하지만 언제?
올렌도	주례만 서준다면 당장에.
로잘린드	그럼, 이렇게 말씀하셔야 해요. '로잘린드, 나는 그대를 아내로 맞이하겠소.' 라고요.
올렌도	로잘린드, 나는 그대를 아내로 맞이하겠소.
로잘린드	난 당신의 그 권리를 물어야 할 것이지만, 아무튼 올렌도, 전 당신을 남편으로 맞이하겠어요…… 이건 색시가 목사님보다 앞질러 가네! 하지만 확실히 여자의 사념은 행동보다 앞질러 달리거든요.
올렌도	하루도 빼지 않고.
로잘린드	'영원히'는 빼고, '하루'만이라고 말씀하세요…… 아냐, 아냐 올렌도. 남자는 구애할 때는 사월 같지만, 결혼하고 나면 섣달이에요. 처녀도 처녀 때는 오월 같지만 아내가 되고 나면 하늘빛은 변하지요…… 난 바바리 지방의 암비둘기가 수비둘기를 시기하는 것보다 더 심하게 시기할 테에요. 비(雨)를 예고하는 앵무새보다 더 시끄럽게 떠들테에요. 꼬리 없는 원숭이보다 더 한층 욕정에 넋을 잃을 테에요. 그

리고 분수의 다이애나처럼 아무것도 아닌 일에 울어댈 테에요. 더구나 당신이 쾌활해질 무렵을 기다려 울을 테에요. 그리고 당신이 졸리운 기회를 기다려 하이에나같이 웃어댈 테에요.

올렌도 하지만 로잘린드가 설마 그러려고?

로잘린드 이 목숨에 두고 단언하지만 그렇게 할 거예요, 나같이.

올렌도 아, 하지만 그녀는 총명한 여자란 말이오.

로잘린드 총명하지 않으면 저만한 짓을 할 머리조차 없게요. 여자는 총명할수록 변덕이 심한 법이에요. 여자의 총명에다 문을 해 달아 보세요, 창으로 튀어나올 거예요. 창을 닫아 보세요, 자물쇠 구멍으로 튀어나올 거예요. 그걸 막아 보세요, 연기와 함께 굴뚝으로 날아 나올 거예요.

올렌도 그렇게 총명한 아내를 얻은 남자는 '총명아, 너 어디로 가느냐?'고 물어야겠군.

로잘린드 아니에요, 그런 다짐은 하실 필요 없으실 거예요. 당신 부인의 총명이 이웃 사람의 이부자리로 가는 것을 보기 전에는 말예요.

올렌도 그럼 그땐 그 총명은 무슨 총명을 써서 변명할 수 있을까요?

로잘린드 그야, 그리로 당신을 찾으러 와 본 거라고 하겠죠…… 혀가 없는 여자가 아닌 이상, 대꾸 없이 현장에서 잡히지 않을 테니까요. 오, 자기 죄를 남편에게 뒤집어씌울 줄도 공격할 줄도 모르는 여자에게는 자식을 기르지 말게 해야 해요. 그런 여자는 자식을 바보같이 기를 테니까요.

올렌도 로잘린드, 두 시간쯤 어디를 다녀올까 하는데요.

로잘린드 어머나 당신, 두 시간이나 헤어져 있을 순 없어요!

올렌도 난 공작님 식사에 가봐야 해요. 두 시간 후에 다시 돌아오겠어요.

로잘린드 예, 가시구려, 당신이 어떤 분인지 이제 알았어요. 그럴 거라고 친구들한테 얘기도 들었어요. 나 역시 그렇다고 생각했어요. 당신의 감언에 속았어요. 이제 하나의 여자가 버림받은 것 뿐이에요. 아, 죽고 싶어라……두 시간이라고요?

올렌도 그래요, 로잘린드.

로잘린드 정말, 진정 신에 두고, 그리고 위험성 없는 온갖 그럴듯한 맹세에 두고, 만약 당신이 눈곱만큼이라도 약속을 어기거나 일 분만이라도 시간에 늦게 오면, 이렇게 생각할 테에요. 당신은 부실한 사람들 중에서도 가장 대담한 약속파괴자, 가장 허무맹랑한 연인, 당신이 로잘린드라고 부르는 그 여자에게 가장 알맞지 않은 사람이라고 말예요. 그러니 저의 비난을 명심하시고, 약속을 지키세요.

올렌도 나의 진짜 로잘린드인 경우처럼 약속은 꼭 지키겠소.

8-3. *Macbeth*

Act 3. Scene 4.

The same. Hall in the palace.

A banquet prepared. Enter MACBETH, LADY MACBETH, ROSS, LENNOX, Lords, and Attendants

MACBETH You know your own degrees; sit down at first

And last the hearty welcome.

Lords Thanks to your majesty.

MACBETH Ourself will mingle with society,

And play the humble host.

Our hostess keeps her state,

but in best time We will require her welcome.

LADY MACBETH Pronounce it for me, sir, to all our friends;

For my heart speaks they are welcome.

(*First Murderer appears at the door*)

MACBETH See, they encounter thee with their hearts' thanks.

Both sides are even here I'll sit i' the midst:

Be large in mirth; anon we'll drink a measure

The table round. (*Approaching the door*)

There's blood on thy face.

First Murderer 'Tis Banquo's then.

MACBETH 'Tis better thee without than he within.

        Is he dispatch'd?

First Murderer My lord, his throat is cut; that I did for him.

MACBETH Thou art the best o' the cut-throats yet he's good

        That did the like for Fleance if thou didst it,

        Thou art the nonpareil.

First Murderer Most royal sir, Fleance is 'scaped.

MACBETH Then comes my fit again I had else been perfect,

        Whole as the marble, founded as the rock,

        As broad and general as the casing air:

        But now I am cabin'd, cribb'd, confined, bound in

        To saucy doubts and fears. But Banquo's safe?

First Murderer Ay, my good lord safe in a ditch he bides,

        With twenty trenched gashes on his head;

        The least a death to nature.

MACBETH Thanks for that: There the grown serpent lies; the worm

        that's fled

        Hath nature that in time will venom breed,

        No teeth for the present. Get thee gone to-morrow

        We'll hear, ourselves, again. (*Exit Murderer*)

LADY MACBETH My royal lord,

        You do not give the cheer: the feast is sold

        That is not often vouch'd, while 'tis a-making,

        'Tis given with welcome to feed were best at home;

        From thence the sauce to meat is ceremony;

Meeting were bare without it.

MACBETH Sweet remembrancer!

Now, good digestion wait on appetite,

And health on both!

LENNOX May't please your highness sit.

The GHOST OF BANQUO enters, and sits in MACBETH's place

MACBETH Here had we now our country's honour roof'd,

Were the graced person of our Banquo present;

Who may I rather challenge for unkindness

Than pity for mischance!

ROSS His absence, sir,

Lays blame upon his promise. Please't your highness

To grace us with your royal company.

MACBETH The table's full.

LENNOX Here is a place reserved, sir.

MACBETH Where?

LENNOX Here, my good lord. What is't that moves your highness?

MACBETH Which of you have done this?

Lords What, my good lord?

MACBETH Thou canst not say I did it never shake Thy gory locks at
me.

ROSS Gentlemen, rise his highness is not well.

LADY MACBETH Sit, worthy friends my lord is often thus,

And hath been from his youth pray you, keep seat;

The fit is momentary; upon a thought

He will again be well if much you note him,

You shall offend him and extend his passion:

Feed, and regard him not. Are you a man?

MACBETH Ay, and a bold one, that dare look on that

Which might appal the devil.

LADY MACBETH O proper stuff!

This is the very painting of your fear:

This is the air-drawn dagger which, you said,

Led you to Duncan. O, these flaws and starts,

Impostors to true fear, would well become

A woman's story at a winter's fire,

Authorized by her grandam. Shame itself!

Why do you make such faces? When all's done,

You look but on a stool.

MACBETH Prithee, see there! behold! look! lo!

how say you?

Why, what care I? If thou canst nod, speak too.

If charnel-houses and our graves must send

Those that we bury back, our monuments

Shall be the maws of kites.

GHOST OF BANQUO vanishes

LADY MACBETH What, quite unmann'd in folly?

MACBETH If I stand here, I saw him.

LADY MACBETH Fie, for shame!

MACBETH Blood hath been shed ere now, i' the olden time,

Ere human statute purged the gentle weal;

Ay, and since too, murders have been perform'd

Too terrible for the ear the times have been,

That, when the brains were out, the man would die,

And there an end; but now they rise again,

With twenty mortal murders on their crowns,

And push us from our stools this is more strange

Than such a murder is.

LADY MACBETH My worthy lord, Your noble friends do lack you.

MACBETH I do forget.

Do not muse at me, my most worthy friends,

I have a strange infirmity, which is nothing

To those that know me. Come, love and health to all;

Then I'll sit down. Give me some wine; fill full.

I drink to the general joy o' the whole table,

And to our dear friend Banquo, whom we miss;

Would he were here! to all, and him, we thirst,

And all to all.

Lords   Our duties, and the pledge.

Re-enter GHOST OF BANQUO

MACBETH Avaunt! and quit my sight! let the earth hide thee!

Thy bones are marrowless, thy blood is cold;

Thou hast no speculation in those eyes

Which thou dost glare with!

LADY MACBETH Think of this, good peers,

But as a thing of custom 'tis no other;

Only it spoils the pleasure of the time.

MACBETH What man dare, I dare:

Approach thou like the rugged Russian bear,

The arm'd rhinoceros, or the Hyrcan tiger;

Take any shape but that, and my firm nerves

Shall never tremble or be alive again,

And dare me to the desert with thy sword;

If trembling I inhabit then, protest me

The baby of a girl. Hence, horrible shadow!

Unreal mockery, hence!

(*GHOST OF BANQUO vanishes*)

Why, so: being gone, I am a man again. Pray you, sit still.

LADY MACBETH You have displaced the mirth, broke the good meeting,

With most admired disorder.

MACBETH Can such things be,

And overcome us like a summer's cloud,

Without our special wonder? You make me strange

Even to the disposition that I owe,

When now I think you can behold such sights,

And keep the natural ruby of your cheeks,

When mine is blanched with fear.

ROSS   What sights, my lord?

LADY MACBETH I pray you, speak not; he grows worse and worse;

Question enrages him. At once, good night:

Stand not upon the order of your going,

But go at once.

LENNOX   Good night; and better health Attend his majesty!

LADY MACBETH A kind good night to all!

Exeunt all but MACBETH and LADY MACBETH.

MACBETH It will have blood; they say, blood will have blood:

Stones have been known to move and trees to speak;

Augurs and understood relations have

By magot-pies and choughs and rooks brought forth

The secret'st man of blood. What is the night?

LADY MACBETH Almost at odds with morning, which is which.

MACBETH How say'st thou, that Macduff denies his person

At our great bidding?

LADY MACBETH Did you send to him, sir?

MACBETH I hear it by the way; but I will send:

There's not a one of them but in his house

I keep a servant fee'd. I will to-morrow,

And betimes I will, to the weird sisters:

More shall they speak; for now I am bent to know,

By the worst means, the worst. For mine own good,

All causes shall give way I am in blood

Stepp'd in so far that, should I wade no more,

Returning were as tedious as go o'er:

Strange things I have in head, that will to hand;

Which must be acted ere they may be scann'd.

LADY MACBETH You lack the season of all natures, sleep.

MACBETH Come, we'll to sleep. My strange and self-abuse

Is the initiate fear that wants hard use:

We are yet but young in deed.

맥베드

제3막 4장

맥베드 각기 신분대로 착석하시오. 다 잘 오셨소.

귀족 일동 황공하옵니다.

맥베드 과인도 같이 어울려서 겸손하게 주인 노릇을 하겠소. (맥베드 내려온다.) 안주인은 정좌해 있지만, 곧 환영인사를 하게 하겠소.

맥베드 부인 폐하께서 저를 대신하여 여러분께 인사말을 전하세요. 저는 충심으로 여러분을 환영하고 있으니까요.

맥베드 자, 보시오, 일동이 진심으로 답례를 하는구려. 양쪽 좌석이 같군. (빈 좌석을 손가락질하면서) 나는 여기 앉겠소. 실컷 즐기시오. 이제 곧 축배를 돌리시오. (입구의 자객에게) 네 낯에 피가.

자객 뱅코우의 피입니다.

맥베드 그 피가 그자 체내에 있지 않고 네 낯에 묻어 있어 다행이다. 그래, 해치웠느냐?

자객 예, 목을 잘랐습니다. 제가 했습죠.

맥베드 너는 멱따는 명수구나! 하지만 플리언스를 처치한 자도 훌륭하렷다. 그것도 네가 했다면, 넌 천하의 명수로다.

자객 폐하, 플리언스는 달아나 버렸습니다.

맥베드 그렇다면 내 발작은 재발하렷다. 그놈마저 처치해 주었던들 나는 안전할 것을. 대리석같이 완전하고, 암석같이 견고하고, 넓은 대기같이 자유로울 것이 아니냐. 하지만 이제 나는 작은방 안에 유폐 감금되어 분하게도 의혹과 공포에 결박당하게 되었구나. 그러나 뱅코우

만은 틀림없이 해치웠겠지?

자객 예, 틀림없이 도랑 속에 뻗어 있습니다. 머리통에 스무 군데나 깊은 상처를 입고서요. 그 가장 작은 상처만으로도 목숨이 무사하진 못합죠.

맥베드 아, 수고했다. 아비뱀은 뻗었구나. 달아난 새끼 뱀은 미구에 독을 지니게 되겠지만 지금 당장은 독아(毒牙)가 없다. 그만 물러가라, 내일 다시 얘기를 하자. (자객 퇴장.)

맥베드 부인 폐하, 환대가 부족합니다. 축연에서는 식사 도중 자주 환대의 뜻을 표시하지 않으면 사 먹는 것이나 다름없어요. 그저 먹는 것이라면 자기네 집이 제일이지요. 자기네 집과 다른 양념은 환대가 아니겠어요. 환대 없는 회식은 무의미합니다.

맥베드 참 그렇구려! 다들 많이 자시고 잘 소화시키시오. 식욕과 소화력이 다 왕성하시기를!

레넥스 폐하께서도 착석하시옵소서.

맥베드 이제 전국의 고관대작이 한자리에 모였구려. 저 훌륭한 뱅코우 장군만 결석하고. 그러나 차라리 그분의 무성의를 책하게 되었으면 좋겠소만, 혹시 무슨 재앙이라도 있는 게 아닌지 염려가 되는구려.

로스 그분의 결석은 약속 위반입니다. 황공하오나 폐하께서도 같이 착석하여 주시옵소서.

맥베드 좌석이 다 차 있는데.

로스 여기 마련돼 있습니다.

맥베드 어디?

레넥스 여기 있습니다.……아니, 폐하께서는 왜 그렇게 놀라십니까?

맥베드 누가 이러한 장난을 해놓았어?

귀족 일동 뭘 말씀입니까?

맥베드 (유령에게) 나보고 했단 말인가? 그 피투성이 머리털을 이쪽에 대고 흔들지 마라. (맥베드 부인, 좌석에서 일어선다.)

로스　여러분, 일어납시다. 폐하께서는 불편하신 모양입니다.

맥베드 부인　(걸어내려 오면서) 여러분, 앉으세요. 폐하께는 이런 일이 가끔 계십니다. 젊을 때부터 있던 일입니다. 다 그냥 앉아 계세요. 이 병은 일시적입니다. 곧 나으십니다. 유심히 바라보고 있으면 도리어 심해져서 병을 오래 끌게 됩니다. 어서 잡수세요. 염려 마시고. (맥베드에게) 당신은 대장부 아니세요?

맥베드　암, 대단한 사나이지. 악마가 질겁할 물건도 노려볼 수 있는.

맥베드 부인　어마, 참 장하시네! 그건 마음의 불안에서 생긴 환상이에요. 공중에 떠서 왕의 침소로 안내했다는 저 환상의 단검 같은 거예요. 아, 그런 발작증은 진짜 불안에 비하면 가짜라고 할까, 겨울날 화롯가에서 아낙네가 할머니에게 들었던 얘기를 지껄이는 것하고나 어울려요…… 원, 창피하게시리! 왜 그런 얼굴을! 보세요, 결국 그건 의자일 뿐이잖아요.

맥베드　여보, 저기 좀 봐! 저기! 저, 저것 좀 봐! 자, 어떻소? 원, 뭐가 무섭담? 머리를 끄덕일 수 있다면 어디 말을 해봐라. 원, 일단 매장된 몸을 납골당이나 무덤이 다시 토해 놓고 만다면 이젠 솔개미 뱃속을 무덤삼아야 할 판 아니겠는가? (유령 사라진다.)

맥베드 부인　원, 바보같이 그렇게 바보같이 허탈해지시다니!

맥베드　확실히 이 눈으로 보았소.

맥베드 부인　원, 창피스럽게!

맥베드　(이리저리 걸어 다니면서) 유혈의 참사는 태곳적에도 있었어, 인도적인 법률의 사회를 개화시키기 이전인 태곳적에도. 아니 그 후에도 듣기에 가공 할 사건은 있었지. 하지만 예전에는 골이 터져 나오면 죽고 끝장이 났는데, 지금은 머리에 치명상을 스무 군데나 임은 놈이, 다시 살아나서 사람을 의자에서 밀어내는 판이니……이거 참, 괴이하거든.

맥베드 부인 (맥베드의 팔을 잡으며) 귀한 손님들이 기다리고 있습니다.

맥베드 아, 그만 잊고 있었것다.……나를 수상하게 생각하지들 마시오, 여러분. 나는 이상한 증세가 있는데, 아시는 분에게는 예사로운 일이지요. 자, 여러분의 건강을 축하하오. 그럼, 나도 착석하겠소. 술을 철철 넘치도록 다오.

맥베드 일동의 건강을 위해서 축배를 들겠소. 그리고 결석한 친구 뱅코우를 위해서도. 그 분의 결석은 정말 유감이오! 일동과 그분을 위해서 축배를 들겠소. 자, 모두 축배를 듭시다.

귀족 일동 (잔을 들면서) 충성을 맹세하며 축배를 듭시다.

맥베드 (의자를 돌아보며) 꺼져! 이 눈앞에서! 지하로! (잔을 떨어뜨린다.) 뼛골 속은 비었고, 피는 차디찬 것아! 그렇게 노려볼 테냐, 눈동자도 없는 것아!

맥베드 부인 이건, 여러분, 지병입니다. 정말이에요. 그만 흥이 깨져 미안합니다.

맥베드 인간이 하는 일이라면 나도 하겠다. 텁수룩한 러시아 곰이건, 뿔 돋친 물소건, 하케니아의 범이건 무슨 모양을 하고라도 나오너라. 지금의 그 모양만 아니면 나의 이 건강한 힘줄은 꼼짝이나 할까보냐. 아니 다시 살아나와, 황야에서 칼을 들고 대결해 보자. 그때 내가 겁 낸다면 계집아이의 인형이라고 모욕해도 좋다. 징그러운 인형같으니. 있지도 않은 환상아, 꺼져! (유령 사라진다.) 이젠 사라졌구나. 사라지기만 하면 나는 다시 대장부다워지거든. 아, 여러분, 그냥 앉아 주시오.

맥베드 부인 그렇게 광란하셔서 흥은 깨지고 즐거운 회합은 엉망이 되고 말았어요.

맥베드 그러한 것이 여름날 구름같이 엄습해 오는데, 놀라지 않을 수가 있겠소? 나는 내 본성이 의심스러워졌어. 그러한 걸 보고도 다들 태연히 낮의 홍조를 잃지 않고 있는데, 내 얼굴만 공포에 질리다니.

로스 그러한 것이라니, 뭘 말씀이십니까?

맥베드 부인 제발 아무 얘기도 걸지 마세요. 또 악화되십니다. 얘기하심 흥분하십니다. 그럼, 여러분 안녕히 가세요. 어서, 퇴장 순서는 개의치 마시고. (귀족 일동 일어선다.)

레넥스 안녕히 주무십시오, 폐하께서 속히 쾌유하시기를!

맥베드 부인 여러분, 안녕히!

맥베드 피를 보고야 말렸다. 피는 피를 요구한다지 않는가. 굇돌이 움직이고, 수목이 말을 한 실례도 있었겠다. 점이나 인과의 판단은 까치, 갈가마귀 떼, 까마귀들을 이용하여 숨어 있는 살인자를 알아냈겠다……. 밤은 얼마나 깊었소?

맥베드 부인 밤인지 새벽인지 분간하기 어려운 시각입니다.

맥베드 어떻게 생각하오, 과인의 대명을 거역하고 참석을 하지 않은 맥더프를?

맥베드 부인 사람을 보내 보셨습니까?

맥베드 다시 사람을 보내 보겠소. 내가 매수한 하인이 한 놈쯤 없는 집은 하나도 없소……. 내일 아침 일찍 저 마녀들을 찾아가 봐야겠소. 그리고 좀 더 얘기해 달래야겠소. 이렇게 된 바에야 최후의 수단을 써서라도 최악의 결과를 미리 알아야겠소. 내 이익을 위해서는 무슨 짓이라도 할 테요. 어차피 여기까지 핏속에 발을 들여놓고 보니 진퇴유곡, 차라리 전진하는 길밖에 없소. 지금 이 머릿속에는 괴이한 생각들이 행동을 기다리고 있소. 곧 실행에 옮겨야겠소. 음미할 여유가 없으니까.

맥베드 부인 모든 생명의 강장제가 되는 잠이 부족하신 거예요.

맥베드 자, 가서 쉽시다. 허무맹랑한 환영한테 속는 것은 풋내기의 불안 탓이오. 더 수련을 쌓아야겠구려. 이런 일엔 아직 미숙하거든.

8-4. *OTHELLO*

Act 5. Scene 2.

A bedchamber in the castle DESDEMONA in bed asleep; a light burning.

Enter OTHELLO.

OTHELLO It is the cause, it is the cause, my soul, —
　　　　Let me not name it to you, you chaste stars! —
　　　　It is the cause. Yet I'll not shed her blood;
　　　　Nor scar that whiter skin of hers than snow,
　　　　And smooth as monumental alabaster.
　　　　Yet she must die, else she'll betray more men.
　　　　Put out the light, and then put out the light:
　　　　If I quench thee, thou flaming minister,
　　　　I can again thy former light restore,
　　　　Should I repent me but once put out thy light,
　　　　Thou cunning'st pattern of excelling nature,
　　　　I know not where is that Promethean heat
　　　　That can thy light relume. When I have pluck'd the rose,
　　　　I cannot give it vital growth again.
　　　　It must needs wither I'll smell it on the tree.
　　　　Kissing her

Ah balmy breath, that dost almost persuade

Justice to break her sword! One more, one more.

Be thus when thou art dead, and I will kill thee,

And love thee after. One more, and this the last:

So sweet was ne'er so fatal. I must weep,

But they are cruel tears this sorrow's heavenly;

It strikes where it doth love. She wakes.

DESDEMONA Who's there? Othello?

OTHELLO Ay. Desdemona.

DESDEMONA Will you come to bed, my lord?

OTHELLO Have you pray'd to-night, Desdemona?

DESDEMONA Ay, my lord.

OTHELLO If you bethink yourself of any crime

Unreconciled as yet to heaven and grace,

Solicit for it straight.

DESDEMONA Alas, my lord, what do you mean by that?

OTHELLO Well, do it, and be brief; I will walk by:

I would not kill thy unprepared spirit;

No; heaven forfend! I would not kill thy soul.

DESDEMONA Talk you of killing?

OTHELLO Ay, I do.

DESDEMONA Then heaven

Have mercy on me!

OTHELLO Amen, with all my heart!

DESDEMONA If you say so, I hope you will not kill me.

OTHELLO Hum!

DESDEMONA And yet I fear you; for you are fatal then

When your eyes roll so: why I should fear I know not,

Since guiltiness I know not; but yet I feel I fear.

OTHELLO Think on thy sins.

DESDEMONA They are loves I bear to you.

OTHELLO Ay, and for that thou diest.

DESDEMONA That death's unnatural that kills for loving.

Alas, why gnaw you so your nether lip?

Some bloody passion shakes your very frame:

These are portents; but yet I hope, I hope,

They do not point on me.

OTHELLO Peace, and be still!

DESDEMONA I will so. What's the matter?

OTHELLO That handkerchief which I so loved and gave thee

Thou gavest to Cassio.

DESDEMONA No, by my life and soul!

Send for the man, and ask him.

OTHELLO Sweet soul, take heed,

Take heed of perjury; thou art on thy deathbed.

DESDEMONA Ay, but not yet to die.

OTHELLO Yes, presently:

Therefore confess thee freely of thy sin;

For to deny each article with oath

Cannot remove nor choke the strong conception

That I do groan withal. Thou art to die.

DESDEMONA Then Lord have mercy on me!

OTHELLO I say, amen.

DESDEMONA And have you mercy too! I never did
        Offend you in my life; never loved Cassio
        But with such general warranty of heaven
        As I might love I never gave him token.

OTHELLO By heaven, I saw my handkerchief in's hand.
        O perjured woman! thou dost stone my heart,
        And makest me call what I intend to do
        A murder, which I thought a sacrifice:
        I saw the handkerchief.

DESDEMONA He found it then;
        I never gave it him send for him hither;
        Let him confess a truth.

OTHELLO He hath confess'd.

DESDEMONA What, my lord?

OTHELLO That he hath used thee.

DESDEMONA How? unlawfully?

OTHELLO Ay.

DESDEMONA He will not say so.

OTHELLO No, his mouth is stopp'd;
        Honest Iago hath ta'en order for't.

DESDEMONA O! my fear interprets what, is he dead?

OTHELLO Had all his hairs been lives, my great revenge

Had stomach for them all.

DESDEMONA Alas! he is betray'd and I undone.

OTHELLO Out, strumpet! weep'st thou for him to my face?

DESDEMONA O, banish me, my lord, but kill me not!

OTHELLO Down, strumpet!

DESDEMONA Kill me to-morrow let me live to-night!

OTHELLO Nay, if you strive —

DESDEMONA But half an hour!

OTHELLO Being done, there is no pause.

DESDEMONA But while I say one prayer!

OTHELLO It is too late.

He stifles her

EMILIA (*Within*) My lord , my lord! what, ho! my lord, my lord!

OTHELLO What noise is this? Not dead? not yet quite dead?

I that am cruel am yet merciful;

I would not have thee linger in thy pain So, so.

EMILIA (*Within*) What, ho! my lord, my lord!

OTHELLO Who's there?

EMILIA (*Within*) O, good my lord, I would speak a word with you!

OTHELLO Yes 'tis Emilia. By and by. She's dead.

'Tis like she comes to speak of Cassio's death.

The noise was here. Ha! no more moving?

Still as the grave. Shall she come in? were't good?

I think she stirs again: — no. What's best to do?

If she come in, she'll sure speak to my wife:

My wife! my wife! what wife? I have no wife.

O insupportable! O heavy hour!

Methinks it should be now a huge eclipse

Of sun and moon, and that the affrighted globe

Should yawn at alteration.

EMILIA   (*Within*) I do beseech you

That I may speak with you, O, good my lord!

OTHELLO   I had forgot thee O, come in, Emilia;

Soft; by and by. Let me the curtains draw.

Where art thou?

Unlocks the door.

Enter EMILIA.

What's the matter with thee now?

EMILIA   O, my good lord, yonder's foul murders done!

OTHELLO   What, now?

EMILIA   But now, my lord.

OTHELLO   It is the very error of the moon;

She comes more nearer earth than she was wont,

And makes men mad.

EMILIA   Cassio, my lord, hath kill'd a young Venetian

Call'd Roderigo.

OTHELLO   Roderigo kill'd!

And Cassio kill'd!

EMILIA   No, Cassio is not kill'd.

OTHELLO   Not Cassio kill'd! then murder's out of tune,

And sweet revenge grows harsh.

DESDEMONA O, falsely, falsely murder'd!

EMILIA Alas, what cry is that?

OTHELLO That! what?

EMILIA Out, and alas! that was my lady's voice.

Help! help, ho! help! O lady, speak again!

Sweet Desdemona! O sweet mistress, speak!

DESDEMONA A guiltless death I die.

EMILIA O, who hath done this deed?

DESDEMONA Nobody; I myself. Farewell

Commend me to my kind lord O, farewell!

Dies.

OTHELLO Why, how should she be murder'd?

EMILIA Alas, who knows?

OTHELLO You heard her say herself, it was not I.

EMILIA She said so I must needs report the truth.

OTHELLO She's, like a liar, gone to burning hell:

'Twas I that kill'd her.

EMILIA O, the more angel she,

And you the blacker devil!

OTHELLO She turn'd to folly, and she was a whore.

EMILIA Thou dost belie her, and thou art a devil.

OTHELLO She was false as water.

EMILIA Thou art rash as fire, to say

That she was false O, she was heavenly true!

OTHELLO   Cassio did top her; ask thy husband else.

        O, I were damn'd beneath all depth in hell,

        But that I did proceed upon just grounds

        To this extremity. Thy husband knew it all.

EMILIA   My husband!

OTHELLO   Thy husband.

EMILIA   That she was false to wedlock?

OTHELLO   Ay, with Cassio. Nay, had she been true,

        If heaven would make me such another world

        Of one entire and Perfect chrysolite,

        I'ld not have sold her for it.

EMILIA   My husband!

OTHELLO   Ay, 'twas he that told me first:

        An honest man he is, and hates the slime

        That sticks on filthy deeds.

EMILIA   My husband!

OTHELLO   What needs this iteration, woman? I say thy husband.

EMILIA   O mistress, villany hath made mocks with love,

        My husband say that she was false!

OTHELLO   He, woman;

        I say thy husband dost understand the word?

        My friend, thy husband, honest, honest Iago.

EMILIA   If he say so, may his pernicious soul

        Rot half a grain a day! he lies to the heart:

        She was too fond of her most filthy bargain.

OTHELLO Ha!

EMILIA Do thy worst:

This deed of thine is no more worthy heaven

Than thou wast worthy her.

OTHELLO Peace, you were best.

EMILIA Thou hast not half that power to do me harm

As I have to be hurt. O gull! O dolt!

As ignorant as dirt! thou hast done a deed—

I care not for thy sword; I'll make thee known,

Though I lost twenty lives.—Help! help, ho! help!

The Moor hath kill'd my mistress! Murder! murder!

오델로

제5막 2장

오델로   이것 때문이다, 이것 때문이다, 정말로. 순결한 별들아, 이제는 내가 이것을 입 밖에 내지 않게 해다오! 다 이것 때문이다. 그래도 나는 아내의 피는 흘리지 말자. 그 눈보다 희고 대리석같이 매끄러운 피부에 상처는 내지 말자.……하지만 죽여야 한다. 그렇지 않으면 또 남자를 속일 거다. 우선 이 불을 끄고, 그러고 나서 목숨의 불도 꺼야지. 그러나 등불아, 나는 너를 한번 꺼도 뉘우치면 다시 켤 수도 있지. 그렇지만 오묘한 자연이 만든 아름다운 네 육체 속에 타고 있는 불을 한 번 꺼 버리면 다시 켤 수는 없지. 프로메테우스 의 불을 찾아 어디를 헤매야 되나. (촛불을 내려놓는다.) 한번 꺾으면 장미는 이제 영영 살아날 길이 없지. 시들어 버릴 수밖에 없구나. 아직 가지에 있을 때 향기를 맡아보자. (키스한다.) 아, 향기 진한 입김, 정의의 신이라도 여기서는 칼을 꺾지 않을 수 없겠구나! 한 번 더, 한 번 더. 죽어서도 이대로 있어 다오. 이게 마지막이다. 이렇게 사랑스런 여자가, 그렇게 나쁠 수도 있었을까. 눈물을 참을 수 없구나. 그러나 잔인한 눈물이다. 아니, 신 한 눈물이다. 사랑하기 때문에 채찍을 드는 거다. 잠을 깨나 보다.

데즈데모너   누구요? 오델로 님?

오델로   음, 데즈데모너.

데즈데모너   아직 주무시지 않으셨어요?

오델로   데즈데모너, 오늘밤 기도는 다 끝마쳤소?

데즈데모너 네, 끝마쳤어요.

오델로 아직 하느님의 용서를 빌지 않은 무슨 죄가 있거든 지금 기도해요.

데즈데모너 아, 여보, 그게 무슨 뜻인가요?

오델로 어서 해요, 간단히. 나는 여기를 거닐고 있을 테니. 마음의 준비도 없는 자를 죽이고 싶진 않아. 아냐. …… 절대로 그런 짓은 할 수 없어. …… 당신의 영혼까지 죽이고 싶진 않아.

데즈데모너 죽인다구요?

오델로 그래.

데즈데모너 아 하느님, 이 분을 용서하십시오!

오델로 아멘, 나도 진심으로 그렇게 비오.

데즈데모너 그러심 죽인다고는 하지 마세요.

오델로 흐, 흥!

데즈데모너 그래도 당신이 무서워요. 그렇게 무서운 눈초리로 쳐다보실 때는 예 삿일이 아닌걸요. 왜 무서운지 모르겠어요. 나쁜 짓은 안했는데. 하지만 어쩐지 겁이 나요.

오델로 자기 죄를 생각해 봐.

데즈데모너 저는 당신을 사랑한 것뿐이에요.

오델로 응, 그러니까 죽어야 하는 거야.

데즈데모너 사랑하니까 죽어야 한다는 건 이치에 닿지 않는 걸요. 아, 왜 그렇게 입술을 깨무세요? 무슨 무서운 생각으로 몸을 떨고 계시네요. 그런 게 틀림없어요. 그렇지만 설사 저 때문에 그러시는 건 아니겠죠?

오델로 잠자코 있어!

데즈데모너 그러지요. 하지만 무슨 일이세요?

오델로 당신에게 준 그 손수건, 내가 그렇게도 아끼던 한 물건인데, 그걸 캐 시오 놈에게 줬지?

데즈데모너 아녜요, 절대로! 불러다 물어 보세요.

오델로   잘 생각해 보고 거짓 맹세를 하지 않도록 해. 당신은 그 침대에서 죽어야 하니까.

데즈데모너   네, 그렇지만 당장 죽는 것이 아니겠지요?

오델로   아냐, 지금 당장이야. 그러니까 정직하게 죄를 고백하라구. 하나하나 맹세를 하며 부인해도, 내가 이렇게 신음하는 데는 확실한 근거가 있는 거니까, 그걸 제거할 수도 없고 지워 버릴 수도 없어. 당신은 죽어야 해.

데즈데모너   아, 하느님, 저를 구원해 주십시오!

오델로   아멘, 나도 그렇게 기도드리겠소.

데즈데모너   그럼 당신도 저를 도와주세요! 저는 한 번도 당신에게 나쁜 짓을 한 기억이 없어요. 캐시오를 사랑한 일도 없어요. 단지 평범하게 그 분이 좋다뿐이에요. 물건을 준 일도 없어요.

오델로   아냐, 나는 내 손수건을 그놈이 가지고 있는 것을 봤어. 이 거짓말쟁이가! 내 심장을 돌같이 만드는구나! 정의를 위하여 당신을 제물로 할 작정인데, 그걸 단순히 살인으로 만들겠단 거냐! 나는 손수건을 봤어.

데즈데모너   그럼 어디서 주웠겠지요. 전 절대로 준 일이 없어요. 그분을 이리 불러 오세요. 그리고 사실대로 고백시켜 보세요.

오델로   고백했어, 그놈은.

데즈데모너   네? 뭐라고요?

오델로   당신에게 손을 댔다고.

데즈데모너   어떻게요? 부정을 했다고요?

오델로   그래.

데즈데모너   그런 소릴 할 리가 없어요.

오델로   아냐, 이제 그 녀석 입은 봉해져 있어. 충실한 이야고가 처치해 버렸으니까.

데즈데모너　아, 역시! 그럼 죽었군요, 그 분은?

오델로　그놈의 머리털 한 올 한 올이 생명을 가졌다 해도 내 복수의 상대로
는 부족해.

데즈데모너　아아, 그분은 누명을 썼군요. 저도 이젠 파멸이구요.

오델로　꺼져 없어져, 매음부 년아! 내 눈앞에서 그놈을 위해 눈물을 흘리느
냐?

데즈데모너　아, 저를 쫓아내셔도 좋아요. 죽이진 마세요.

오델로　내려와, 매음부 년!

데즈데모너　죽이시려면 내일 죽이세요. 오늘 밤은 용서해 주세요.

오델로　안 돼, 반항하면…….

데즈데모너　반시간만이라도!

오델로　이렇게 된 이상 지체할 수 없어.

데즈데모너　한 마디 기도드릴 동안만!

오델로　이미 때는 늦었어. (아내의 목을 졸라 죽인다.)

에밀리어　(문밖에서) 서방님, 서방님! 여보세요! 서방님, 서방님!

오델로　뭐냐, 저 소리는?……아직 숨이 끊어지지 않았나? 잔인한 짓은 해도
자비심은 있어. 고통은 오래 끌게 하지는 않겠어. 이렇게, 이렇게.

에밀리어　(문밖에서) 여보세요! 서방님, 서방님!

오델로　누구냐?

에밀리어　(문밖에서) 아, 서방님 잠깐 여쭐 일이 있어요!

오델로　음, 에밀리어 군.……곧 가겠다.……이젠 죽었구나. 에밀리어는 캐
시오가 죽었다는 소식을 알리러 온 모양이군.……그 소리였군. 흥!
이제 꿈틀거리지 않는군. 무덤처럼 고요하군. 에밀리어를 들어오라
고 할까? 그래도 괜찮을까? 또다시 꿈틀 거리는 것 같은 데. 아니군.
어떻게 해야 좋을까? 에밀리어는 들어오면 아내한테 말을 걸겠지.
……아내! 내 아내! 내게는 아내가 없어. 아 견딜 수 없군! 아, 얼마

나 비참한 시간인가! 이제 대 일식 월식이 일어나고 이 변고에 놀란 대지는 아가리를 딱 벌리겠지.

에밀리어 (문밖에서) 부디 여쭐 말씀이 있어요. 아, 서방님!

오델로 아, 깜박 잊고 있었군. 그럼 들어와. 에밀리어. 잠깐만 기다려, 곧 열어 줄 테니. 침대 커튼을 닫아야지. 에밀리어, 어디 있어? (문을 연다.) 지금이 언제라고, 무슨 일이야?

에밀리어 아, 서방님, 저쪽에서 대살인이 났어요.

오델로 뭐, 지금?

에밀리어 지금 방금입니다.

오델로 달이 망령이 났기 때문이다. 달이 평소의 궤도에서 지구로 가까워지면 사람은 미치게 마련이지.

에밀리어 캐시오가 베니스 청년 로더리고를 죽였대요.

오델로 로더리고가 죽었다니! 캐시오도 죽었나?

에밀리어 아뇨, 캐시오는 죽지 않았어요.

오델로 캐시오가 죽지 않았다고? 그럼 암살의 순서가 뒤바뀌었군. 모처럼의 복수가 헛수고로군.

데즈데모너 아 잘못이에요, 잘못 살해당했어!

에밀리어 아아, 저 소리는?

오델로 저 소리라니! 뭐가?

데즈데모너 어머, 아! 저건 아씨 목소리였어요! (커튼을 연다.) 아씨, 아씨, 여보세요, 누구 와 보세요! 아, 아씨, 한 번만 더 말씀을! 데즈데모너 님! 아, 아씨, 어서 말 좀!

데즈데모너 나는 억울하게 죽어요.

에밀리어 아, 대체 누가 이랬습니까?

데즈데모너 누가 한 게 아냐. 내가 나빠요. 잘 있어요. 서방님께 안부 말씀드려요. 아, 잘 있어요! (죽는다.)

오델로   뭐야, 무엇 때문에 이렇게 죽게 된 거지?

에밀리어   누가 이런 짓을?

오델로   아내를 죽인 게 내가 아리라고 그랬지?

에밀리어   그랬어요. 사실대로 알려야겠어요.

오델로   거짓말쟁이, 저것은 지옥의 업화 속에 떨어졌다. 죽인 것은 나야.

에밀리어   아, 그럼 아씨는 천사예요. 거기다 대면 당신은 시커먼 악마!

오델로   저것은 바보짓을 했소. 매음부였어.

에밀리어   아씨를 그처럼 모욕하다니, 이 악마!

오델로   물처럼 출렁거리는 여자였어.

에밀리어   당신은 불같이 분별없어요. 부인이 바람을 피웠다뇨? 아! 아씨는 천
           사같이 진실하셨어요.

오델로   캐시오하고 간통했어. 믿지 못하겠다면 네 남편에게 물어 봐. 이처
           럼 엄청난 짓을 내가 정당한 이유도 없이 했다면, 그야말로 나는 지
           옥의 밑바닥으로 떨어져도 괜찮아. 네 남편이 모두 알고 있어.

에밀리어   제 남편이!

오델로   네 남편이.

에밀리어   아씨가 불의를 저지르셨다는 걸?

오델로   그래, 캐시오하고. 그러나 이 여자가 정숙했다면, 하늘의 보석으로
           완전무결한 세계를 만들어준다 해도 바꾸지 않았을 거야.

에밀리어   제 남편이!

오델로   그렇다, 처음 이야기해 준 게 그 사람이다. 성실한 사람이니까, 불결
           한 행위의 더러움을 미워하는 거야.

에밀리어   제 남편이

오델로   아, 왜 그렇게 되풀어 물어? 네 남편이라고 하지 않았나.

에밀리어   아, 아씨, 악당이 서방님의 마음을 희롱한 거군요! 제 남편이 아씨를
           부정하다고 했다고요?

오델로	그렇다니까. 네 남편이다, 알았어? 내 친구요, 네 남편이요, 성실하고 충직한 이야고 말이다.
에밀리어	그놈이 그런 말을 했다면, 그놈의 사악한 영혼은 매일매일 썩어빠져라! 터무니없는 거짓말쟁이! 아씨는 이런 더러운 남편을 너무도 소중히 하셨어!
오델로	뭐?
에밀리어	마음대로 나쁜 짓을 해봐요. 저 착하신 부인을 이렇게 해놓은 당신 같은 건 어차피 천당에 가지 못할 테니.
오델로	잠자코 있어. 그래야 이로울 테니.
에밀리어	어디, 나를 어떻게 하겠다면 맘대로 해봐. 아, 머저리! 아, 바보! 흙 같은 무지랭이! 당신이 한 짓은……칼을 무서워할까봐? 나는 당신이 한 짓을 모든 사람에게 퍼뜨릴 테예요, 죽이려면 죽여 봐요. 사람 살려! 사람 살려, 사람 살려! 무어가 부인을 죽였어요! 살인이다!
몬타노	무슨 일이냐? 어쩐 일이오, 장군?
에밀리어	아, 오셨군요, 이야고. 당신도 참 장하군요, 살인죄를 뒤집어쓸 신분이 됐으니.
그라샤노	무슨 일이냐?
에밀리어	당신도 남자라면 이 악한을 심판해 보세요. 부인이 나쁜 짓을 했다는 걸, 당신한테 들었다고 하던데요. 당신은 그런 말을 하지 않았을 거야. 당신은 그런 악당이 아니니까. 뭐라고 말해 봐요, 나는 가슴이 답답해요.
이야고	생각한 바를 말했을 뿐이야. 그것뿐이야. 장군 자신도 과연 그럴 거라구 시인하셨어.
에밀리어	그렇지만 아씨가 불의를 저질렀다고 당신이 장군께 말하지 않았어요?
이야고	했지.

에밀리어	거짓말, 더러운 거짓말! 무서운 거짓말이야. 정말 엉뚱한 거짓말이야! 아씨가 캐시오하고 불의를 저질렀다고? 캐시오하고?
이야고	캐시오라고 했어. 입 닥쳐.
에밀리어	나는 입 다물지 않을 테야. 떠들지 않곤 못 배겨요. 부인이 살해당했어요. 이 침상에서……
일동	아, 큰일 났군!
에밀리어	당신의 무고 때문에 일어난 살인이에요.
오델로	아, 모두 그렇게 놀라지 마오. 사실입니다. 전부가.
그라샤노	믿을 수 없는 사실이군.
몬타노	아, 가공할 소행이군!
에밀리어	흉악해, 흉악해, 흉악해! 그래 생각나는 게 있어. 그런 것 같더라니. …… 슬퍼서 죽을 것만 같아. 아, 흉악해, 흉악해!
이야고	뭐야, 미쳤어? 집에 가 있어.
에밀리어	여러분, 제 말씀을 들어 보세요. 남편 말을 순종하는 게 당연하지만, 지금은 싫어요. 저는요, 저는요, 이야고, 절대로 집에 안 가겠어요.

9 | 평가

드라마의 마지막은 공연이다. 그러나 공연이 배우들의 자화자찬으로 끝나서는 발전도 없고 미래도 없다. 영어 드라마 공연은 특히 아동들에게 영어에 대한 흥미와 상당한 영어 실력 향상에 도움이 되고 공연에 따른 여러 가지 경험이 귀중한 것이지만 공연 뒤에는 반드시 평가를 가져야한다. 그런데 이런 "평가는 수 우 미 양 가를 매기는 도시적인 것이 아니라 연극을 통해 배운 느낌을 서로 나눠 갖는 뒤풀이이자 즐겁고 자유로운 것"(김용심 178)이 좋다. 아동들은 배우는 단계이므로 너무 엄격한 평가를 하면 자칫 역작용이 있을 수도 있기 때문이다. 오히려 연습과정에서 있었던 즐거움이나 어려운 점 등을 자연스럽게 이야기하고 연습 때와 실제공연과의 차이점 등이 무엇인가를 비교토록 이야기를 전개시키는 것이 바람직하다. 공연에 대한 평가는 미래에 대한 준비이고 개선을 향한 점검이므로 대본 선정에서부터, 연습과정, 공연에 대한 제반 사항 그리고 관객에 대한 고려 등을 전체적으로 포

함해야한다. 영어교육과 관련해서 이지영은 다음의 7가지 질문을 하고 있다

1) 대화의 내용을 알고 있는가?
2) 발음은 정확한가?
3) 강세를 올바른 위치에 두고 있는가?
4) 몸짓 동작은 정확한가?
5) 말의 속도와 크기는 정확한가?
6) 감정 표현은 정확한가?
7) 준비 상태는 적절한가? (62)

위의 질문은 주로 발음이나 표현에 대한 일반적인 것이다. 그런데 좀 더 낳은 평가를 위해서는 단순히 '발음은 정확한가?'라고 추상적으로 묻지 말고 '모음과 자음을 정확히 발음 했는가'라고 질문하는 것이 좋다. 단순히 '감정 표현은 정확한가?'라고 하지 말고 구체적으로 어느 배우가 '5장의 놀라는 표정을 정확하게 했는가?'라고 본인에게도 질문하고 다른 배우에게 질문할 수도 있고 아니면 관객에게 질문 할 수도 있다. 그리고 '준비상태는 적절한가?'라는 질문도 조명의 준비인가 아니면 의상, 소품 또는 분장 등 좀 더 구체적으로 질문하는 것이 바람직하다.

어떤 공연이든지 완전한 평가는 불가능하다. 공연에 관여한 모든 사람들, 즉 연출가, 배우, 스태프 그리고 관객들 모두의 생각과 느낌이 다르기 때문에 서로 상반된 반응이 나올 수밖에 없다. 왜냐하면 모든 정보나 판단기준, 감정의 정도가 다르다는 객관적 사실을 인정해야하기 때문이다. 특히 영어 연극의 경우 공연이 끝난 후 어떤 아동은 회화 실력이 신장되고 어떤 아동은 읽기 실력이 향상되는 등 개인차를 나타내기 때문에 그 공연에 대한 평가는 엇갈릴 수밖에 없다. 다음은 주로 관객과 배우의 입장에서 본 평가의 항목들이다.

1) 내용은 상연할 가치가 있는가? 그리고, 얼마나 많이 그것은 관객(참석한 성인들도 포함하여)을 사로잡고 가르치고 자극하며, 이들로 하여금 힘껏 노력하게 하는가?

2) 그것은 관객들과 제대로 접촉하면서 적절하게 상연되고 표현되었는가?

3) 그것은 적절한 연령층을 대상으로 하여, 그리고 가장 적당한 수의 관객과 더불어 상연되었는가?

4) 극단은 어느 정도로 교사들을 참여시키는가? 혹은 어느 정도로 자신들의 작업을 교과과정 속에 통합해 보려는 시도를 하는가?

5) 배우들은 얼마나 자신들의 작업의 목표에 전념하는 것처럼 보이는가? 그리고 그들은 논의와 비평에 대해 얼마나 열려 있는가? 그들은 자신들의 작업을 평가해 보려는 시도를 하는가?

6) 이 극단은 어린이의 교육에 어떤 공헌을 할 것인가? (잭슨 84)

대부분 아동들이 공연하는 경우에는 대본을 교사가 선정하고 연기지도도 교사가 하기 때문에 연극을 잘 알고 연기지도를 잘하는 교사의 역할이 아주 중요하기 때문에 다음의 더 나은 공연을 위해서는 교사 자신이 대본의 선정이 잘 되었는지, 배역을 잘 하였는지, 조명과 음향이 효과적이었는지, 연습시간은 충분했는지, 연습 스케줄은 잘 만들었는지, 배우들의 입장을 잘 고려했는지, 이 공연이 교육적이었는지 등을 점검하는 것이 좋다.

다음은 어린이 영어캠프에 참석하여 연극 공연을 했던 아동들에게 행한 질문에 대한 반응을 정리한 것이다.

• 듣기, 말하기 등의 언어구사 능력이 향상되었다.
• 반복 연습을 통해 발음이 교정되고 말하는 능력이 신장되었다.
• 영어문장, 어휘력이 향상되었다.
• 발음(억양, 강세 등)을 명확하게 하려고 노력하였다.
• 대사를 좀 더 쉽게, 오랫동안 기억할 수 있었고, 영어를 쉽게 습득할 수

있었다.
- 영어에 대한 두려움과 거부감이 감소되고, 친밀감을 높일 수 있었다.
- 흥미를 가지고 영어를 배울 수 있고, 소외된 학생도 참여시킴으로써 영어학습의 효과를 높일 수 있었다.
- 상황에 맞는 영어를 쓸 수 있었다.
- 의사소통에 많은 도움이 되었다.
- 간단한 문장을 외우는 데 도움이 되었고, 쉽게 생활 속에서 활용할 수 있게 되었다.
- 영어연극놀이를 통하여 학습 흥미를 유발시켜 다른 교과목 학습의을 높아졌다.
- 영어뿐만 아니라, 음악, 미술, 체육, 국어 등의 타 교과에서도 연계시켜 통합지도 할 수 있었다.
- 서로간의 친밀감을 더 깊이 느낄 수 있다. 팀웍이 생겨 상호협동심을 키울 수 있고, 타인을 배려하는 마음을 가지게 되었다.
- 상대방을 이해할 수 있는 공동체 의식을 함양할 수 있었다.
- 학생들 스스로 모임을 이끌어 감으로서 자신감을 가지게 되었다.
- 내성적이고 소극적인 아이가 수업 시간에 자신감을 가지고 적극적으로 참여하게 되었다.
- 학생들의 내면에 잠재된 능력을 발휘하도록 할 수 있었다.
- 자신들의 당면문제가 무대화되는 과정을 통해서 서로간의 동질감을 느낄 수 있었다.
- 동료애, 가상체험, 교훈, 책임감, 창의성, 집중, 흥미 등 인성교육을 위하여 꼭 필요하고 충분한 교육적인 기능이 있었다.
- 여러 사람이 지켜보고 있는 가운데 자신을 나타내 보인다는 점에서 희열을 느꼈고, 소리 내지르기, 온 몸을 움직이기 등을 통해 스트레스 해소에도 도움이 되었다.
- 지적, 정의적 영역에게 크게 도움이 되며, 단순한 언어 기능의 신장뿐만 아니라 사회성 형성 및 자신감, 표현력을 넓히는데 도움이 될 것이다.

어떠한 평가도 언제나 긍정적인 면과 부정적인 면을 내포한다. 긍정적인 면은 계속 발전 강화시켜야하고 부정적인 면은 과감히 없애야 한다. 정확하고 객관적인 평가 없이는 드라마활동이 좋은 것으로 검증될 구 없다. 냉철한 자기 비판적 안목이 그래서 중요한 것이다. 격려와 칭찬이 좋은 것이지만 아전인수격 태도는 발전에 저해요인이 된다. 드라마 활동은 무한한 시간이 소요되고 혼자서 하는 것보다 단체로 하는 활동이기 때문에 더더욱 객관적이고 냉철한 평가가 필요하다. 이는 드라마가 종합적이고 예술적이라는 면을 고려할 때 평가의 중요성은 언제나 필요하며 강조되어야 한다.

9-A. Evaluation

http://www.thevirtualdramastudio.co.uk/vds19.htm

Evaluation is an important and yet often frustrating experience for both students and staff. Perhaps one of the biggest difficulties lies in the fact that it is difficult to be objective and comment on your performance when you are so involved in the mechanics of devising and performing your piece. A sound piece of advice is to keep a running diary which can be in note form as you go along, rather than making the mistake of leaving it until your final performance and then trying to remember what you did.

The two key issues to address are How and Why. Keep in mind as you are working what sort of problems you are facing, the solutions you are trying and the reasons for your final decision. It is also helpful to focus on a couple of key moments in detail rather than trying to cover the whole piece. At all costs you must avoid simply retelling the story. This is a clear signal to the examiner that you don't really know what to put so you run through the plot. Your teacher has seen your piece and so doesn't need to be reminded of what roles you played and be given a break down of each scene.

The introductory paragraph should explain what skills the piece demanded. Have you been given a particular focus? The teacher may have explained that this is a piece of Documentary Theatre or Physical Theatre and you need to show that you have an understanding of the aim of the assessment. If you are not sure then ask!

The second paragraph should look at your thoughts and responses to the stimulus you were given. What did you think of the material when you were first given it? What immediate ideas sprang to mind? Once you were organised into groups, what was the first thing that you set about doing? What alternatives were suggested? If you tried an idea and then rejected it, why? Once you had come up with your final idea, what were its advantages/possibilities? Avoid vague generalisations such as "we didn't like this option as it was too difficult". Try and give specific justification for the ideas and solutions you adopt.

The next few paragraphs which form the main body of the evaluation should show how the piece developed and demonstrate that you have knowledge of how to apply the skills and techniques in drama in order to create an effective piece of theatre. After each session, write down a few notes about any problems faced and how they were solved. Select three or so specific moments in the play in which you were involved and explain how you used voice, movement, staging, props, lighting, space, contrast, pause, emphasis, gesture, dramatic tension, status, motivation, visualisation, sound and or any other element of drama in order to create a particular moment of effect. Again the key is to avoid vague generalisations and to focus on detail, justifying your reasons as you do so.

Only give plot details where it becomes necessary to put your comments into perspective, for example:

It was important that the audience sense the tension between the two sisters which was as a result of their disagreement over who was to blame for the misunderstanding. When I first came into the room I stopped in shock at seeing my sister there. We decided that it would be more effective if my sister does not know I have entered at first. This allows the focus to be on me and the audience see my reaction to her presence and my indecision over whether I should walk out. In moving downstage I was able to command more focus and we moved the chair so that my sister was facing slightly upstage right. This also had the benefit of making her turn downstage to see me more dramatic.

The final section should cover your final performance. What issues did you face as you went up on stage? Were you ready? What worries did you have? Were these worries realised? How effective was your final performance? try and include feedback from your teacher and your fellow students. Never ever write, "I think it went quite well, at least no one seemed to notice the mistakes but I hope we can do better next time." Identify at least three positive aspects of your performance and two or three weak areas that you hope to improve upon in the future.

It may be useful to write your evaluation using a word processor so that you can redraft it and incorporate your teacher's suggestions easily. How long should it be? As long as a piece of string—in other words, as long as it needs to be in order to do the job properly!

There now follows a suggested vocabulary which may be used in oder to demonstrate understanding of key skills and techniques in Drama. Try and explain how they apply to your character or the structure of your piece.

Status—authority in the scene, can change according to what happens and can be held by objects as well as people.

Motivation—why your character behaves as they do, this can be either open or hidden to the audience/other characters but as an actor, you should be clear about your own character's motivation.

Attitude—how your character feels about an issue or another person, this may change during the course of a scene as information is revealed. How do you show the audience your attitude?

Purpose—what your character is trying to do in a scene. How does this affect what you decide your character will do?

Pause—a moments silence, what significance does this have?

Emphasis—making a word or phrase stand out, perhaps through using a particular tone of voice or a gesture. Why do you want to draw emphasis to this particular moment?

Staging—how you position yourself on stage in relation to the audience, the set and each other. Certain areas of the stage are stronger than others ie. downstage right over upstage left.

Blocking—how characters move on/off and around stage. Remember that you are trying to create effective visual images on stage. Sometimes the bloking can reflect the relationships of the characters ie. an isolated person is set aprt from the others or higher status characters are in a dominant position.

Giving focus—drawing the audience's attention to someone or something. How and why do you do this? An example might be to position the character who has an important line to deliver centre stage whilst everyone else looks at them.

Gesture—using hands or body to amplify meaning. Not just well known gestures but those that are particular to your character. Consider what they communicate about your characters feelings.

Dramatic Tension—the thing that interests the audience and draws them in ie. conflict, secrets, mystery, ceremony, intimacy, challenge. How are you structuring your drama in oder to develop them? How are they influenced by character?

Exposition—facts the audience need to know in order to make sense of what they see ie, who is who and what has just happened that the characters on stage are reacting to.

Function Of The Role—the reason your character is in the play, the purpose it serves in the overall plot ie, a love interest, a challenge to the central role, the means by which the others are shown to be false etc.

Lighting—blackouts, spots, fades. How were they used to divide scenes or focus attention?

Sound Effects—which ones were used and why were they vital?

Props—same as above.

Costume—key items to suggest your role.

Mood—the atmosphere of your scene—light, funny, ominous, warm, tense? How was this created?

Language—the words your characters speaks, vocabulary, specialist terms or particular words that seem appropriate for the character to use.

Facial Expression—if you can't be specific, simply explain that you tried to look cross or hopeful etc at a particular moment and then explain why this was appropriate.

Tone Of Voice—use adjectives to describe it at key moments ie, sarcastic, gentle, questioning, helpless, determined and so on.

Pace—both of the scene and the way you speak. Slow, quick, steadily increasing. Again, what are you trying to let the audience know through varying the pace?

Remember, it is only the first step to identify the skill or technique. You must go on to explain why you did this, what were you trying to communicate to the audience? It is not necessary to cover every single aspect of your piece. As a guide, you should cover approx. three significant moments in which you were substantially involved in as much detail as you can.

참고문헌

강문희 · 이혜상. 『아동문학교육』. 서울: 학지사, 2001.

고성주. 『학교극 · 아동극의 이론과 실제』. 서울: 새교실, 1999.

김현숙. 『무대의상 디자인의 세계』. 서울: 고려원, 1995.

그로토프스키, 예지. 『가난한 연극: 예지 그로토프스키의 실험연극론』. 고승길 옮김. 서울: 교보문고, 1987.

곽종태. 「교육영어연극의 실천방안과 그 연구과제」. 『한국연극』. 171 (1990. 8): 33-43.

_____. 「연극놀이와 영어교육」. 『솔뫼어문논총』. 10. (1998. 12). 안동대학교 어학연구소. 1-19.

_____. 「영어연극놀이와 즉흥극」. 『솔뫼어문논총』. 12. (2000). 안동대학교 어학원. 27-50.

_____. 「영어연극놀이 연습을 위한 준비훈련」. 『솔뫼어문논총』. 13. (2001. 12). 안동대학교 어학원. 29-60.

곽종태 · 도명기. 「초등학교 영어연극놀이의 걸림돌과 방향」. 『솔뫼어문논총』.

11. (1999). 안동대학교 어학원. 79-100.

곽종태·최억주. 「초. 중 등 영어연극놀이 대본 다듬기와 만들기」. 『신영어영문학』. 제24집. 2003. 237-256.

권영기. 「영어연극을 통한 의사소통 능력 향상방안: 실업계 고등학교를 중심으로」. 안동대학교 석사학위논문. 2000.

권혜자. 「삽화 중심의 극화활동을 통한 의사소통 능력 신장 방안」. 안동대학교 석사학위논문. 2000.

김봉렬. 『연기이론과 실제』. 서울: 정민사, 1985.

김세영. 『연기의 이해』. 서울: 새문사, 1988.

김용심. 『선생님 우리 연극해요: 교실에서 연극 만들기』. 서울: 보리, 1994.

김응태. 『연극이란 무엇인가』. 서울: 현대미학사, 1996.

김정렬. 『영어과 교수-학습 방법론』. 서울: 한국문화사, 2003.

김현숙. 『무대의상 디자인의 세계』. 서울: 고려원, 1995.

김희영·엄해영. 「연극의 교육학적 활용」. 『초등영어교육』. 서울교육대학교. 제6권. 1996. 1-13.

남세진. 『역할놀이』. 서울: 서울대학교 출판부, 1997.

노경희. 『초등영어습득론』. 서울: 한국문화사, 2002.

류영균. 『영어연극과 영어연습』. 서울: 지문당, 2008.

민병욱·심상교 엮음. 『교육연극의 이론과 실제』. 연인학술총서 3. 서울: 연극과 인간, 2000.

박기표·원용중. 「연극을 통한 영어교육이 초등학생들의 영어의사 소통 능력에 미치는 영향」. 『영어교육연구』. 제 15권. 2호, 2003. 111-26.

박오철. 『놀이로 배우는 즐거운 영어교실』. 서울: 내일을 여는 책, 1998.

백인숙. 『퍼포먼스공연과 분장』. 대전: 레드·컴, 2004.

백인식. "즉흥극을 이용하여 대본을 만들어 확대하기의 한 예." http://galaxy.channel.net/balgen/실천/즉흥정리-1.htm

생크, 테오드르. 『연극미학』. 김문환 옮김. 서울: 서광사, 1986.

소꿉놀이. 『아이들과 함께 하는 교육연극』. 서울: 우리교육, 2001.

손해붕. 「동화의 영어구연을 통한 초등 영어지도」. 안동대학교 석사학위논문. 1998.

송명호. 『아동극 연출과 지도』. 서울: 장학출판사, 1982.

송진동. 「영어표현력 신장을 위한 Drama method의 적응 방안 실천 연구」. 전남대학교 석사학위논문. 1982.

스폴린, 비올라. 『연극게임』. 윤광진 옮김. 서울: 예니, 2003.

신상옥. 『서양복식사』. 서울: 수학사, 1998.

아르토, 앙토넹. 『잔혹연극론』. 박형섭 옮김. 서울: 한국학술정보, 2002.

안해석. 「극화 학습 방법을 통한 의사전달 능력의 신장」. 영남대학교 석사학위논문. 1990.

양호증. 『초등학교 연극지도법』. 서울: 성화문화사, 1962.

유소영. 『아동문학 어떻게 이용할까』 서울: 건국대학교 출판부, 2001

윤대성. 『극작의 실제: 무대와 텔레비전을 위한 극작법』. 서울: 공간 미디어, 1995.

윤은영. 「극화활동과 VTR시청 활동이 유아의 친사회적 행동 증진에 미치는 영향」. 숙명여자대학교 석사학위논문. 1992.

윤조병. 「연극의 초중고교 교육과목 삽입운동, 연극의 교육적 활용전개운동」. 『연극과 교육』. 6 (1991). 한국국제아동청소년연극협회. 36-50.

윤종혁. 「영어교육에 있어서 연극의 효용성 및 그 위치」. 『홍익논총』. 14. (1982). 13-30.

이강호. 『영어극 연출과 지도』. 서울: 장학출판사.

이병기. 「역할놀이를 통한 조기영어교육지도 방안 연구」. 영남대학교 석사학위논문. 1992.

이성영. 「챈트와 노래를 이용한 영어동극 지도의 효과」. 안동대학교 석사학위논문. 1999.

_____. 「영어수행능력향상을 위한 연극 활동」. 전남대학교 석사학위논문. 1994

이어령. 『그래도 바람개비는 돈다』 서울: 동화서적, 1992.

이영옥. 「초등학교에서 영어듣기 및 말하기 능력 향상을 위한 동화활용 방안」. 한국교원대학교 석사학위논문. 1997.

이용훈. 「영어 교육에 있어서 의사소통 능력 신장을 위한 드라마기법의 적용」. 한국교원대학교 박사학위논문. 1999.

이인희. 『재미있는 극본 쓰기』. 서울: 이성과현실사, 1992.

이재천 『초등학교 특기 · 적성교육으로서의 안면분장』. 대전: 레드 · 컴, 2005.

_____. 「아동 영어연극의 제작과 학교분장의 연구」. 중부대학교 석사학위논문. 2005.

이지영. 「영어 연극을 통한 말하기 능력 신장 연구: 중학교 학생을 중심으로」. 숙명여자대학교 석사학위논문. 1993.

이형식. 『미국연극의 대안적 이해』. 서울: 건국대학교 출판부, 2004.

장두이. 『공연되지 않은 내 인생』. 서울: 명경, 1996.

장태덕. 「전래 동화의 극화 활동을 통한 초등학교 아동들의 의사소통 능력 신장」. 안동대학교 석사학위논문. 1998.

장한기. 『연극학 입문』. 서울: 우성사, 1984.

잭슨, 토니 엮음. 『연극으로 배우기』. 장혜전 옮김. 서울: 소명출판, 2002.

정시욱. 「연어연극 공연이 영어교육에 미치는 효과 연구」. 성균관대학교 석사학위논문. 1992.

조동희. 『아동연극개론』. 서울: 범우사, 1987.

_____. 『극작가 웍샵법』. 해냄 아카데미총서 1. 서울: 해냄출판사, 1989.

조순자. 「드라마를 통한 초등학생의 영어능력 향상 연구」. 한남대학교 석사학위논문. 2005.

조은호. 「무대의상 및 영상의상 디자인 과정」. 건국대학교 석사학위논문. 1999.

제닝스, 수. 『연극치료이야기』. 이효원 옮김. 서울: 울력, 2007.

지경주. 『연극치료워크북』. 서울: 양서원, 2006.

최윤정. 「연극놀이의 교육적 효용성 연구」. 경성대학교 석사학위논문. 1995.

최영로. 「뮤지컬 크리스마스 캐롤의 무대의상 제작에 관한 연구」. 세종대학교 박사학위논문. 2004.

최억주. 「교육연극과 초등영어」. 『초등교육연구논총』. 대구교육대학교. 제17권. 3호. 2001. 267-85.

최하석. 「영어연극 활용을 통한 말하기 능력 향상 방안」. 안동대학교 석사학위 논문. 1997.

하청호 · 심우섭. 『아동문학』. 서울: 정민사, 2002.

한국교총. 『학교극 · 아동극의 이론과 실제』. 서울: 한국교육신문사, 1999.

한국연극교육학회 엮음. 『연극』. 서울: 연극과 인간, 2002.

한상덕. 「아동극의 교육학적 특성 및 활용 방안에 관한 연구」. 『아동교육』. 제 6권. 1호. 1997. 60-7.

한혜선. 『아동문학 창작론』. 서울: 푸른세상, 2000.

황필호. 「청소년과 축제로서의 연극」. 『연극과 교육』, 한국국제아동청소년연극 협회. 3 (1988). 17-29.

홍기영. 『영어연극 만들기와 공연의 실제』. 대전: 문원, 2008.

_____. 『드라마 치료와 영어대본 만들기』. 대전: 문원, 2009.

_____ 편. *A Companion to Child Dramas*. 대전: 한남대학교 출판부, 2004.

후리드먼, 콤. 『이야기치료의 이론과 실제』. 허남순 외 공역. 서울: 학지사, 2006.

Aers, Lesleg and Nigel wheale. ed. *Shakespeare in the Changing Curiculum*. London: Poutledge, 1991.

Almond, Richard. *The Healing Community*. New York: Aronson, 1974.

Artaud, Antonin. *The Theatre and Its Double*. New York: Grove, 1958.

Avery, Gillian. *Childhood's Pattern*. London: Hodder and Stoughton, 1975.

Bassnett, Susan. *Shakespeare: The Elizabethan Plays*. New York: St. Martin's Press, 1993.

Beck. Julian. *The Life of the Theatre*. San Francisco: City Lights, 1972.

Boal, Augusto. *Theatre of the Oppressed*. New York: Urizen, 1979.

Boas, Frederick S. *An Introduction to Stuart Drama*. Oxford: Oxford UP, 1948.

Boehrer, Bruce. *Shakespeare Among the Animals: Nature and Society in the Drama of Early Modern England*. Macmillan, 2002.

Bolton, Gavin. *Towards a Theory of Drama in Education*. London: Longman, 1970.

Bowen, Murray. *Family Therapy in Clinical Practice*. New York: J. Aronson, 1985.

Burson, Linda. *Play with Shakespeare: A Guide to Producing Shakespeare with Young People*. Charlottesville. V. A.: New Plays Books, 1990.

Case, Doug & Ken Wilson. *Further Off-Stage!* London: Heinemann Educational Books, 1984.

Cattanch, Ann. *Play Therapy-Where the Sky Meets the Underworld*. London: Jessica Kingsley, 1994.

Cox, Murray, ed. *Shakespeare Comes to Broadmoor*. London: Jessica Kingsley, 1992.

Crimmens, Paula. *Drama Therapy and Storymaking in Special Educaion*. London: Jessica Kingley Publisher, 2006.

Davidson, Jonathan and Foa, Edna, eds. *Posttraumatic Stress Disorder: DSM IV and Beyond*. Washington. D.C.: American Psychiatric Press, 1994.

Donkin, Ellen. *Getting Into the Act: Women Playwrights in London, 1776-1829*. London: Routledge, 1995.

Duggan, Mary and Roger Grainger. *Imagination, Identification and Catharsis in Theatre and Therapy.* London: Jessica Kingley Publisher, 1997.

Edwards, Philip. *Threshold of a Nation: A Study in English and Irish Drama.* Cambridge CUP, 1983.

Eliaz, Eliran. *Transference in Drama Therapy.* Ph.D. dissertation, New York University, 1988.

Emunah, Renee. *Acting for Real-Drama Therapy Process, Technique, and Performance.* New York: Brummer/Mazel, 1994.

Esslin, Martin. *An Anatomy of Drama.* New York: A division of Farrar. 1976.

Gardner, Richard. *Storytelling in Psychotherapy with Children.* Northvale, N.J.: Aronson, 1993.

Gassner, John and Ralph G. Allen. *Theatre and Drama in the Making.* New York: Applause Books, 1992.

Gersie, Alida. ed. *Dramatic Approaches to Brief Therapy.* London: Jessica Kingley Publisher, 2007.

Hall, Jonathan. *Anxious Pleasures: Shakespearean Comedy and the Nation-State.* London: AUP, 1995.

Harris, Anthony. *Night's Black Agents: Witchcraft and Magic in Seventeenth-Century English Drama.* Manchester: Manchester UP, 1980.

Hull, Raymond. *How to Write a Play.* Cincinnati: Writer's Digest Books, 1984.

Jenkyns, Marina. *The Play's the Thing.* London: Rontledge, 1996.

Jennings, Sue. *Remedial Drama.* London: Pitman, 1973.

_____. *Playtherapy with Children: A Practitioner's Guide.* Oxford: Blackwell, 1993.

_____. *Drama, Ritual and Transformation.* London: Routledge, 1994.

Jennings, Sue, and Mne, Asa. *Art Therapy and Dramatherapy: Masks of the*

Soul. London: Jessica Kingsley, 1993.

Johnson, Nora. *The Actor as Playwright in Early Modern Drama.* Cambridge: Cambridge UP, 2003.

Kline, Peter. *Playwriting. Theatre Student Series.* N.Y.: Richards Rosen Press, 1970.

Knott, Charles. *Archetypal Enactment in Drama Therapy.* Ph. D. Dissertation. New York University, 1994.

Maley. A. & A. Duff. *Drama Techniques in Language Learning* Cambridge: Cambridge UP, 1978.

Mangan, Michael. *A Preface to Shakespeare's Comedies.* London: Longman Group Ltd., 1996.

Maguire, Nancy Klein. *Regicide and Restoration: English Tragicomedy, 1660-1671.* Cambridge: Cambridge UP, 1992.

Miller, Naom. J. ed. *Reimaging Shakespeare for Children and Young Adult.* New York: Poutledge, 2003.

Murray, Peter. B. *Shakespeare's Imagined Person.* Boston: Barnes & Noble Books, 1996.

Nelson, T. G. A. *Comedy An Introduction to Comedy in Literature, Drama, and Cinema.* Oxford: Oxford Univ. Press, 1990.

Nettleton, George Henry. *English Drama of the Restoration and Eighteenth Century, 1642-1780.* New York: Macmillan, 1914.

Ladousse, G. Porter. *Roleplay.* Oxford: Oxford UP, 1987.

Landy, Robert. *Handbook of Educational Drama and Theatre.* Westport, Greenwood, 1982.

_____. *Persona and Performance-The Meaning of Role in Drama, Therapy and Everyday Life.* N.Y., Guilford and London: Jessica Kingsley, 1993.

McCaslin, Nellie. *Creative Drama in the Classrom*. 3rd. ed. NY: Longman, 1968.

Miller, Naomi J. ed. *Reimagining Shakespeare for Children and Young Adults*. London: Routledge, 2003.

O'Sullivan, Emer. *Comparative Children's Literature*. London: Routledge, 2005.

Pellegrine, Vincent. *The Mask as a Means of Supporting Health Professionals Who Work with People with AIDS*, Ph. D. Dissertation. New York University, 1992.

Piaget, Jean. *Play, Dramas and Imitation in Childhood*. New York: Norton, 1962.

Pickering, Kenneth. *Drama Improvised: A Source Book for Teachers & Therapists*. London: Routledge, 1997.

Polsky, Milton E. *You Can Write a Play. The Theatre Students Series*. N. Y.: Rosen, 1983.

Prosser, Eleanor. *Drama and Religion in the English Mystery Plays: A Re-Evaluation*. Stanford: SUP, 1961.

Salas, Jo. *Improvising Real Life: Personal Story in Playback Theatre*. Dubuque, IA: Kendall/Hunt, 1993.

Scheff, Thomas, and Retzinger, Suzanne. *Emotions and Violence-Shame and Rage in Destructive Conflicts*. Lexington, MA: Lexington Books, 1991.

Scher, Anna & Charles Verrall. *100+ Ideas for Drama*. Halley Court, J. H. Heinemann Educational Books, 1975.

Sherbo, Arthur. *English Sentimental Drama*. Michigan: Michigan State UP, 1957.

Smith, Susan. *The Mask in Modern Drama*. Berkeley: University of California, 1984.

Smitskamp, Herman. "Brief Dramatherapy: The Need for Professional Diagnosis". *Dramatic Approaches to Brief Therapy*. Ed. Alida. Gersiee.

London: Jessica Kingley Publisher, 2007.

Spolin, Viola. *Improvisation for the Theatre*, Evanston: Northwestern University, 1963.

Stephens, John and Robyn McCallum. *Retelling Stories, Framing Culture*. London: Garland Publishing, 1998.

Symonds, John Addington. *Shakspere's Predecessors in the English Drama*. London: Smith, Elder & Co.. 1900.

Tanner, Fran A. *Basic Drama Projects*. 6th ed. Topeka, Kansas: Clark, 1995.

Tourelle, Louise and Marygai Mcnamara. *A Practical Approach to Drama: Performance*. Victoria: Heinemann, 2008.

Unsworth, Len. *E-literature for Children*. London: Routledge, 2006.

Via, Richard A. *English in Three Acts*. Hawaii: The UP of Hawaii, 1976.

Walt, Thomas vander. ed. *Change and Renewal in Children's Literature*. Westport: Praeger, 2004.

Watkins, Daniel P. *A Materialist Critique of English Romantic Drama*. Florida: University Press of Florida, 1993.

Watson. G. J. *Drama: An Introduction*. Macmillan, 1983.

Way, Brian. *Development through Drama*. London: Longman, 1967.

Wells, Stanley. ed. *English Drama, Excluding Shakespeare: Select Bibliographical Guides*. Oxford: Oxford UP, 1975.

Weiser, Judy. *Photo Therapy Techniques-Exploring the Secrets of Personal Snapshots and Family Albums*. San Francisco: Jossey-Bass, 1993.

Wessels, Charlyn. *Drama*. Oxford OUP, 1987.

Whigham, Frank. *Seizures of the Will in Early Modern English Drama*. Cambridge: Cambridge UP, 1996.

Winn, Linda. *Posttraumatic Stress Disorder and Dramatherapy*. London: Jessica

Kingsley, 1994.

Wright, Edward A. *Understanding Today's Theatre*. 2nd. ed. Englewood Cliffs, NJ: Prentice-Hall, 1972.

Zaporah, Ruth. *Action Theater: The Improvisation of Presence*. North Atlantic Books, 1995.

Yalom, Irvin. *Love's Executioner*. New York: Harper Collins, 1989.

http://blog.naver.com/iksou0416/110052519139

http://cafe.daum.net/healspirit/Z1d/

http://cafe.daum.net/i-brain

http://cafe.daum.net/kimhseong88/EZfp/83)

http://enews.incheon.go.kr/main/php/search_view.php?idx=4173

http://en.wikipedia.org/wiki/Drama_therapy

http://incrediblehorizons.com/floortimeautism.htm

http://mtcenter.sookmyung.ac.kr/

http://www.betterkidcare.psu.edu

http://www.childdrama.com/mainframe.html

http://www.dramakids.com/faq.php

http://www.koreadramatherapy.co.kr/

http://www.k-state.edu/media/webzine/0301/dramatherapy.

http://www.regent.edu/acad/schcou/faithandtherapy

http://www.shakespearefest.org/itp.htm

http://www.shakespeare4kidz.com/

http://www.thewestcoast.net/bobsnook/stg/ot/jacob.htm

http://www.webmousepublications.com/shakespeare/mainpage

영미드라마와 인생

초판 발행일 2014년 3월 12일

지은이 홍기영
발행인 이성모
발행처 도서출판 동인
주 소 서울시 종로구 혜화로3길 5 118호
등 록 제1-1599호
TEL   (02) 765-7145 / FAX (02) 765-7165
E-mail dongin60@chol.com
ISBN   978-89-5506-563-3
정가   16,000원